G. Z. Schmidt

Adam und die Jagd nach der zerbrochenen Zeit

G. Z. Schmidt

Adam und die Jagd nach der zerbrochenen Zeit

Aus dem Englischen
von Reiner Pfleiderer

Hanser

Die Originalausgabe erschien 2020 unter dem Titel
No Ordinary Thing bei Holiday House Publishing Inc., New York.

Erscheint als Hörbuch bei der Hörcompany,
gelesen von Julian Greis.

2. Auflage 2024

ISBN 978-3-446-27597-3

Satz: Greiner & Reichel, Köln
Druck und Bindung: GGP Media GmbH, Pößneck
Printed in Germany

Für Emily, meine erste Leserin

INHALT

1

NEW YORK CITY, 1999

Etwa zwei Stunden vor Mitternacht erschien auf einem der belebten Gehwege Manhattans wie aus dem Nichts ein Mann im Regenmantel. Sein plötzliches Auftauchen hätte eigentlich für Verwunderung sorgen müssen, doch niemand nahm von ihm Notiz. In diesem besonderen Teil New Yorks wimmelte es rund um die Uhr von Autos und Menschen, sodass in dem Gewusel niemand den anderen wirklich wahrnahm. Alle hatten zu tun, und nicht einmal ein Fremder, der im Schatten herumlungerte – obwohl er sich buchstäblich aus dem Nichts materialisiert hatte –, weckte an diesem Oktoberabend ihr Interesse.

Der Mann im Regenmantel ging mehrere Blocks weit bis zu einer Kreuzung, an der eine kopfsteingepflasterte Seitenstraße abzweigte, die in ein ruhigeres Viertel führte. Dort blieb er stehen und sah sich mit einem stillen Schmunzeln um.

Hätte sich jemand die Mühe gemacht, einen Blick auf ihn zu werfen, so hätte er sich darüber gewundert, dass der Mantel des Mannes vor

Nässe triefte, obwohl es an dem Tag nirgendwo in der Nähe geregnet hatte. Noch merkwürdiger hätte er gefunden, dass der Mann etwas in den Händen hielt, das wie eine Schneekugel aussah, und es zärtlich an sich drückte wie ein geliebtes Haustier.

Aber New York war voller seltsamer Vögel, sodass sich auch darum niemand kümmerte.

Was schade ist, denn wäre einer der Passanten stehen geblieben und hätte ihn gefragt, wer er sei und was er hier tue, so hätte er seine Antwort am seltsamsten von allem gefunden.

Denn unser Freund im Regenmantel dürfte eigentlich noch gar nicht existieren.

2

Der Besucher im Regenmantel

An der Ecke derselben kopfsteingepflasterten Straße war eine kleine Bäckerei namens Biscuit Basket.

Fragt jemanden aus der Nachbarschaft, und er wird euch antworten, der Biscuit Basket sei »durchaus zufriedenstellend, und jetzt gehen Sie mir bitte aus dem Weg«. Aber das ist eine grobe Untertreibung, denn die Backwaren, die es dort zu kaufen gab, waren weit besser als der Durchschnitt.

Am frühen Morgen, wenn die Sonne noch kaum die gläsernen Wolkenkratzer am East River färbte, wehte der Duft von frisch gebackenem Brot und Schokocroissants aus dem kleinen Backsteinhaus und erfüllte jeden Winkel der Straße.

Doch trotz der verlockenden Gerüche und eines erstklassigen Angebots hatte die Bäckerei nur eine spärliche Anzahl von Kunden. An guten Tagen schauten am Vormittag ein oder zwei Erwachsene vorbei, um vor der Arbeit noch schnell einen Zuckerdonut zu kaufen. Am

Nachmittag umlagerten Kinder, eben aus der Schule gekommen, mit klimperndem Taschengeld in den Hosentaschen die bunte Pracht der Cupcakes in der Auslage. Und natürlich schauten gelegentlich auch ältere Damen mit großen, ausgefallenen Hüten vorbei, die für ihren an jedem dritten Dienstagabend im Monat stattfindenden Lesezirkel zwei Pfirsichaufläufe brauchten, und zwar »sofort, wenn ich bitten darf«.

Doch an schlechten Tagen kamen fast gar keine Kunden. An solchen Tagen konnte man den Bäcker – einen stämmigen Mann mit beginnender Glatze und dem Namen Henry – dabei sehen, wie er sorgenvoll hinter dem Ladentisch ausharrte, zum hundertsten Mal die Kuchen im Schaufenster umräumte oder im Bemühen, neue Kunden zu gewinnen, Passanten kostenlos Erdbeer-Mandel-Törtchen zum Probieren anbot.

An Henry lag es nicht. Ganz egal, wie fest er den Teig knetete oder wie schnell er die Sahne steif schlug, der Biscuit Basket schien einfach nicht genügend Kundschaft an seine Straßenecke locken zu können. Jedenfalls nicht, solange es nur zwei Straßen weiter ein riesiges Süßwarengeschäft, ein Café und zwei andere Bäckereien gab.

Und so blickte Henry an solchen schlechten Tagen wehmütig auf das unberührte, nicht mehr ganz frische Gebäck und fragte sich, ob sein Geld wohl für die Miete reichen würde.

So ein Tag war auch jener Samstagabend, an dem unsere Geschichte beginnt. Ein paar Stunden vor dem Erscheinen des geheimnisvollen Mannes im Regenmantel hatte sich ein kalter, grauer Herbstdämmer über die Straße gelegt. Kein einziger Kunde hatte sich in die Bäckerei verirrt, in der Henry den größten Teil des Tages hinter der Theke gehockt hatte.

Schließlich wurde es Zeit zu schließen. Henry seufzte und schaute von den Dollarscheinen auf, die er soeben gezählt hatte. Wie immer war das Geld auch diese Woche knapp, doch wenigstens konnte er es sich heute leisten, einen Großteil der unverkauften Reste zu spenden, statt sie am nächsten Tag ins Regal mit der verbilligten Ware zu legen. Backwaren vom Vortag schmeckten nicht mehr so gut.

»Adam«, rief der Bäcker seinem Neffen zu, »würde es dir etwas ausmachen, das übrige Frühstücksgebäck ins Loch zu bringen?«

Henry hatte nur einen Gehilfen im Laden – seinen zwölfjährigen Neffen Adam. Adam war klein für sein Alter, hatte blasse Haut und kohlschwarze Augen. Hin und wieder konnte man einen kurzen Blick auf den schwarzen Strubbelkopf des Jungen hinter dem Fenster zur Backstube erhaschen. Und wer genau aufpasste, bekam mit, wie er die bestellte Zitronencreme auf den Ladentisch schob, bevor er geräuschlos wieder nach hinten verschwand.

Wegen des Berufs seines Onkels verbrachte Adam seine Zeit entweder in der Schule oder in der Bäckerei. Aber das machte ihm nichts aus. Er hatte sowieso nicht viele Freunde. Adam war in jeder Hinsicht ein sonderbarer Junge. Aber darauf kommen wir später noch zurück.

»Überhaupt nicht, Onkel Henry«, antwortete Adam. Er klappte das *Handbuch zur Mäusepflege* zu, in dem er gerade gelesen hatte, packte das unverkaufte Gebäck von heute in eine große Papiertüte und marschierte damit nach draußen.

Die Sterne am Nachthimmel wurden von Wolken verdeckt, der Mond war kaum zu sehen. Adam lief bedächtig den Bürgersteig entlang und achtete darauf, dass er stets im Schein der Straßenlaternen blieb, als er sich dem Loch näherte.

Die meisten Dinge gehörten nicht in Löcher. Löcher waren feucht und dunkel und ideal für Hundeknochen, Abfälle und lästiges Getier, das nachts die Gemüsebeete der Menschen zerwühlte. Und trotzdem sprachen die meisten Leute von »dem Loch«, wenn sie das örtliche Obdachlosenheim und die darin lebenden Menschen meinten, die in der Stadt unerwünscht waren.

Wie immer wurde Adam von den verblichenen Backsteinmauern und trüben Fenstern des Lochs empfangen. Mehrere verlorene Gestalten standen vor der zerkratzten Tür, die erschöpften Gesichter halb im Schatten verborgen, die Hände in den Taschen vergraben. Keiner von ihnen erweckte den Eindruck, als hätte er irgendwann in der letzten Zeit gelächelt. Manchmal fragte sich Adam, ob sie vielleicht schon vergessen hatten, wie das ging.

Er schlappte wortlos an ihnen vorbei in das heruntergekommene Haus und weiter bis zur Küche. Ein hagerer, älterer Mann im Rollstuhl rührte in einem großen Topf, dessen Inhalt nach Kohlsuppe roch. Als er Adams Schritte hörte, wandte er dem Jungen sein braun gebranntes, wettergegerbtes Gesicht zu und schenkte ihm ein nahezu zahnloses Lächeln.

»Hallo, mein Freund«, grüßte der alte Mann.

»Hi, Victor. Sonderlieferung«, murmelte Adam und legte ihm die Tüte mit Muffins und Croissants in die ausgestreckten Hände. »Die Reste von heute.«

Victor wohnte in dem Obdachlosenheim. Die Vormittage verbrachte er auf den Straßen, wo er mit anderen Obdachlosen plauderte oder Kindern kurzweilige Geschichten erzählte. An den Abenden kochte er für die anderen. Er gehörte zu den wenigen, mit denen sich Adam gerne unterhielt. Der alte Mann witzelte nie über seine Augen oder seine Körpergröße.

Victor nahm das Gebäck dankbar entgegen und hielt die Tüte dicht an seinen struppigen Bart. »Duftet herrlich«, seufzte er und stopfte die zerknitterte Tüte in den Korb, der an seinem Rollstuhl befestigt war. Angeblich hatte er sein Bein im Kampf mit einer Bulldogge verloren. Oder war es ein Alligator gewesen? Die Geschichte ging jedes Mal anders, wenn Victor sie erzählte.

Adam nuschelte eine Antwort. Victor beugte sich vor und legte die Hand ans Ohr. »Tut mir leid, mein Junge, meine Lauscher sind nicht mehr das, was sie mal waren.«

Adam hob die Stimme. »Da ist ein Blaubeermuffin mit dabei. Die mögen Sie doch am liebsten.«

»Prima. Den muss ich mir auf die Seite legen. Weißt du, dass ich erst heute Morgen eine Dame kennengelernt habe, die Blaubeeren anbaut? In einem kleinen Garten, oben auf dem Dach ihres Mietshauses. Man stelle sich vor, wie gering die mathematische Wahrscheinlichkeit ist, dass es auf so einem Dach ein Heidelbeerbeet gibt ...«

Normalerweise wäre Adam noch kurz geblieben und hätte sich von Victor berichten lassen, was er tagsüber erlebt und mit wem er gesprochen hatte. Der alte Mann hatte eine Art zu erzählen, die seine Zuhörer sofort in den Bann zog, selbst wenn die Geschichte nur davon handelte, wie er in den Supermarkt ging, um Milch zu kaufen.

Doch an diesem Abend lag Adam etwas auf der Seele, und er wollte so schnell wie möglich wieder nach Hause.

Victor schien seine Gedanken zu lesen. »Wie geht es Speedy?«, fragte er.

Speedy war Adams zahme Maus, die er an einem schicksalhaften Abend vor zwei Monaten aus dem Schrank in der Backstube des Biscuit Basket gerettet hatte. Onkel Henry hatte gerade einen Schwung Vanilletörtchen gebacken und suchte in dem Schrank nach einer Dose mit bunten Streuseln, als die weiße Maus hinter einem Mehlkrug hervorlugte. Bevor Onkel Henry wusste, wie ihm geschah, flitzte sie an seinem ausgestreckten Arm entlang bis auf die Arbeitsplatte. Onkel Henry, der für pelzige Nager ungefähr so viel übrighatte wie für schimmligen Kuchen, griff kurzerhand zu seinem Brotmesser. Nur Adams entsetzter Ausruf »Warte, tu ihr nichts!« verhinderte, dass der Abend für Speedy in einer Katastrophe endete.

Speedy war ein wichtiger Grund, warum Adam in der Schule keine Freunde brauchte. Was Menschenkinder konnten, konnte die Maus auch: essen, rennen, schlafen, zuhören. Außerdem konnte sie ein paar Kunststücke. Wenn Adam ihren Namen rief, kam sie auf seine Hand getrippelt und rieb ihre rosa Nase und weichen Schnurrhaare an seinen Fingern. Auf Kommando richtete sie sich auf ihre winzigen Hinterbeine auf. Und einmal war sie sogar auf einen Bleistift geklettert, den Adam hoch in die Luft hielt. Adam mochte die putzige Maus sehr, hatte Onkel Henry aber wohlweislich verschwiegen, dass er sie adoptiert hatte.

»Speedy geht es gut.« Adam mied Victors Blick und räusperte sich. »Ich muss jetzt wieder nach Hause. Bis dann.«

»Wiedersehen. Grüß deinen Onkel von mir.«

Adam und sein Onkel lebten in einer kleinen Wohnung über dem Biscuit Basket. Sie bestand aus einem Schlafzimmer von der Größe einer Abstellkammer, einer schmalen Küche, einem engen Badezimmer und einem Wohnzimmer, das geräumig hätte sein können, wenn es nicht gleichzeitig als Henrys Schlafzimmer und als Lagerraum für Backutensilien gedient hätte. Das einzig Gute an der beengten Wohnung über der Bäckerei war, dass sie in allen Ecken und Winkeln nach Gebackenem roch.

Wieder zu Hause, rannte Adam sofort in sein Zimmer hinauf. Er stieg über Tierpflegebroschüren und halb gelesene Bücher aus der Leihbibliothek hinweg, griff unter das schmale Bett und zog die alte Schuhschachtel hervor, in der Speedy schlief. Er stupste die weiße Maus sanft an, doch sie rührte sich nicht. Sie hatte den ganzen Tag noch keinen Mucks gemacht und atmete nur schwach.

»Komm schon, Junge«, flüsterte Adam, »ich hab dir etwas mitgebracht.« Er legte eine zerquetschte Blaubeere neben Speedy in die Schachtel. Laut *Handbuch zur Mäusepflege* enthielten Blaubeeren »Antioxidantien«, die den Körper angeblich mit gesunder Energie versorgten und stärkten. Sie sollten Speedy wieder auf die Beine helfen.

Adam wartete, aber nichts geschah.

»Adam?« Onkel Henry spähte ins Zimmer. Adam schob die Schachtel rasch hinter sich, doch zu spät: Onkel Henry hatte sie bereits bemerkt. Er seufzte.

»Adam, das haben wir doch besprochen«, sagte er. »Mäuse sind keine Haustiere.«

»Ich weiß …«

»Sie verderben das Mehl und knabbern alles an.«

»Speedy nicht. Er frisst nur den Salat und die Früchte, mit denen ich ihn füttere.«

Onkel Henry seufzte abermals und schüttelte den Kopf.

Manche Leute behaupteten, der Bäcker würde genauso aussehen

wie Adams Vater. Was nicht weiter verwunderte, denn Brüder neigen nun mal dazu, einander ähnlich zu sehen. Allerdings hatte Adam seinen Vater schlanker und größer in Erinnerung, mit blonden Haaren und braunerer Haut, wohingegen Onkel Henry immer blass blieb, weil er den ganzen Tag drinnen arbeitete und zu wenig Sonne abbekam. Adam schlug eher nach seiner Mutter, die wie er dunkelhaarig und klein für ihr Alter gewesen war.

Onkel Henry öffnete den Mund, um etwas zu sagen – wahrscheinlich um ihm einen Vortrag darüber zu halten, wieso Mäuse eine Jobgarantie für Schädlingsbekämpfer waren –, doch bevor er loslegen konnte, schellte unten die Türglocke. Adam und sein Onkel tauschten einen verdutzten Blick. Die Bäckerei hatte geschlossen.

»Das wird wohl der Hausbesitzer sein«, sagte Onkel Henry mit leicht besorgter Miene.

Adam folgte ihm die Treppe hinunter. Besuche des gefürchteten Vermieters verhießen nie etwas Gutes, schon gar nicht am Abend. Beim letzten Mal hatte er eine Abmahnung vorbeigebracht, weil Onkel Henry mit der Miete in Rückstand geraten war.

Doch es war nicht der Vermieter. Vor der Tür stand ein Fremder im Regenmantel und winkte Adam und seinem Onkel vergnügt durch die Scheibe zu. In der einen Hand hielt er einen Stadtplan, und mit der anderen fuhr er sich durch die nassen, angegrauten blonden Haare.

»Tut mir furchtbar leid«, rief der Mann durch die Tür. »Ich weiß, es ist spät. Aber ich kam zufällig hier vorbei, und, nun ja, Ihre Kuchen sehen einfach fantastisch aus, wenn ich so sagen darf. Ich muss unbedingt einen haben. Oder fünf. Sie haben doch hoffentlich nicht schon geschlossen?«

Nach einem langen, trostlosen Tag ohne Kundschaft war Onkel Henry so versessen auf das mögliche Geschäft, dass er die Tür aufriss und dem Fremden förmlich die Hand küsste. Letzterer hatte sich kaum als ein gewisser J. C. Walsh vorgestellt, als der Bäcker auch schon wie ein Wasserfall zu reden anfing.

»Wir haben alle möglichen Kuchensorten«, plapperte er munter drauflos. »Möhrenkuchen, Kaffeekuchen, eine rote Samttorte, die ich Ihnen auf Wunsch jetzt gleich mit der köstlichsten Schlagsahne überziehen kann, die Sie je gekostet haben …«

»Ausgezeichnet«, antwortete der Mann im Regenmantel. »Dann hätte ich gerne eine rote Samttorte.« Und er fügte hinzu: »Aber bitte mit Buttercremeglasur, die mag ich am liebsten. Ich bezahle Ihnen auch gerne das Doppelte von dem, was Sie normalerweise verlangen würden.«

Das war mehr, als Onkel Henry verkraften konnte. Er stammelte ein »J-ja, s-selbstverständlich« und taumelte wie benommen in die Backstube. Es folgte das Klappern von Töpfen und Schüsseln, und bald stimmte in Onkel Henrys Summen das beruhigende Surren des Mixers mit ein.

Adam wollte gerade wieder die Treppe hinauf, als der Mann im Regenmantel zu seinem Erstaunen das Wort an ihn richtete.

»Du musst Adam Lee Tripp sein.«

Adam war in New York aufgewachsen und hatte gelernt, dass man in einer so großen Stadt Fremden keine persönlichen Auskünfte gab. Darum antwortete er nicht, sondern starrte den Mann nur verständnislos an, und der erwiderte seinen Blick mit einem breiten Lächeln.

»Es ist schon eine Weile her«, sagte der Mann, jetzt mit sanfterer Stimme.

Er griff in die Tasche und zog eine Schneekugel heraus. Sie enthielt eine Miniatur-Stadtlandschaft, die genauso aussah wie Manhattan, berieselt mit glitzerndem Schneekonfetti. Der Mann betrachtete die Schneekugel bewundernd.

»Das, in dem Vergangnes wiederkehrt«, murmelte er. Dann hob er den Kopf, als erinnere er sich plötzlich wieder an Adams Gegenwart, und sagte: »Speedy ist krank und wird sterben, aber dir stehen große Dinge bevor.«

Adam sah den Fremden entgeistert an. Woher wusste er von Speedy? *Ist er vielleicht ein Hellseher?*, fragte sich Adam. Onkel Henry sagte immer, Hellseher seien Schwindler in glitzernden Umhängen, die zwanzig Dollar pro Sitzung kassierten und mit ihren Vorhersagen meist komplett danebenlagen.

»Noch ist Speedy nicht tot«, erwiderte Adam mit belegter Stimme und so leise, dass er daran zweifelte, ob der Fremde ihn verstanden hatte.

»Hast du gehört, Adam?«, hakte der Mann nach. »Dir stehen große Dinge bevor. Fantastische Dinge. Du wirst neue Freunde finden, an neuen Orten, und du wirst Reisen unternehmen, die magischer sind, als du dir je hättest träumen lassen.«

Von hinten aus der Backstube rief Onkel Henry: »Möchten Sie Zuckerrosen auf der Torte?«

»Ja, das wäre reizend!«, rief der Mann im Regenmantel zurück. Er steckte die Schneekugel wieder in die Tasche, zwinkerte Adam zu und sagte mit einem geheimnisvollen Lächeln: »Geh heute Nacht auf den Dachboden. Dort wartet das Abenteuer auf dich.«

Adam kam zu dem Schluss, dass dem Mann nicht zu trauen war.

»Äh ... ist gut, Sir«, sagte er und trat einen Schritt zurück. »Wiedersehen.«

Er flitzte nach oben, bevor der andere noch etwas sagen konnte. Wieder allein, sah er sofort nach Speedy. Die Blaubeere war unberührt. Die Maus regte sich noch immer nicht.

Adam fühlte sich mau. Er spürte ein Brennen im Hals. Behutsam schob er die Schachtel wieder unters Bett. Dann kickte er das *Handbuch zur Mäusepflege* wütend in die Ecke, kroch unter die Bettdecke und löschte das Licht.

Er dachte noch lange über den Fremden im Regenmantel nach. Der Mann war ein Spinner. Das war ihm sofort klar geworden, als er ihn mit seinem Namen angesprochen hatte. Und dann hatte der Kerl ihn auch noch auf den Dachboden geschickt – ausgerechnet auf den Dachboden, den er von allen Räumen im Haus mit Abstand am wenigsten mochte.

Es dauerte lange, bis Adam in einen unruhigen Schlaf fiel.

Er konnte nicht ahnen, wie recht der Fremde hatte. Bald schon sollte sich sein Leben in einer Weise verändern, die er sich nicht einmal ansatzweise hätte vorstellen können.

3
Ein Abstecher auf den Dachboden

Ich habe bereits erwähnt, dass Adam ein sonderbarer Junge war.

»Adam ist ein guter Schüler«, schrieb Ms. Basil, seine Klassenlehrerin in der sechsten Klasse, in sein Halbjahreszeugnis, »aber er hat keinerlei Kontakt zu seinen Mitschülern.«

Im Jahr zuvor hatte Mr. Lemon, sein Klassenlehrer in der Fünften, bemerkt: »Adam sitzt in der Pause allein abseits und liest die ganze Zeit. Tagaus, tagein.«

Und wiederum ein Jahr davor hatte Mrs. Rosemary, seine Klassenlehrerin in der Vierten, geschrieben: »Adam hat das ganze Jahr im Unterricht kein Wort gesprochen und sich nur schüchtern gemeldet, wenn er mal auf die Toilette musste.«

Seit dem Kindergarten hielt sich Adam von anderen Kindern fern. Im Klassenzimmer suchte er sich immer einen Platz möglichst weit weg von den anderen. Beim Mittagessen saß er allein. Und wenn ihn in der Pause jemand aufforderte, bei einem Spiel mitzumachen, sei es

Verstecken, Himmel-und-Hölle oder Fangen, schüttelte er immer nur den Kopf. Er zog sich in ein unsichtbares Schneckenhaus zurück.

Nun ist es mit dem Sich-Abkapseln aber so eine Sache: Tut man es zu oft, gehen die anderen im Gegenzug dazu über, einen zu meiden. Und so kam es, dass die Kinder irgendwann damit anfingen, gemeine Gerüchte über Adam zu verbreiten. Und sich Spitznamen für ihn auszudenken. Sachen von ihm verschwanden und tauchten in der Toilette wieder auf. In der Sechsten machten sich ein paar Klassenkameraden einen Spaß daraus, ihn in die Schulspinde zu schubsen, wann immer sich die Gelegenheit dazu bot.

Doch zu ihrem Leidwesen war Adam nicht nur so gut wie unsichtbar, sondern auch flink, sodass es ihm in der Regel gelang, den Schlägertypen aus dem Weg zu gehen.

Die Schulpsychologin Ms. Ginger, eine resolute Dame mit feuerrotem Haar, glaubte fest daran, dass es für jedes Problem eine einfache Lösung gebe. Sie sprach mit Adam regelmäßig über seine Schüchternheit und teilte Onkel Henry unverblümt ihre unverrückbare Meinung mit.

»Als amtlich zugelassene Psychologin empfehle ich Adam, einem Verein beizutreten, damit er Kinder mit ähnlichen Interessen kennenlernen kann. Ich selbst bin ehrenamtliches Mitglied des Amateurtheatervereins. (Im Sommer führen wir übrigens unser erstes Musical auf. Ich spiele die Meerjungfrau im zweiten Akt. Bitte denken Sie daran, Karten vorzubestellen.) Na, jedenfalls weiß ich aus eigener Erfahrung, wie wunderbar außerschulische Aktivitäten sein können. Die Pfadfinder sind beispielsweise eine hervorragende Möglichkeit, den Charakter zu bilden. (Fragen Sie nur meine reizenden Söhne – wussten Sie, dass mein Ältester letzten Monat sein zweites Verdienstabzeichen bekommen hat? Ich bin sehr stolz auf ihn.) Von der schmucken Pfadfinderkluft gar nicht zu reden ...«

Doch außerschulische Aktivitäten setzten Freizeit und Geld voraus, und weder mit dem einen noch mit dem anderen waren Adam und sein Onkel gesegnet. Daher trug Adam keine schmucke Kluft, sondern gebrauchte Klamotten aus Secondhandläden. Onkel Henry besaß weder ein Auto noch ein Fernsehgerät.

Aber wenigstens mussten sie nie hungern. Onkel Henry stellte neben dem Brot auch seine Pasta selbst her, weil das billiger war, als sie im Lebensmittelgeschäft zu kaufen. Oft aßen sie auch Brotreste aus der Bäckerei, die sie in Wassersuppe tunkten, damit sie nicht so altbacken schmeckten.

Adam wusste, dass sein Onkel arm war, und ging ihm zur Hand, wo er konnte. Es machte ihm nichts aus, dass er kein Taschengeld bekam wie die anderen Kinder. An seinem letzten Geburtstag hatte er sich nicht darüber beklagt, dass er kein einziges Geschenk bekam, und schon gar nicht das rote Siebengangrad, das er monatelang im Schaufenster des Fahrradgeschäfts bewundert hatte. Er machte einen Bogen um Buchläden und lieh sich Bücher umsonst in der öffentlichen Bibliothek aus. Der einzige Nachteil dabei war, dass Abenteuergeschichten mit Lese- oder Kreuzworträtseln zum Ausfüllen meistens schon vollgekritzelt waren.

Ein Vorteil war, dass Onkel Henry zu den besten Bäckern in der Umgebung gehörte, auch wenn das offenbar zu wenige Leute wussten. Adam musste zwar auf das Eis verzichten, das es in der Schulcafeteria für einen Dollar gab, doch dafür erwarteten ihn zu Hause viele Leckereien.

Nein, obwohl Adam kein Geld hatte und Mitschülern auf den Schulkorridoren aus dem Weg ging, war er kein schlechter Junge. Das habt ihr wahrscheinlich schon geahnt, seit ihr wisst, wie er Speedy in der Backstube das Leben gerettet hat.

Am Ende konnte er die Maus jedoch nicht retten.

So wie er auch seine Eltern nicht hatte retten können.

Im ersten Fall war der Verlust zwar traurig, aber überhaupt nicht verwunderlich. Denn was Adam nicht wusste: Speedy war schon eineinhalb Jahre alt gewesen, als er ihn rettete. Und Mäuse leben normalerweise nicht länger als zwei Jahre.

Und was den Unfall seiner Eltern anging, so hätte Adam die Katastrophe auf keinen Fall verhindern können. Aber ich greife vor.

Etwa eine Woche nachdem der Fremde im Regenmantel die Bäckerei besucht hatte, eröffnete Onkel Henry seinem Neffen, dass sie die Miete für diesen Monat nicht bezahlen konnten.

»Auf dem Dachboden haben wir alte Sachen, die wir nicht mehr brauchen«, sagte er, vermied es aber, Adam dabei anzusehen. »Wenn es dir nichts ausmacht, nach dem Frühstück ein paar herauszusuchen, kann ich sie später im Pfandleihhaus verkaufen ...« Er verstummte verlegen.

Adam knabberte an seinem letzten Stück Toast und nickte widerwillig. Der kleine Speicher war staubig und muffig und beherbergte Dutzende herumkrabbelnde Spinnen und anderes grausliges Getier mit mehr als sechs Beinen. Adam hatte keine Angst vor Ungeziefer, konnte es aber überhaupt nicht leiden, wenn es plötzlich wie aus dem Nichts auftauchte. Er konnte es grundsätzlich nicht leiden, wenn etwas wie aus dem Nichts auftauchte.

Nach dem Frühstück erklomm er die Leiter, die von ihrer Wohnung zum Dachboden hinaufführte. Vergessene Kartons und verbeulte Koffer standen verstreut auf den knarrenden Dielen. Im Licht eines weißen Sonnenstrahls, der gedämpft durch ein kleines rundes Fenster fiel, wühlte sich Adam durch den Raum. Nach halbstündiger Suche hatte er ein paar Gegenstände auf die Seite gelegt, von denen er glaubte, dass sie sich für eine anständige Summe verkaufen ließen – hauptsächlich Kerzenständer, überzähliges Silberbesteck, alte Vorhänge und rostiges Werkzeug.

Dann geschah das Unvermeidliche: Ein Karton in der Ecke erregte seine Aufmerksamkeit. Die Pappe war abgenutzt, das beschriftete Etikett darauf verblasst. Aber der vertraute Familienname war noch zu erkennen. *Tripp.*

Adam schlug das Herz bis zum Hals. In diesem speziellen Karton hatte er nur ein paarmal in seinem Leben gestöbert – und das aus gutem Grund. Aber heute verspürte er den Drang, ihn zu öffnen. Eine muffige Staubwolke schlug ihm entgegen, als er vorsichtig den Deckel hob. Als Entwicklungshelfer und begeisterte Reisende hatten seine Eltern eine umfangreiche Sammlung an gedruckten Landkarten und Atlanten zusammengetragen. Soweit Adam wusste, hatten sie einer Art Forscherklub angehört. In dem Karton lagen mehrere von diesen Karten und dicken Büchern, eingebettet zwischen Reisemitbringseln aus aller Welt. Adam nahm eine aus Holz geschnitzte Muschel heraus, die seine Eltern von der Küste Brasiliens mitgebracht hatten. Darunter kam ein Stück Vulkangestein aus Hawaii zum Vorschein, ein zackiger Klumpen, der eher wie ein zerknautschter schwarzer Küchenschwamm aussah. Bei ihrem Besuch der tropischen Insel hatten seine

Eltern angeblich einen erloschenen Vulkan bestiegen. An den Stein schmiegte sich eine lächelnde Porzellankatze, deren Körper mit chinesischen Schriftzeichen bemalt war, ein Erbstück seiner Mutter aus ihrem Geburtsland.

Adam förderte noch verschiedene andere Gegenstände zutage und legte sie neben sich auf den Boden – Schlüsselanhänger, Kunststoffbecher, auf denen in bunten Buchstaben die Namen ferner Städte prangten, Perlenarmbänder, eine alte Eintrittskarte für einen Rummelplatz in New Jersey –, bis er die verblichene Ansichtskarte fand. Seine Eltern hatten sie ihm aus Norwegen geschickt, nur wenige Tage vor dem Unfall. Wie der Karton war die Karte an den Ecken abgestoßen, und die Tinte war an manchen Stellen verschmiert, aber Adam wusste ohnehin längst auswendig, was sie ihm geschrieben hatten:

Lieber Adam,
schöne Grüße aus Norwegen! Wir hoffen, zu Hause ist alles in Ordnung. Onkel Henry hat im Hotel eine Nachricht für uns hinterlassen, in der er uns mitteilt, dass du beim Eierlaufen im Kindergarten den zweiten Platz gewonnen hast! Wir sind ja so stolz auf dich.
Wir vermissen dich und können es nicht erwarten, nächsten Dienstag wieder zu Hause zu sein. Irgendwann, wenn du älter bist, werden wir dich auf diese Reisen mitnehmen. Dann wirst du von Flugzeugen bald ebenso die Nase voll haben wie wir! (Obwohl sie natürlich bequemer und zuverlässiger sind als andere Formen des Reisens, wenn man so sagen kann.)
Egal wo, wann und wie, wir möchten so viel Gutes auf der Welt tun, wie wir nur können. Sie ist ein so großer und erstaunlicher Ort voller

Wunder. Und du weißt nie, welche dieser Wunder sie für dich bereithält oder was dich erwartet.

In Liebe
Mom und Dad

Adam würde natürlich niemals etwas von den persönlichen Sachen seiner Eltern verkaufen. Aber sie allzu lange anschauen mochte er auch nicht. Er wollte die Ansichtskarte schon in den Karton zurücklegen, doch dann stutzte er.

In einer Ecke klemmte, neben einem Atlas, eine Schneekugel. Adam erinnerte sich dunkel, sie in ihrer früheren Wohnung im obersten Fach des Bücherschranks seiner Eltern gesehen zu haben.

Die Schneekugel sah ganz gewöhnlich aus. Die Glaskugel war etwas größer als eine Grapefruit und auf einen viereckigen Holzsockel geklebt. Doch im Unterschied zu den meisten anderen Schneekugeln war das Innere des Glases leer. Es enthielt zwar eine Schicht Schneekonfetti, aber sonst nichts. An einer Ecke des Sockels war eine kleine Windrose eingraviert.

Adam musste an den unheimlichen Fremden im Regenmantel denken, der vor einer Woche mit einer Schneekugel in der Hand bei ihnen aufgetaucht war. *Geh auf den Dachboden,* hatte er Adam aufgefordert.

Unsinn, dachte Adam. *Das hat nichts zu bedeuten. Der Mann war ein Verrückter.*

Er ärgerte sich darüber, dass er an den Fremden, der erraten hatte, dass Speedy sterben würde, auch nur einen einzigen Gedanken verschwendete. Anfang der Woche hatte Onkel Henry für Speedys Begräbnis einen leeren Eierkarton vorbereitet. »Eine tote Maus kann die Kälte nicht spüren«, hatte er im vergeblichen Bemühen, Adam zu trösten, gesagt.

Da sie keinen Garten besaßen, hatten sie die Maus im Müllcontainer hinter dem Haus bestattet.

Adam legte die Erinnerungsstücke an seine Eltern in den Karton zurück. Dann stopfte er das Besteck, die Werkzeuge, Kerzenständer und alten Vorhänge, die er für Onkel Henry ausgesucht hatte, in einen Seesack, schlang den Tragegurt über die Schulter und stieg die ersten Stufen der Leiter hinunter.

Doch dann, er konnte auch nicht erklären, warum, blieb er stehen. Er setzte den Seesack ab und kehrte zu dem Karton seiner Eltern zurück.

Als er den Fuß wieder auf die Leiter setzte, hatte er die Schneekugel dabei.

Der Laden unten war leer. Adam stellte den Sack mit den Sachen vom Dachboden auf die Ladentheke, direkt über den Reihen von unverkauftem Frühstücksgebäck, das langsam altbacken wurde.

Onkel Henry werkelte in der Backstube. »Hast du was gefunden?«, rief er durchs Fenster, und als Antwort hielt Adam die Kerzenständer hoch.

Der Onkel kam mit einem Schwung glasierter Zuckerkekse herüber, die wie Mäuse geformt waren. »Die habe ich für dich gemacht. Du warst die ganze Woche so deprimiert.«

Adam begriff, dass die Kekse ihn aufmuntern sollten, wegen Speedy. Onkel Henry zuliebe biss er einen Mäuseschwanz ab und setzte eine genießerische Miene auf, aber eigentlich war ihm gar nicht nach essen zumute. Sie kauten schweigend. Der Onkel räumte die Teller weg.

»Gut, dann mach ich mich mal auf den Weg«, sagte er, hängte das *Geschlossen*-Schild in die Ladentür und schulterte den Seesack mit den Sachen, die Adam eingepackt hatte. »Das ist doch alles, oder?«

»Warte!« Adam sprang auf und fischte die Schneekugel aus dem Seesack. »Die nicht.« Er stellte sie auf den Ladentisch.

Als Onkel Henry gegangen war, kehrte Adam in sein kleines Zimmer zurück. Er hatte zu Hause nicht mehr viel zu tun, jetzt, wo er seine freie Zeit nicht mehr damit verbrachte, Speedy neue Kunststücke beizubringen. Also setzte er sich hin und las eine Weile in dem neuen Buch, das er sich in der Bücherei ausgeliehen hatte, doch als er an einen Abschnitt über sprechende Mäuse kam, warf er es beiseite. Er kritzelte auf einem Blatt Papier herum, aber bald verschmolzen seine Kreise und Zickzacklinien zu einem Kopf und dann zum Körper einer Comic-Maus, als hätte sich seine Hand selbstständig gemacht. Genervt knüllte er das Blatt zusammen.

Adam gab es nicht gerne zu, aber in besonders einsamen Momenten wie diesem wünschte er sich, er hätte wenigstens einen einzigen Freund. Einen Freund, der ein richtiger Mensch war wie er, mit dem er Geschichten austauschen und Witze machen konnte, wie es andere Sechstklässler taten.

Er blieb im Zimmer sitzen, bis er die Stille, in der Speedys gewohnte Kratzgeräusche fehlten, nicht mehr aushielt. Dann ging er wieder nach unten und suchte nach etwas, womit er sich ablenken konnte.

Draußen blinzelte die Nachmittagssonne träge hinter bauschigen Wolken hervor. Herbstlaub wehte über den Gehweg vor dem Laden. Adam beschloss, es zusammenzufegen – eine langweilige Arbeit, aber Onkel Henry würde es ihm danken.

Vorher aber noch einen Happen essen.

Die Croissants im Tresen sahen noch leidlich frisch aus. Adam griff nach einem mit Himbeergelee. Dann stutzte er.

Die Schneekugel auf dem Ladentisch hatte sich verändert. Sie war nicht mehr leer, sondern enthielt nun eine kleine, verschneite Stadt.

Adam betrachtete die Kugel genauer. Die Stadtlandschaft darin sah aus wie New York. Er musste wieder an J. C. Walshs Schneekugel denken.

Dir stehen große Dinge bevor. Fantastische Dinge.

Adam verbannte die Stimme aus seinem Kopf und nahm wieder die Kugel in Augenschein. Sie sah immer noch wie eine gewöhnliche Schneekugel aus, wie es sie in Spielwarengeschäften und Souvenirläden zu kaufen gab. Er zuckte mit den Achseln und schüttelte sie. Glitzerndes Schneekonfetti wirbelte im Innern des Glases.

Dann landete auf Adams Handrücken eine einzelne echte Schneeflocke.

4

Ein unverhoffter Ausflug

Adam stand jetzt mitten auf einem belebten, schneebedeckten Bürgersteig. Und zwischen riesigen, blinkenden Neonreklamen und glitzernden Gebäuden, die auf beiden Seiten der stark befahrenen Straße emporragten, rieselten Schneeflocken vom Himmel.

Er kannte diesen Platz. Es war der Times Square, der Nabel der Stadt New York. Irgendwo hinter den vielen in Winterjacken und Schals eingemummten Menschen läuteten Glocken in der frostigen Abendluft. An den riesigen Werbetafeln über ihnen prangte Reklame in den Farben Rot, Weiß und Grün.

Die Schneekugel mit beiden Händen umklammernd, fragte sich Adam, wie er hierhergeraten war, noch dazu mitten im Winter. Er trug nur sein langärmeliges T-Shirt und Jeans, was angesichts der neuen Wetterlage eine ungünstige Kombination war. Der eisige Wind biss ihm in die ungeschützte Haut wie spitze Zähne. Er taumelte rückwärts und stieß versehentlich gegen mehrere Leute.

»Pass doch auf«, fuhr ihn jemand an.

Adam stammelte eine Entschuldigung. Er drehte sich in alle Richtungen, unschlüssig, was er jetzt tun sollte. Der Schnee und die vielen Menschen brachten ihn ganz durcheinander, von dem plötzlichen Schock gar nicht zu reden.

»He, Kleiner!«, rief eine Stimme hinter ihm.

Er fuhr herum. Vor ihm stand ein Mädchen in einem grauen Mantel. Sie war einen Kopf größer als er, sah aber nicht älter aus als neun oder zehn, und hatte dunkle Haut. Im Arm trug sie ein Bündel langer, grünweiß gestreifter Kerzen. Mit der freien Hand strich sie ihre dichten Locken zurück.

»Spinnst du?«, fragte sie. »Wo hast du denn deine Jacke?«

»Ich h-hab keine.« Adams Zähne klapperten, und beim Sprechen tat ihm der Mund weh.

»Und wo sind deine Eltern?«

Adam schüttelte den Kopf. »Tot«, antwortete er knapp.

Der Blick des Mädchens wurde milder. »Komm mit.«

Adam zögerte. Normalerweise wäre er einer Fremden nicht gefolgt, aber jetzt blieb ihm keine andere Wahl. Er spürte seine Finger kaum noch, und es war nur noch eine Frage der Zeit, bis er vor Kälte so starr sein würde wie die Papierschneemänner, die in den Schaufenstern klebten. Das Mädchen schien zu wissen, was es tat, also ging er mit.

Sie schlängelten sich geschickt durch das Gedränge in den verschneiten Straßen. Nachdem sie mehrere Blocks zurückgelegt hatten, begriff Adam, dass sie nach Osten gingen. Jetzt, wo er wieder klarer im Kopf wurde, nahm er mehr Einzelheiten in seiner Umgebung wahr.

Dabei fiel ihm auf, dass mit der Stadt etwas nicht stimmte.

Die Straßenschilder waren nicht die üblichen grünen Rechtecke, sondern gewölbt und wie Bowlerhüte geformt. Die vorbeifahrenden Autos sahen ganz anders aus als die, die er kannte. Sie hatten mehr Ähnlichkeit mit den kastenförmigen Benzinkutschen, die er aus alten Schwarz-Weiß-Filmen kannte. Als eine Straßenbahn vorbeirasselte, dämmerte ihm, dass auch mit den Plakaten auf den Reklametafeln und in den Schaufenstern etwas nicht stimmte. Ihre Aufmachung erinnerte ihn an Comics, die er einmal in Onkel Henrys Sammlung alter Zeitungen gesehen hatte.

Doch alles andere wirkte ganz normal. Das Mädchen im Mantel führte ihn an großen Auslagen mit blinkenden bunten Lichtern und an Bürogebäuden vorbei, die über zwanzig Stockwerke hoch waren. Familien kamen lachend aus Geschäften, vollbeladen mit Kartons, die in glänzendes Geschenkpapier gewickelt waren.

Dann tauchte das Rockefeller Center mit dem riesigen Weihnachtsbaum davor auf. Adam und sein Onkel sahen sich den Baum seit ein paar Jahren regelmäßig an. Jeden Dezember stellte die Stadt eine mächtige Tanne auf, die Millionen von Besuchern anlockte. Der Baum war hoch und breit, ragte ungefähr zehn Stockwerke empor und erstrahlte im Glanz von Tausenden Lichtern, die ein Dutzend Ballsäle hätten festlich beleuchten können.

Das Mädchen eilte weiter. Vom schnellen Gehen war Adam wieder etwas wärmer geworden, obwohl seine Schuhe nass und vom Schneematsch durchweicht waren und auf seinen Armen Gänsehaut spross. Auch seine Haare waren feucht vom Schnee. Um sich davon abzulenken, wie sehr er fror, beobachtete er die weißen Atemwolken vor seinem Mund.

Das Mädchen schritt weiter zügig aus, bis sie in eine ruhige Gasse abseits der Hauptstraßen gelangten. Die Gasse war so schmal, dass sie Schutz vor dem schlimmsten Schneegestöber bot. Eine abgewetzte Leinentasche stand auf dem Boden neben einem behelfsmäßigen Unterschlupf, der ein Bett aus dicken Decken und Kissen beherbergte. Hinter dem Bett türmte sich ein Haufen Kerzen.

Das Mädchen bückte sich und wühlte in der Tasche. Sie brachte eine braune Wolldecke zum Vorschein und warf sie Adam zu.

Die Decke kratzte, schützte Adam aber augenblicklich vor der Kälte. Obwohl seine Lippen ganz taub waren, brachte er ein zittriges »D-danke« heraus.

»Nichts zu danken«, erwiderte das Mädchen. »Ich heiße übrigens Francine. Und du?«

»Adam.«

»Wie?«

»Adam«, murmelte er etwas lauter.

»Okay, Adam. Du hast dich verlaufen, stimmt's? Ich kann dich zur Polizeiwache bringen, aber ich gehe nicht mit dir rein.«

»Nein, ich weiß schon, wie ich nach Hause komme ...« Das war das Letzte, was er jetzt wollte – der Polizei erklären müssen, dass es ihn wie durch Zauberei in einen anderen Teil der Stadt verschlagen hatte und offensichtlich auch in eine andere Jahreszeit.

»Bist du aus dem Waisenhaus?«, fragte Francine.

»Nein, ich wohne bei meinem Onkel.«

»Wo?«

»Auf der Lower East Side«, antwortete Adam und schob, weil er neugierig war, hinterher: »*Wohnst* du hier?«

»Sei nicht albern. Hier stelle ich nur vorübergehend meine Sachen unter, bevor der Schnee überhandnimmt. Am Times Square wimmelt es in der Weihnachtszeit von Kunden, verstehst du?«

Francine wandte sich den Kerzen zu und wischte mit der Hand den Schnee am Rand des Haufens weg. Die Behutsamkeit, mit der sie das tat, erinnerte Adam daran, wie er mit Speedy umgegangen war.

Die Neugier stand ihm wohl ins Gesicht geschrieben, denn Francine erklärte: »Sie stammen aus einer Fabrik in einer Stadt ganz in der Nähe. Eine Freundin hat sie mir besorgt. Damit lässt sich im Winter gutes Geld verdienen.« Sie hielt Adam ein Exemplar zur Begutachtung hin.

Die Kerze war halb so lang wie sein Arm und vanillefarben mit grünen Streifen. Er strich vorsichtig über das glatte Wachs. Die Kerze war von erstklassiger Qualität, das sah man sofort. Und sie roch nach Blumen.

»Willst du eine?«, fragte Francine. »Kostet nur zehn Cent das Stück.«

Adam schüttelte den Kopf. »Ich habe kein Geld bei mir.«

»Dein Pech.« Francine entriss ihm die Kerze wieder.

»Dann ...« Adam sah das Mädchen an. »Dann hast du also keine Familie?«

Francines Augen verengten sich. »Du wirst mich doch nicht anzeigen, oder?«

Adam wusste nicht, was er sagen sollte. Er überlegte, ob er Francine zu sich nach Hause einladen sollte. In der Bäckerei gab es jede Menge übrig gebliebenes Brot und Gebäck, und es war immer warm.

Während er noch darüber nachsann, wie er das Thema am besten anschneiden sollte, fragte sie herausfordernd: »Und was ist mit dir?«

»Mit mir?«

»Du spazierst mitten im Winter ohne Mantel in New York herum.« Francine verschränkte die Arme. »Wieso und warum?«

Natürlich wusste Adam nicht mehr darüber als sie.

»Ich weiß auch nicht«, antwortete er. »Aber ich muss nach Hause.«

»Du lügst«, sagte Francine rundheraus und musterte ihn genauer. »Obwohl du kein schlechter Schauspieler bist. Mit ein bisschen Übung könntest du es mit Shirley Temple aufnehmen.« Sie straffte sich. »So, jetzt muss ich noch ein paar Sehenswürdigkeiten abklappern und Kerzen verkaufen. Du weißt also, wie du nach Hause kommst, Kleiner?«

Adam wollte gerade mit »Ja« antworten, als sein Blick auf eine zerknüllte Zeitung am Boden fiel. Einen Moment lang starrte er sprachlos auf die feuchte Titelseite. Das aufgedruckte Erscheinungsdatum lautete:

10. DEZEMBER 1935

Als er wieder aufschaute, zeichnete Francine gerade einen Stadtplan in den Schnee und erklärte, wie er am schnellsten zur Lower East Side kam.

»Halte dich stur in Richtung Osten, bis du auf die Second Avenue kommst. Meide die Gegend hier – zu viel Trubel wegen der vielen Weihnachtsveranstaltungen ...«

»Die Zeitung da«, unterbrach Adam. »Ist die echt?«

»Was?«

Adam konnte nicht weitersprechen. Seine Gedanken überschlugen sich. Er dachte an die Straßenschilder, die rasselnden Straßenbahnen.

Francine sah ihn an. »Alles in Ordnung, Kleiner?«

Adam hatte die Schneekugel, die er bei sich trug, fast vergessen. Mit einem Mal wurde sie ganz schwer in seinen Händen, das Glas so kalt wie ein Eiswürfel. Er linste unter die Wolldecke. Zu seinem Erstaunen war die Stadtlandschaft in der Schneekugel verschwunden. Nur das Schneekonfetti war noch da. Die Kugel sah wieder genauso aus wie am Morgen, als er sie auf dem Dachboden gefunden hatte.

Er hob sie vors Gesicht. Das Schneekonfetti wirbelte im leeren Glas. Im nächsten Moment stand er nicht mehr in der verschneiten Gasse, sondern wieder im warmen, trockenen Laden des Biscuit Basket.

Sonst war niemand da. Draußen wehte trockenes Herbstlaub über die sonnengesprenkelten Bürgersteige. Doch von Adams Turnschuhen troff schmelzender Schneematsch. Und um seine Schultern lag noch immer die Wolldecke.

Wer schon einmal einen Stromschlag bekommen hat, wird mir zustimmen, dass das eine schmerzhafte Erfahrung ist. Nicht ohne Grund wird Menschen davon abgeraten, sich bei Gewitter draußen aufzuhalten, denn wer vom Blitz getroffen wird, der wird gebraten wie ein Pfannkuchen. Der Schock, den Adam nach dem unerwarteten Ausflug erlitt, war absolut mit einem Stromschlag vergleichbar, nur dass er hinterher keine Verbrennungen hatte, sondern völlig verdattert und reglos dastand.

Er hatte keine Ahnung, wie lange er so verharrte. Er nahm kaum davon Notiz, dass Onkel Henry nach Hause kam, und schüttelte nur den Kopf, als der Onkel ihn fragte, ob ihm nicht gut sei. Überzeugt, dass Adam wegen ihrer Geldprobleme besorgt war, kochte Onkel Henry für sie einen Topf Milchreis und versicherte seinem Neffen, dass er sich keinen Kopf zu machen brauche.

»Ich habe einen guten Preis für die Kerzenständer erzielt. Wenn das Geschäft etwas besser in Schwung kommt, brauchen wir uns in den nächsten Monaten wegen der Miete keine Sorgen zu machen.«

Adam wirkte allerdings immer noch so deprimiert, dass Onkel Henry ihn früh zu Bett schickte.

In dieser Nacht fand Adam keinen Schlaf. Er wälzte sich im Bett von einer Seite auf die andere, und seine Gedanken kamen nicht zur Ruhe. Die rätselhaften Ereignisse, die winterliche Stadt, die Worte des Mannes im Regenmantel gingen ihm nicht mehr aus dem Kopf.

Adam konnte es nicht wissen, doch am anderen Ende der Stadt lag zur selben Zeit ein anderer Mensch hellwach. Auch er wälzte sich im Bett. Doch im Unterschied zu Adam murmelte er dabei immer wieder in höchst beunruhigender Weise »Die Schneekugel ...« vor sich hin. Ich werde später auf ihn zurückkommen.

5

Vergangenheit, Gegenwart und Zukunft

Manche Leute glauben nicht an Magie. Andere erkennen sie in den alltäglichsten Dingen.

Backen beispielsweise ist ein bisschen wie Magie. Man nimmt mehrere verschiedene Zutaten: Mehl, Salz und Backpulver, die für sich allein alle scheußlich schmecken. Nicht einmal ein ausgehungerter Hund mag rohes Mehl oder Backpulver vom Fußboden auflecken.

Vermischt man die Zutaten aber miteinander, gibt noch einen Schuss Wasser dazu und erhitzt das Ganze im Backofen, wird man feststellen, dass sie sich zu etwas verbunden haben, das viel mehr ist als die Summe seiner Teile. Man hat jetzt warmes, leckeres Brot, über das kein Mensch und kein Tier auf der Welt die Nase rümpfen würde – am wenigsten ein ausgehungerter Hund.

Nach dem seltsamen Erlebnis mit der Schneekugel wusste Adam nicht, was er glauben sollte. Die ganze Szene am Times Square ging ihm nicht mehr aus dem Sinn. Er konnte sie unmöglich geträumt haben, dafür war alles zu real gewesen. Und Francines Wolldecke lag ordentlich zusammengefaltet unter seinem Bett. Doch die Schneekugel blieb die ganze restliche Woche leer, sodass er sich irgendwann zu fragen begann, ob das alles tatsächlich geschehen war. Jeden Morgen nach dem Aufwachen blickte er als Erstes zu der Schneekugel, die neben ihm auf dem Nachttisch stand. Jeden Nachmittag flitzte er von der Schule nach Hause, um festzustellen, ob sich im Innern der Kugel etwas getan hatte, und bis zum Schlafengehen sah er pünktlich jede Stunde nach ihr. Und jeden Abend, bevor er zu Bett ging, kontrollierte er sie noch ein letztes Mal.

Sie blieb leer.

Er wusste nur eines: Wenn ihm jemand helfen konnte, das Geheimnis um die Schneekugel zu lüften, dann der Mann im Regenmantel. Also schnappte er sich das Telefonbuch und suchte nach einem J. C. Walsh. Allein in New York gab es mindestens fünfzig Leute namens J. Walsh. Dem Namen J. C. Walsh am nächsten kam eine gewisse »Josefina Charlotte Walsh«, die, als er sie anrief, wie eine Frau klang, die schon über achtzig Jahre alt war.

Hier kam er nicht weiter.

Außerdem begann er, auf dem Schulweg nach Francine Ausschau zu halten, doch in einer Großstadt wie New York kam das dem Versuch gleich, in einer Zuckerdose ein einzelnes Salzkorn zu finden. Er schaute sogar im Loch vorbei und fragte Victor, ob er oder einer seiner Mitbewohner jemals von einem Waisenmädchen namens Francine gehört habe. Ohne Erfolg.

Er sah ein, dass das zu nichts führte. Francine hatte offensichtlich vor über sechzig Jahren gelebt, wie also sollte er sie heute, als über Siebzigjährige, wiedererkennen? Doch obwohl er solche Überlegungen anstellte, wollte ein Teil von ihm noch immer nicht wahrhaben, dass er tatsächlich in die Vergangenheit gereist war. Schließlich waren Zeitreisen unmöglich. Und damit nicht genug: Alles, was er zusammen mit Francine gesehen hatte, war so bunt und lebendig gewesen wie das heutige New York, und dabei wusste doch jeder, dass die Vergangenheit eigentlich so sein müsste wie die Schwarz-Weiß-Fotos in Geschichtsbüchern oder die leblosen Ausstellungsstücke in Museen – etwas, das einem fern war und sich schwer nachempfinden ließ.

Adam versuchte angestrengt, sich zu erinnern, ob seine Eltern jemals von der magischen Schneekugel gesprochen hatten. Doch alles, was ihm dazu einfiel, war ein Ereignis, als er vier Jahre alt war, ein Jahr vor dem Unfall. Er hatte im Wohnzimmer neben seiner Mutter gesessen und zugesehen, wie sein Vater mit mehreren anderen Erwachsenen im Raum stritt. Es war ein lebhafter Streit – Köpfe wurden geschüttelt, Stimmen erhoben, Finger in die Luft gereckt, um Standpunkte zu verdeutlichen. Ein Mann mit struppigem Bart fuchtelte unablässig mit den Händen, während eine ältere Frau und Adams Eltern ihn zu beschwichtigen versuchten. Adam wusste nicht mehr, worum es bei dem Streit gegangen war, aber er erinnerte sich, wie sein Vater auf die Schneekugel im Bücherschrank gezeigt hatte.

Vor dem Einschlafen hatte ihm sein Vater immer Geschichten aus fernen Ländern erzählt, von Kaufleuten in Asien, Zauberern in Europa und geheimen Schatzhöhlen in Afrika. Und er hatte ihm hoch und heilig versichert, dass er und Adams Mutter die Geschichten auf ihren Reisen selbst erlebt hätten. Magische Geschichten.

Diese Erinnerung brachte Adam auf eine Idee. Er kletterte wieder auf den Dachboden und stöberte noch einmal in dem Karton seiner Eltern. Er schlug den Atlas auf, der zuoberst auf dem Stapel lag. Die Ecken und Kanten waren abgestoßen und die Seiten mit Bleistifteinträgen versehen – Notizen seiner Eltern. Besuchsdaten waren über Ortsnamen gekritzelt. Unter dem ersten lagen noch vier weitere Atlanten im Karton.

Adam blätterte einen nach dem anderen durch und las jede einzelne Notiz, bis seine Augen fast schielten vor Müdigkeit. Seine Eltern hatten sämtliche Kontinente und über achtzig Länder bereist. Doch an keiner Stelle wurde eine Schneekugel erwähnt.

Magische Geschichten. Enttäuscht kletterte er wieder nach unten und schüttelte sich Spinnweben und Staub aus den Haaren.

6

Erster Akt, erste Szene

Wie Adam nicht wissen konnte, hatte annähernd einhundert Jahre zuvor in New York ein vielversprechender Zauberkünstler gelebt, der überhaupt keine Zweifel an der Magie hatte. Er lebte und atmete für die Magie. Sein Name war Elbert.

Elbert Walsh.

Elbert war siebzehn. Schon als kleiner Junge hatte er davon geträumt, Zauberkünstler zu werden. Sein sehnlichster Wunsch war es, in den Rang von Männern wie Houdini und Thurston aufzusteigen, die mit ihren Illusionen die halbe Welt verblüfften.

Elberts Eltern, hart arbeitende Einwanderer aus Irland, hätten es lieber gesehen, wenn ihr Sohn einen »praktischeren« Beruf ergriffen hätte. Elberts Mutter flickte Kleider und verkaufte auf der Straße gebrauchte Teeblätter. Sein Vater arbeitete auf einer Werft im Hafen und kam häufig mit Sonnenbrand und blauen Flecken nach Hause. Elbert und seine Eltern lebten in einer Wohnung, die sie sich mit zwei anderen Familien teilten und die nur über eine einzige Badewanne und einen kleinen Ofen verfügte, der nicht immer funktionierte.

Doch gegen alle Bedenken seiner Eltern hielt Elbert an seinem Traum vom Ruhm fest. Im Laufe der Jahre sparte er sich durch Gelegenheitsarbeiten nach und nach etwas Geld für Zauberutensilien zusammen. Doch am meisten verdiente er mit kleinen Vorstellungen, die er auf der Straße gab. In einer Gasse hinter ihrem Haus, wo er ungestört war, übte er seine Nummer ein. Dann streifte er stundenlang durch das Viertel, zauberte Rosen aus Hüten und ließ Kronkorken verschwinden, zog eine flatternde Taube aus dem Ärmel und verwandelte grüne Taschentücher in rote und wieder zurück.

Und er verfolgte interessiert, was die Silk Hatters machten.

Die Silk Hatters waren eine Truppe von fünf hervorragenden Zauberkünstlern aus der Gegend, die jeweils durch eine besondere Begabung bestachen: ein Entfesselungskünstler, ein Schwebekünstler, ein Hypnotiseur, eine Gedankenleserin und ein Teleporter, der Dinge verschwinden lassen konnte. Bei den Vorstellungen der Truppe trug jedes Mitglied einen schwarzen Zylinder, an dem es zu erkennen war.

Eines Tages machte die Nachricht die Runde, dass der Hypnotiseur an Pocken erkrankt war und die Truppe einen Ersatz für ihn suchte. Bei der ersten Gelegenheit trug sich Elbert in die Bewerberliste ein, die außen am Theater aushing, und meldete sich für eine Talentprobe an.

Am Tag seiner Probevorstellung lieh er sich mit seinem Ersparten einen Anzug. Er badete, kämmte sich das Haar und betrat leicht nervös das leere Theater, in dem die übrigen Silk Hatters die Bewerber begutachteten.

Elbert kam sich in dem riesigen Saal winzig klein vor. Er stand reglos da und blickte staunend in die Runde. Nachdem sich seine Augen an das blendende Bühnenlicht gewöhnt hatten, spähte er hinaus auf die leeren Sitze und stellte sich vor, wie er hier vor vollem Haus eine richtige Vorstellung gab. Donnernder Applaus hallte in seinem Kopf, und die Menge skandierte seinen Namen. *Hier ist er, meine Damen und Herren, der Große Elbert!*

Tatsächlich ertönte ein Ruf aus der ersten Reihe.

»Nun mach schon, fang endlich an!«, brüllte einer der Silk Hatters und holte Elbert unsanft in die Wirklichkeit zurück.

Keine zwei Minuten nach Beginn seiner ersten Nummer begannen die spöttischen Kommentare der Silk Hatters.

»Was sollen wir mit einem Taschentuch, das die Farbe wechselt?«, feixte der Schwebekünstler, ein besonders aufgeblasener Mann mittleren Alters mit kirschroter Nase. »Wir suchen echte Talente.«

Auch für seinen Zaubertrick mit der Taube erntete Elbert nur höhnisches Gelächter.

»Wie langweilig«, stöhnte der Entfesselungskünstler, ein Mann mit Mondgesicht und prallen Muskeln. »Ich habe schon so viele Tauben aus dem Nichts erscheinen sehen, dass es für den Rest meines Lebens reicht! Wir wollen gleich abstimmen. Meine Herren ...«

»Die Dame nicht zu vergessen«, rief die Gedankenleserin dazwischen, eine zierliche Person, deren Zylinder fast das halbe Gesicht verdeckte.

»... wer dafür ist, dass wir diesen jungen Mann in unsere Truppe aufnehmen, sagt Ja. Wer dagegen ist, Nein.«

Von allen vier Mitgliedern der Truppe ertönte ein Nein.

Elbert griff nach einem letzten Strohhalm. »Eine gute Nummer habe ich noch«, versprach er und begann mit dem Trick, bei dem er eine Rose aus dem Hut zauberte. Die Silk Hatters buhten. Nervös ließ Elbert die Rose fallen. Die Taube entschlüpfte seinem Ärmel und klaubte sie mit dem Schnabel auf.

»Immer noch langweilig«, urteilte der Schwebekünstler und gab Schnarchlaute von sich.

Und als wäre das noch nicht genug, zog der Teleporter, ein pfiffiger kleiner Mann, der große Ähnlichkeit mit einer Ratte hatte – er trug sogar Schnurrhaare im Gesicht –, eine reife Tomate aus der Tasche und schleuderte sie Richtung Bühne. Sie klatschte gegen Elberts Kopf.

Der arme Elbert stand nur fassungslos da, während ihm die zerplatzte Tomate an den blonden Haaren herunterlief. Die Mitglieder der Truppe brüllten vor Lachen. Der Schwebekünstler wischte sich die Tränen weg.

»Aus dir wird nie etwas, Junge«, rief er, und seine Schultern bebten vor Lachen. »Mach dir nichts draus. Die wenigsten Männer sind zu Ruhm bestimmt.«

»Oder Frauen«, ergänzte die Gedankenleserin.

Todunglücklich und mit einem Knoten im Magen schlich Elbert aus dem Theater. Er setzte sich auf eine Bordsteinkante und blieb den ganzen restlichen Nachmittag dort sitzen, weil er sich schämte, nach Hause zu gehen und den Eltern sein Scheitern zu gestehen. Seine Taube pickte ihn sanft in die Hand, um ihn aufzumuntern.

Der Knoten in seinem Magen verwandelte sich in heftigen Zorn. Er kickte mit seinen abgewetzten Schuhen gegen den holprigen Asphalt. Für wen hielten sich diese Silk Hatters eigentlich? Denen würde er es zeigen.

Mit getrockneten Tomatenresten in den Haaren streifte er an diesem Abend ziellos durch die Straßen, bis er in der Nähe des belebten Marktplatzes einen Uhrmacherladen bemerkte. Durchs Schaufenster beobachtete er die kreisenden Sekundenzeiger der Taschenuhren und das gleichmäßig schwingende Pendel einer Standuhr. Dabei kam ihm eine Idee.

Kurz entschlossen betrat er den Laden. Er wurde vom leisen Ticken der vielen Uhren, die sich in den schwach beleuchteten Regalen reihten, und einem zarten Lavendelduft empfangen. Uhren aller Formen und Größen umgaben ihn – Standuhren aus schönem dunklen Holz, Kaminuhren mit emaillierten Zifferblättern, Taschenuhren aus Messing und Silber, Armbanduhren. Es war offenkundig, dass der Uhrmacher sein Handwerk mit großer Gewissenhaftigkeit betrieb. Jedes Holzgehäuse war kunstvoll geschnitzt und sorgfältig von jedem Staubkorn befreit. Die fein gearbeiteten Details erstrahlten im sanften Schein grün-weiß gestreifter Kerzen, die zu Dutzenden in Wandleuchtern steckten. Elbert begriff, dass die Kerzen den Lavendelduft verströmten.

Der Uhrmacher saß hinter einem Arbeitstisch in der Ecke und inspizierte gerade eine Armbanduhr mithilfe einer Lupe. Er war ein alter Mann mit flaumigen weißen Haarbüscheln und zerfurchtem Gesicht. Er schaute zu Elbert auf und fragte mit freundlicher Stimme: »Was kann ich für dich tun?«

Elbert antwortete, dass er das beste Pendel suche, das für Geld zu bekommen sei, ließ aber unerwähnt, dass er nur jämmerlich wenig Bares in der Tasche hatte. Ihm schwebe etwas vor, erklärte er dem Uhrmacher, womit er »ein Publikum hypnotisieren und beeindrucken« könne.

Der Uhrmacher schien über Elberts Wunsch nachzusinnen und ließ prüfend den Blick über den Zauberkünstler gleiten, als wollte er sich ein Bild von ihm machen. Schließlich nickte er, wischte die Hände an seinem Pullunder ab und stellte sich als Santiago vor. Falls er die Tomatenreste in Elberts Haaren bemerkt hatte, so verlor er darüber kein Wort. Er sprach langsam und bewegte sich langsam, doch Elbert spürte, dass jeder Schritt und jedes Wort mit Bedacht gewählt waren.

Santiago führte ihn zu seinem Sortiment an Uhrenteilen, bestehend aus Silberketten, Glöckchen, Zifferblättern, Schlüsseln zum Aufziehen und Pendeln.

»Ich glaube, das ist genau das Richtige für dich«, sagte der Uhrmacher und hielt Elbert ein schmales schwarzes Etui hin.

In dem Etui lag ein dickes goldenes Pendel, dessen dünne Kette sich in das Samtfutter schmiegte. Elbert fühlte sich auf Anhieb von dem Pendel angezogen, als wäre es ein Magnet. Er betastete das Gold. Es war massiv, wirkte aber nicht protzig. Es übte einen unwiderstehlichen Reiz aus.

»Das habe ich vor langer Zeit von einem Uhrmacherkollegen erworben«, sagte Santiago mit einem Lächeln. »Ich wage zu behaupten, dass er seinen wahren Wert nicht kannte, was aber nicht unbedingt heißt, dass es ein großer Verlust für ihn war. Ich selbst habe auch keine große Verwendung dafür.«

»Und woher wollen Sie so genau wissen, dass es Menschen hypnotisieren kann?«, fragte Elbert.

»Nimm doch nur dich selbst als Beispiel. Oder bist du etwa nicht fasziniert von dem Gold?«

Doch, das war er. Elbert fragte nach dem Preis. Er lag weit über dem, was er sich leisten konnte.

»Kopf hoch«, sagte Santiago mitfühlend, als er Elberts enttäuschtes Gesicht sah. »Weißt du was? Ich leihe dir das Pendel. Als Gegenleistung verlange ich nur, dass du mir jeden Abend im Laden hilfst, bis deine Schuld beglichen ist. Dann gehört es dir.«

»Wirklich, Sir?«, fragte Elbert mit leiser Stimme.

Der Uhrmacher hängte ihm das Pendel um den Hals und lächelte ihn an. »Das Leben dreht sich immer weiter wie eine Uhr, mein Junge, aber die Rolle, die jeder Einzelne von uns im Kreislauf des Lebens spielt, ist nur von kurzer Dauer. Wozu ist unsere kostbare Zeit gut, wenn wir sie nicht dazu nutzen, uns gegenseitig zu helfen?«

Dank dem goldenen Pendel des Uhrmachers wurden Elberts Zaubervorstellungen zehnmal besser. Bereits drei Monate später galt er in Zauberkünstlerkreisen als vielversprechender Hypnotiseur. Statt auf der Straße trat er nun in Wirtshäusern und Geschäften auf und schließlich auch auf den Bühnen ausverkaufter Theater.

Binnen Kurzem war »Elbert der Exzellente« stadtbekannt. Nach jeder Vorstellung umdrängten ihn Journalisten und Bewunderer und bestürmten ihn mit Fragen. Bald hatte man an der gesamten Ostküste von Elbert und seiner famosen Gabe gehört, einen Menschen dazu zu bringen, alles zu tun, was er ihm befahl.

Doch es gab auch Zweifler, die Mutmaßungen darüber anstellten, was wohl hinter dieser erstaunlichen Gabe steckte.

»Die Leute sind ganz einfach fasziniert vom glänzenden Gold des Pendels«, erklärte ein brummiger Professor seinen Studenten in einer Vorlesung. »Die Magie selbst ist nicht echt. Die Leute sehen nur das Gold und lassen sich davon blenden wie Narren.«

Ob die Magie nun echt war oder nicht, Elbert hatte damit großen Erfolg. So großen Erfolg, dass ein paar Monate später die Silk Hatters an ihn herantraten. In ihrer Truppe war erneut ein Platz frei geworden, da der Schwebekünstler bei einer Vorstellung neun Meter in die Tiefe gestürzt war und einen doppelten Beinbruch erlitten hatte. Die übrigen Silk Hatters eröffneten Elbert, dass sie ihn gerne in ihre Truppe aufnehmen würden.

Worauf Elbert volle zehn Sekunden lang lachte, »Abrakadabra« erwiderte und sie einfach stehen ließ.

Elbert vergaß nie seine Vereinbarung mit dem Uhrmacher. Jeden Abend nach der Vorstellung bahnte er sich freundlich einen Weg durch die wachsende Schar ergebener Fans und eilte pflichtschuldig in Santiagos Laden, um zu helfen. Im Laufe der Monate hatte er einiges über das Uhrmacherhandwerk gelernt – wie man eine Wanduhr reinigte, eine kaputte Taschenuhr reparierte oder Zahnräder austauschte.

Auch ein paar andere Tricks hatte er sich von Santiago abgeschaut, zum Beispiel wie man den Duft von Lavendelöl zu Heilzwecken nutzen konnte oder langlebige Kerzen anfertigte, an deren wegschmelzenden Streifen sich die Zeit ablesen ließ. »Kerzen sind etwas Besonderes«, sagte der Uhrmacher gerne augenzwinkernd. »Mit nur einer Kerze kannst du viele andere anzünden, ohne dass die ursprüngliche Flamme schwächer wird.« Bevor er an Elberts achtzehntem Geburtstag auf diese Weise die Kerzen auf dessen Torte anzündete, brachte er ihm auch bei, wie man die perfekte Buttercremeglasur zubereitete.

Was den Laden selbst anging, so geschahen dort erstaunliche Dinge, die über gewöhnliche Uhrmacherei weit hinausgingen. So hätte Elbert bei mehreren Gelegenheiten schwören können, dass alle Uhren exakt zur selben Zeit stehen blieben und erst wieder zu ticken anfingen, wenn der alte Uhrmacher in der Tür erschien. Bei anderen Gelegenheiten liefen die Zeiger der großen Standuhr nicht vorwärts, sondern *rückwärts,* bis die Uhr sechs schlug, obwohl es in Wahrheit fast zehn Uhr abends war. Als Elbert Santiago bei einer Gelegenheit laut darauf hinwies, sprangen die Zeiger der Uhr unverzüglich zurück und zeigten wieder die korrekte Zeit an. Santiago lächelte Elbert nur geheimnisvoll an und widmete sich weiter der Taschenuhr, die er gerade polierte.

Der alte Uhrmacher hatte auch ein paar ausgefallene Ansichten über die Zeit selbst. Eines Winterabends, als sie durchs Schaufenster einen aufkommenden Schneesturm beobachteten, erzählte er Elbert von der *Zeitberührung*.

»Der Legende nach sind vor Urzeiten drei Teile der Zeit vom Himmel gefallen. Ein Teil der Vergangenheit, ein Teil der Gegenwart und ein Teil der Zukunft. Sie schwebten über dem Land und zogen wie Wolken dahin. Alles, was mit ihnen in Berührung kam, erlebte Zeit auf eine andere Weise, als wir es normalerweise tun.«

»Inwiefern, Sir?«, fragte Elbert.

Santiago hob eine Kaminuhr hoch. »Du und ich erleben Zeit als eine fortlaufende Linie, von einer Minute zur nächsten.« Dann drehte er an dem Knopf hinten, sodass der Minutenzeiger rückwärtslief. »Aber kämen wir mit einem Zeitfragment in Berührung, würden wir die Zeit nicht länger als eine fortlaufende Linie erleben, sondern als ein verschlungenes Netz. Ursache und Wirkung wären nicht mehr so klar zu unterscheiden.«

Elbert konnte nicht folgen, sah aber davon ab, den Uhrmacher zu unterbrechen.

»Nur sehr wenige Menschen sind mit einem der Zeitfragmente in Berührung gekommen, und noch weniger waren imstande, von seinen magischen Kräften zu berichten«, fuhr Santiago geheimnisvoll fort. »Und diese wenigen sagen, die drei Zeitfragmente hätten sich über die Welt verstreut und wären, als sie schließlich zur Ruhe kamen, in besonderen Gegenständen eingeschlossen worden, die ihre Kräfte verstärkten. Seit Jahrhunderten suchen Menschen nach diesen Gegenständen. Die Kräfte, die in diesen Zeitfragmenten schlummern, sind nicht zu unterschätzen. Wer eins in die Hände bekommt, so heißt es, kann die Zeit kontrollieren.«

»Um was für Gegenstände handelt es sich dabei?«

»Angeblich um alle möglichen – Medaillons, Flakons, Schmuckschatullen. Sogar Uhren. Man stelle sich vor! Nur eine knappe Handvoll Leute weiß, was das für Gegenstände sind – und wo sie sich befinden: die wenigen, die zufällig darüber gestolpert sind.«

»Wissen *Sie* denn, was das für Gegenstände sind?«, fragte Elbert im Flüsterton.

»Ich habe so meine Vermutungen«, antwortete der Uhrmacher augenzwinkernd.

»Was meinen Sie eigentlich mit ›die Zeit kontrollieren‹?«

»Wenn die Geschichten wahr sind, dann ermöglicht dir jedes Fragment, einen Teil der Zeit zu kontrollieren: Vergangenheit, Gegenwart oder Zukunft. Aber so eine Zeitberührung kann für einen Menschen enorm gefährlich werden. Wie es heißt, soll so mancher den Verstand verloren haben, als er mit einem der Fragmente in Berührung kam. Menschen wetteifern darum, sie in ihren Besitz zu bringen. Sie ermorden sich sogar gegenseitig! Ja, du bist vielleicht imstande, die Zeit zu beherrschen ... aber am Ende könnte es die Zeit sein, die dich beherrscht.«

Ein Windstoß rüttelte am Fenster. Elbert wartete darauf, dass der Uhrmacher weitersprach, doch der alte Mann kehrte zu der kaputten Taschenuhr zurück, die er gerade reparierte, und wollte den Rest des Abends nichts mehr zu dem Thema sagen.

Am nächsten Abend kam Elbert auf ihr Gespräch vom Vortag zurück. Er wollte mehr über die Zeitberührung erfahren.

»Wie gefährlich sie ist, willst du wissen?«, wiederholte Santiago. »Alles, was die Macht hat, unser Denken zu verändern, ist gefährlich, Elbert. Es kann uns an unsere Grenzen bringen oder auf gefährliche Abwege führen. Am Ende verändert die Zeitberührung unseren ureigenen Charakter – entweder zum Besseren oder zum Schlechteren. Darum sollte es niemand an die große Glocke hängen, wenn er zufällig auf ein Zeitfragment stößt, sonst könnte der Rest der Welt in dessen Bann geraten und versuchen, darum zu kämpfen.«

Elbert gab sich mit der Antwort nicht zufrieden. »Aber woran erkennt man überhaupt, ob man auf so ein Zeitfragment gestoßen ist?«, fragte er. »Klappert oder leuchtet es?«

»Das ist uralte Magie, unsichtbar wie der Wind.« Santiago ergriff ein Tuch und begann, die Uhren in den Regalen abzustauben. »Aber es ist nicht zu verwechseln. Es zieht dich in seinen Bann, wird ein Teil von dir. Jemand wie du, der mit Magie seinen Lebensunterhalt bestreitet, würde es sofort spüren, auch wenn er es sich nicht erklären könnte. Außerdem würde sich bei einer Zeitberührung die Zeit selbst in deiner Gegenwart seltsam verhalten.«

Elbert war es fast schon peinlich zu fragen, und trotzdem platzte er heraus: »Sie haben sie erlebt, habe ich recht, Sir? Die Zeitberührung!«

Santiago schmunzelte. »Darauf werde ich vielleicht ein andermal antworten. Jetzt würde ich gerne *dir* eine Frage stellen: Was würdest du lieber können: die Zukunft vorhersagen oder in die Vergangenheit reisen?«

»Die Zukunft vorhersagen«, antwortete Elbert ohne Zögern. »Dann kann ich sehen, ob ich jemals so berühmt werde, dass ich gemeinsam mit dem großen Houdini und den anderen Spitzenzauberern auftreten kann.«

»Hm, tatsächlich?« Der Uhrmacher polierte behutsam das Zifferblatt einer Kuckucksuhr, bis es im Kerzenlicht glänzte. »Die Zeitberührung würde es noch ein Stück weitertreiben, fürchte ich.«

Zum damaligen Zeitpunkt tat Elbert Santiagos Worte als unverständlichen Unsinn ab. Erst viel später sollte ihm aufgehen, was der Uhrmacher damit meinte.

7

METZGER UND BITTERSÜSSE BONBONS

Neun Tage waren seit der Reise vergangen, bei der Adam Francine begegnet war.

Es war schon nach Mitternacht. Adam konnte seinen Onkel im Wohnzimmer schnarchen hören. Er selbst fand keinen Schlaf: Heute Nacht war er besonders unruhig, und die Gedanken hüpften wie Gummibälle in seinem Kopf herum. Nach einer weiteren schlaflosen Stunde schloss er leise die Zimmertür und knipste das Licht an.

Die Schneekugel stand auf der Kommode. Das Glas war immer noch leer, wie schon die ganze Woche. Er klopfte dagegen. Nichts.

Francines Wolldecke lag noch unter dem Bett. Sie diente ihm als Beweis dafür, dass er nicht übergeschnappt war. Solange sie da war, konnte er sicher sein, dass er nicht geträumt hatte.

Vielleicht änderte sich die Szenerie in der Kugel, wenn er es sich nur fest genug wünschte? Er schloss die Augen. Und schlug sie wieder auf.

Er fuhr hoch.

Im Glas war dieselbe verschneite Stadtlandschaft erschienen wie beim letzten Mal, das Schneekonfetti lag unbewegt am Boden. Es war, als würde sich die Kugel regelrecht danach sehnen, geschüttelt zu werden, damit das Konfetti durcheinanderwirbeln konnte wie richtiger Schnee.

Nach kurzem Überlegen fasste Adam einen Entschluss. Er wühlte leise in seinem Schrank, schlüpfte in seine ausgefranste Winterjacke und legte einen Schal um. Vorsichtshalber wickelte er sich noch die Wolldecke um die Schultern.

Dann schüttelte er die Schneekugel.

Diesmal landete er an einer ruhigen Straßenecke, und es war Tag. Auf dem Boden lag Schnee, aber kein weicher, pulvriger Neuschnee. Er war vielmehr hart und vereist, so wie er wird, wenn ein paar Tage lang darauf herumgetrampelt worden ist. Er knirschte unter den Füßen wie Zuckerguss zwischen den Zähnen.

Ein Straßenschild verriet Adam, dass er sich auf der Upper West Side befand. Es war die Art von Gegend, die er nur vom Durchfahren kannte: mit sorgfältig gestutzten Hecken, freigeschippten Gehwegen und prächtigen Stadthäusern. Livrierte Portiers standen vor den blitzsauberen Eingängen entlang der gepflegten Wohnstraße. Die glänzenden, kastenartigen Autos, die davor parkten, und die ungewöhnlich große Zahl von Menschen, die Zylinder trugen, ließen vermuten, dass er sich nicht mehr im Jahr 1999 befand.

Ein Schrei aus einer Gasse auf der anderen Straßenseite erregte Adams Aufmerksamkeit. Neben der Gasse befand sich ein Laden mit einer schicken grünen Markise, auf der in schwungvollen Buchstaben

Metzgerei Brick stand. Im Schaufenster hingen allerlei pralle Würste, italienische Spezialitäten und Brathühner, die so groß waren, dass sich zwei Personen eine Woche lang daran hätten satt essen können.

Ein Mädchen kam aus der Gasse gespurtet. Adam erkannte Francine auf Anhieb wieder. Zwei Sekunden später tauchte ein großer Mann mit blutbefleckter Schürze auf, in dem Adam den Metzger selbst vermutete. Er rannte hinter Francine her und brüllte aus vollem Hals: »Komm zurück, sonst bring ich dich um, du elende Göre!«

Mehrere Fußgänger in Pelzmänteln blieben stehen und gafften. Francine rannte weiter. Ihr grauer Mantel bauschte sich hinter ihr, doch der Metzger kam ihr rasend schnell näher. Dann hatte er sie eingeholt, packte sie an den Haaren und zwang sie so, stehen zu bleiben.

»He!«, rief Adam und lief hinüber. »Lassen Sie sie los!«

Francine krümmte sich vor Schmerz, und obwohl der Metzger sie in den Schwitzkasten genommen hatte, gelang es ihr, zu dem Jungen zu blicken, der zu ihnen gestoßen war.

»Adam?«, stieß sie keuchend hervor.

Der Metzger hatte gelb verfärbte Zähne, und sein Atem roch nach verdorbenem Fleisch. Er warf Adam einen finsteren Blick zu und knurrte ärgerlich: »Natürlich, ihr arbeitet ja immer zu zweit.«

Mit einer fleischigen Hand packte er Adam am Arm. Adam ließ die Schneekugel auf den Bürgersteig fallen. Zum Glück überstand das dicke Glas den Aufprall.

Adam versuchte verzweifelt, sich loszureißen, doch der Griff des Metzgers war wie Stahl.

»Lassen Sie ihn los!«, fuhr Francine ihn an. »Er hat nichts damit zu tun!«

»Ich bin es leid, mich von Diebesgesindel wie euch bestehlen zu lassen. Verkommene Waisen seid ihr, nichts anderes.« Dabei beugte sich der Metzger zu ihnen herunter und grinste. »Und das bedeutet, niemand wird euch vermissen.«

Er zerrte sie die Straße entlang. »Sie Idiot!«, schrie ihn Francine an. »Er ist nicht der Junge, für den Sie ihn halten! Tito hat Kinderlähmung!«

Doch der Metzger schien sie nicht zu hören. Er lachte wie irre vor sich hin und murmelte Sätze wie: »Die Gören koche ich in siedendem Wasser und häng sie zum Trocknen auf wie Salami.«

Adam war zwar klein für sein Alter, aber er wusste, wie er das in einen Vorteil ummünzen konnte. Dem Griff der Schulhofschläger entschlüpfte er meist wie ein nasses Stück Seife. Und so holte er jetzt tief Luft und warf sich mit voller Wucht flach auf den Boden. Von seinem Gewicht gebremst, blieb der Metzger stehen. Adam nutzte die Gelegenheit und versetzte ihm einen kräftigen Fußtritt gegen das Schienbein. Der Metzger heulte vor Schmerz auf und ließ beide Kinder los.

»Lauf!«, rief Francine.

Der Metzger schnappte nach ihnen. Adam rollte sich gerade noch rechtzeitig zur Seite. Das war das Gute am Kleinsein: Man konnte einem Gegner leicht ausweichen und an ihm vorbeiwischen. Hastig griff er sich die Schneekugel: Die kleine Landschaft war noch da. Er klemmte die Kugel unter seinen Arm.

Francine gab dem Metzger ebenfalls einen Tritt, der dem großen Mann einen weiteren Schrei entlockte, dann rannten sie und Adam auch schon die Straße hinunter. Sie sausten um die Ecke und hörten erst auf zu rennen, als sie mehrere Blocks zurückgelegt hatten.

Francine fand eine Abkürzung, und sie flitzten durch eine schmale Gasse. Neben einem belebten Spielplatz blieben sie schließlich stehen, denn sie hielten es für unwahrscheinlich, dass sich der Metzger vor all den wachsamen Eltern auf sie stürzen würde. Dort verschnauften sie.

»Wie kommst du überhaupt hierher?«, war das Erste, was Francine keuchend hervorstieß.

»Keine Ahnung«, antwortete Adam. Er rieb sich die schmerzende Stelle am Arm, wo ihn der Metzger gepackt hatte. Da fiel ihm auf, dass er die Wolldecke zurückgelassen hatte. Aber wenigstens war der Schneekugel nichts passiert. »Warum hast du ihn bestohlen?«

»Ich habe ihn nicht *bestohlen*. Ich habe nur den Abfall nach Resten durchsucht.« Francine griff in ihre Leinentasche und brachte drei Ketten aus roten Würstchen zum Vorschein. Sie rochen würzig und sahen noch frisch aus. »Ich *hätte* ihn bestehlen sollen«, fauchte sie. »Er verlangt sowieso viel zu viel für seine Wurst und sein Fleisch. Was nicht heißt, dass er mir jemals etwas verkaufen würde.«

Adam sagte nichts. Er und Onkel Henry hatten in der Bäckerei selbst schon Erfahrungen mit Dieben gemacht – hier mal ein Muffin, dort ein Donut. Aber Onkel Henry ließ sie immer laufen. Einmal hatte er zu Adam gesagt: »Wenn sie so verzweifelt sind, dass sie etwas zu essen stehlen, lässt du sie in Ruhe. Niemand soll Hunger leiden müssen.«

»Das mit deinem Freund Tito tut mir leid«, sagte Adam.

Francine zuckte zusammen. Dann tat sie so, als zupfe sie ihren Mantel zurecht.

»Tito und ich sind mehr als Freunde«, sagte sie nach einer ganzen Weile. »Er ist für mich wie ein Bruder. Er ist Waise wie ich. Und gleich alt.« Sie trat gegen den Schnee. »Ich habe immer behauptet, zehn wäre eine Glückszahl. Aber jetzt nicht mehr.«

Adam konnte kaum glauben, dass Francine zwei Jahre jünger war als er. Sie wirkte viel älter.

Im Geschichtsunterricht hatte er von Kinderlähmung gehört, einer Krankheit, durch die viele Kinder gelähmt und bettlägerig geworden waren. In den Vereinigten Staaten galt sie seit 1979 als ausgerottet. Deshalb konnte kein Zweifel mehr daran bestehen, dass die Schneekugel Zeitreisen ermöglichte.

»Wer bist du eigentlich *wirklich*?«, platzte Francine, das Thema wechselnd, heraus. »Du tauchst urplötzlich auf wie aus dem Nichts. Bist du ein Zauberer?«

Adam wusste nicht, was er darauf antworten sollte.

»Die Schneekugel hat etwas damit zu tun, stimmt's?«, sagte Francine mit einem wissenden Blick auf die Kugel in Adams Händen.

Adam nickte überrascht. Nach kurzem Zögern antwortete er: »Irgendwie hat sie mich hierhergebracht. Auch an dem Tag, an dem wir uns das erste Mal begegnet sind und du mir die Decke geliehen hast, wie lange das auch her sein mag.«

»Du meinst, vor zwei Tagen?«

Adam blinzelte. »Äh ... ja, sieht so aus.«

Er rechnete damit, dass Francine ihn jetzt komisch ansehen oder für verrückt erklären würde, doch stattdessen beäugte sie seine neonfarbenen Sneakers. »Und?«, fragte sie ausdruckslos. »Kommst du aus der Zukunft?«

»Ja.«

Francine schüttelte den Kopf. »Ich hab's gewusst«, sagte sie und schulterte ihre Leinentasche. Adam wunderte sich, wie gefasst sie es aufnahm – als wäre eine Zeitreise etwas so Gewöhnliches wie ein verregneter Tag. »Na, jedenfalls danke, Kleiner.«

»Wofür?«

»Dass du mir vor dem Metzgerladen die Haut gerettet hast.«

Sie drehte sich um und ging weg.

»Wohin gehst du?«, fragte Adam verdutzt.

»Nach Hause«, antwortete Francine, ohne sich umzudrehen. »Tito und die anderen warten. Willst du mitkommen?«

Was blieb Adam anderes übrig? Es musste doch einen Grund geben, warum die Schneekugel ihn beide Male direkt zu Francine gebracht hatte. Und so folgte er ihr die Straße entlang.

Eine Weile gingen sie schweigend nebeneinander her. Dann kam Francine wieder auf Tito zu sprechen.

»Bevor er krank wurde, hat er auf der Straße immer alle möglichen Sachen gefunden – Ringe, nicht eingelöste Kinokarten, halb volle Pralinenschachteln. Die haben wir zusammen mit den Kerzen verkauft. Die Metzgerei war unsere liebste Anlaufstelle bei besonderen Anlässen. An Geburtstagen, dem Lichterfest Chanukka, Weihnachten, Ostern ... Wir haben nie viel genommen, nur Reste, die der Metzger in die Tonne hinterm Haus geworfen hat. Und wenn wir gelegentlich mal Fleisch aus dem Schaufenster stibitzt haben, dann nur so viel, dass es gerade für uns gereicht hat.«

»Du hast doch erzählt, dass Tito die Kerzen aus einer Fabrik bekommt, richtig?«, fragte Adam.

»Nein, das ist meine Freundin Daisy. Und ja. Die Fabrik steht in Daisys Heimatort. Dort stellen sie jede Menge Kerzen her und werfen die Ausschussware weg. Daisy bringt sie bündelweise zu uns Waisen, damit wir sie verkaufen und etwas dazuverdienen können. Sie sagt, dass der Fabrikbesitzer deswegen sauer auf sie ist, aber es wäre doch eine Schande, die Kerzen verrotten zu lassen, bloß weil ein Streifen fehlt oder so was, verstehst du?«

»Wo genau liegt denn diese Fabrik?«

»Nicht weit von hier, in einer Kleinstadt nördlich von New York.«

Sie gingen mehrere Blocks weiter, bis sie in einen deutlich weniger wohlhabenden Teil der Stadt kamen. Die Backsteinhäuser hier waren von rostigen Maschendrahtzäunen umgeben. Manche Fenster waren mit Brettern vernagelt.

Francine steuerte auf ein Gebäude zu, das wie ein verlassenes Lagerhaus aussah. Dort angekommen, bückte sie sich und stieß ein kleines Fenster in Bodenhöhe auf. Es war gerade so breit, dass sie hindurchschlüpfen konnten.

»Also, ich weiß nicht ...«, zögerte Adam, denn er wusste, was Onkel Henry dazu sagen würde, dass er in ein verlassenes Lagerhaus einstieg.

Francine verdrehte die Augen. »Außer mir und den anderen Kindern ist hier niemand. Und wir beißen nicht.«

Von irgendwo drinnen hörte Adam Gelächter. Außerdem glaubte er, ein Radio dudeln zu hören.

Widerwillig schob er sich durch das Fenster. Der Boden drinnen war staubig, die Wände kahl, doch helles Sonnenlicht durchflutete den großen Raum, der so aussah, als hätte sich jemand bemüht, ihn gemütlicher zu machen. An der Wand reihten sich mehrere angeschlagene Blumentöpfe, dazwischen glänzende Kieselsteine, Stapel von Esstellern und haufenweise andere Sachen, darunter abgegriffene Bilderbücher,

Papierpuppen und ein kleiner silberner Kassettenrekorder. Fünf Pappkartons waren zu einem behelfsmäßigen Tisch zusammengeschoben, und ein dünnes Bettlaken diente als Tischtuch. Vor der Wand gegenüber waren Schlafsäcke und Decken ausgebreitet. Die Halle dröhnte vom Gelächter mehrerer Kinder, die in ein Murmelspiel vertieft waren, während neben ihnen ein verstaubt aussehendes Grammofon spielte.

»Wir sorgen für uns selbst«, erklärte Francine. »Ein paar von uns verkaufen Zeitungen. Andere putzen Schuhe – die Geschäftsleute in der Innenstadt haben sie gern auf Hochglanz poliert. Nur leider machen sie gerade schwierige Zeiten durch, sodass wir momentan weniger Kunden haben.«

»Aber was esst ihr?«, konnte Adam sich nicht verkneifen zu fragen.

»Wie ich schon sagte, Reste, die sonst keiner will«, antwortete Francine unbekümmert, als würden sie übers Wetter reden. »Wir wissen, wo in New York die besten Reste zu finden sind. Pommes, Steaks, was du willst. Du glaubst ja nicht, wie viele Leute tellerweise Essen wegwerfen! Wir legen unser Geld zusammen, und manchmal haben wir genug gespart, dass wir an Geburtstagen warme Brezeln mit Senf kaufen können.«

Wieder hätte Adam gern von der Bäckerei seines Onkels erzählt. Vielleicht konnte er nächstes Mal einen Kuchen mitbringen.

Er folgte Francine in die hintere Ecke der Halle, wo Holzkisten zu einer Art Wand gestapelt waren. Sie gab ihm ein Zeichen zu warten, zog die Würstchenketten hervor und verschwand hinter der Kistenwand. Gleich darauf kam sie mit leeren Händen wieder.

»Wir haben ihm da hinten einen Schlafplatz hergerichtet«, erklärte sie, »damit der Rest von uns nicht auch noch krank wird.«

Adam begriff, dass sie von Tito sprach. »Er sollte zum Arzt«, sagte Adam.

Francine schüttelte den Kopf. »Die Krankenhäuser sind zurzeit voll mit Patienten, die Kinderlähmung haben. Mit solchen, die zahlen können. Waisen wie wir sind dort selten willkommen.«

Francine ging zu einem Haufen mit Sachen, wühlte darin herum und zog eine kleine, rechteckige Büchse hervor. Sie hob den Deckel und hielt Adam die Büchse hin.

»Was zum Naschen?«, fragte sie. Es war klar, dass sie das Thema wechseln wollte.

Adam spähte hinein. Die Bonbons in der Dose waren rund und gemustert wie Pfefferminzbonbons, aber durchsichtig wie Glas und mit roten und schwarzen Spiralen innen. Francine überlegte nicht lange. Gierig nahm sie zwei heraus und steckte sie in den Mund. Erst zuckte sie zusammen, dann grinste sie.

»Nun probier schon«, drängte sie Adam. »Daisy macht die besten Bonbons der Stadt!«

Adam wusste nicht recht. Als kleiner Junge hatte er gelernt, von Fremden keine Süßigkeiten anzunehmen. Aber Francine hatte so großes Vertrauen zu ihm, dass sie ihn in ihr geheimes Zuhause mitgenommen hatte, und sah ihn jetzt erwartungsvoll an. Also nahm er widerwillig ein Bonbon.

Es schmeckte scheußlich. Bitter und salzig. Adam wollte es schon ausspucken, da sagte Francine: »Warte noch ein paar Sekunden.«

Der Geschmack erinnerte ihn an Gewitterwolken und morsche Holzdielen – und auch an die Schar schwarzer Krähen, die sich bei der Beerdigung seiner Eltern versammelt hatte. Ihr Lehrer in der zweiten

Klasse hatte ihnen erzählt, dass das Auftauchen von Krähenschwärmen früher als Vorbote von Unheil und Tod gegolten hatte. Der Gedanke trübte Adams Stimmung erheblich, und er fragte sich, was nur in ihn gefahren war, dass er einem fremden Mädchen in einer völlig anderen Zeit in ein verlassenes Lagerhaus folgte.

Dann, mit einem Schlag, veränderte sich der Geschmack des Bonbons. Es wurde zu einem wahren Genuss, schmeckte nach Vanille, Erdbeeren und Honig und erfüllte den Mund mit einem angenehmen Prickeln. Adam biss hinein. Die Stücke knirschten zwischen den Zähnen. Und dann grinste er von einem Ohr zum anderen, genau wie Francine.

»Hab ich's nicht gesagt?«, sagte Francine mit einem Nicken. »Bittersüße Bonbons nennt Daisy sie. Nach ihrem Spezialrezept zubereitet. Hast du den bitteren Teil hinter dir, schmecken sie himmlisch.«

»Wer genau ist diese Daisy eigentlich?«

»Hab ich doch gesagt, eine Freundin. Wir haben uns vor einiger Zeit in der Innenstadt kennengelernt. Sie macht eine Lehre in einer der bekanntesten Konditoreien der Stadt und arbeitet sich dort nach oben.« Francine klang stolz. »Wusstest du, dass sie auch keine Familie mehr hat? Ihre Leute haben sie aus irgendeinem Grund verstoßen. Sie ist von zu Hause weg, um Bonbonmacherin zu werden.«

»Das ist traurig … aber auch stark.« *Bittersüß* war genau das passende Wort dafür.

Francine schlug die Augen nieder. »Ich war auch nicht immer eine Waise, musst du wissen. Ich hatte eine Familie, bis ich sieben war.«

»Oh.« Adam wusste nicht, was er sagen sollte. »Was ist passiert?«

»Wir waren auf dem Rummelplatz«, antwortete Francine knapp. »Es gab einen Unfall. Hier, nimm noch.«

Adam und Francine gönnten sich beide noch zwei bittersüße Bonbons.

Für Adam war es ähnlich, wie wenn er krank war und Medizin gegen Fieber nehmen musste: Nase zuhalten, schnell runterschlucken, und wenig später fühlte er sich schon viel besser.

»Wie alt bist du eigentlich?«, fragte Francine, während sie den Rest ihres Bonbons runterschluckte.

»Zwölf«, antwortete Adam.

Francine fasste in ihre Leinentasche, nahm nacheinander zwölf grün-weiß gestreifte Kerzen heraus und reichte sie Adam.

»Als Dankeschön dafür«, erklärte sie, »dass du mir geholfen hast, dem Metzger zu entwischen.«

Adam zögerte.

»Da, wo die herkommen, gibt es noch viele mehr. Nimm schon.«

Adam dankte ihr. »Ich werde versuchen, Tito zu helfen«, murmelte er. »In der Zukunft haben sie einen Impfstoff gegen Kinderlähmung. Nicht direkt ein Heilmittel, aber fast.«

Mit einem Mal klang Francine müde. »Lass es«, sagte sie einfach nur.

»Wie meinst du das?«

Aber Francine kniff die Lippen zusammen und antwortete nicht. Sie wandte den Blick von Adam ab und richtete ihn auf die Schneekugel.

»Die Stadt in deiner Kugel ist gerade eben verschwunden«, stellte sie fest.

Adam blickte auf die Kugel, die er schief in der Hand hielt. Zu spät bemerkte er, dass das Konfetti unter dem Glas ins Rutschen geriet.

Als er wieder aufschaute, war Francine verschwunden. Die ganze Lagerhalle war verschwunden. Er stand wieder in seinem Zimmer neben der Kommode, in den Händen die Kerzen und die Schneekugel. Er konnte hören, wie Onkel Henry im Wohnzimmer immer noch schnarchte.

Anschließend lag er lange hellwach im Bett. Bis ihm irgendwann plötzlich etwas einfiel.

Unter den vielen Sachen, die in Francines Lagerhalle an der Wand gestapelt waren, hatte sich ein silberner Kassettenrekorder befunden.

Ein Kassettenrekorder. Adam hörte zwar keine Kassetten mehr – 1999 tat das kaum noch jemand, man hörte CDs –, aber selbst er wusste, dass ein solches Gerät in Francines Zeit überhaupt nichts verloren hatte.

Seine Anwesenheit konnte zweierlei bedeuten:

Entweder war Francine ebenfalls eine Zeitreisende – oder Adam war nicht der erste Mensch, der aus der Zukunft zu ihr gereist war.

8

DAS GEHEIMNIS DES UHRMACHERS

Einen Monat nach seinem achtzehnten Geburtstag machte Elbert Walsh eine bemerkenswerte Entdeckung.

Er war gerade mit seinem treuen goldenen Pendel von der Bühne gekommen, wo er eine besonders denkwürdige Vorstellung gegeben hatte: Er hatte den Bürgermeister hypnotisiert und in tiefe Trance versetzt, und das Publikum hatte staunend zugesehen, wie dieser mächtige Mann alles tat, wozu Elbert ihn aufforderte. Der Bürgermeister hatte drei Räder geschlagen und zwei Minuten lang für die Besucher gejodelt, bevor er aus der Trance erwachte, ohne jede Erinnerung an das Geschehene.

Wie gewöhnlich umdrängte eine begeisterte Menge Elbert im Foyer. Journalisten machten sich Notizen für ihre tags darauf erscheinenden Artikel über die spektakuläre Vorstellung und bombardierten den Zauberkünstler mit Fragen.

»Elbert«, rief ein Reporter mit angeklatschten schwarzen Haaren, »stimmt es, dass Ihr Pendel pure Magie ist?«

Elbert hatte diese Frage schon unzählige Male gehört. Er zwinkerte nur als Antwort.

»Elbert«, rief jemand anderes, »werden Sie den großen Houdini zum Duell herausfordern?«

»Elbert, Elbert! Was ist Ihre Lieblingsfarbe?«

»Elbert, was ist Ihr Geheimnis?«

»Tut mir leid«, antwortete Elbert. »Ein guter Magier gibt seine Geheimnisse niemals preis.«

Es gelang ihm, der Menge zu entkommen. Draußen schlüpfte er in seinen Frühjahrsmantel und machte sich auf den Weg zu Santiagos Laden. Mittlerweile war fast ein Jahr vergangen, seit er das goldene Pendel gekauft hatte. Der alte Uhrmacher hatte ihm versichert, dass seine Schulden mehr als getilgt seien, doch Elbert arbeitete sehr gern bei ihm und ging trotzdem immer wieder hin.

An diesem Abend fiel ihm auf, dass der Laden von draußen etwas heruntergekommen aussah. Doch drinnen war alles tadellos in Schuss wie immer. Er trat durch die Tür und atmete den vertrauten Geruch von poliertem Holz, metallenen Uhrwerksrädern und nach Lavendel duftenden Kerzen ein.

»Ich bin hier«, rief Santiagos heisere Stimme.

Elbert fand ihn im hinteren Teil des Ladens, wo der alte Uhrmacher seine Reparaturen durchführte. Er nahm gerade die defekte Armbanduhr eines Kunden unter die Lupe.

»Wie war die Vorstellung?«, fragte er.

»Hervorragend, Sir«, antwortete Elbert und ließ augenzwinkernd das Pendel am Daumen baumeln, ehe er es wieder in die Tasche steckte. »Ich habe ein Angebot, nächsten Monat in Philadelphia aufzutreten.«

»Na wunderbar. Ich habe immer gewusst, dass du es weit bringen kannst.« Santiago bekam einen Hustenanfall.

»Alles in Ordnung, Sir?«

»Ja, ja, nur eine scheußliche Allergie.« Der Uhrmacher schniefte. »Fang dir bloß keinen Heuschnupfen ein wie ich.«

Seit ein paar Monaten sorgte sich Elbert zunehmend um Santiagos Gesundheit. Wegen seines krummen Rückens ging der alte Mann so gebeugt, dass er nur noch halb so groß war wie die Standuhr.

An diesem Abend hatte Santiago nicht nur einen, sondern fünf Hustenanfälle. Jedes Mal musste Elbert hilflos zusehen. Er bot an, ein Glas Wasser zu holen, Medizin aus der Apotheke. Der alte Mann lehnte ab.

Die beiden waren gerade dabei, die Taschenuhren für heute wegzuräumen, als Elbert die Frage stellte, die ihm auf der Seele brannte.

»Santiago, was wird eigentlich aus dem Laden, wenn Sie ... sich zur Ruhe setzen?«

»Meine Uhren sind mein Leben. Ich werde mich nie zur Ruhe setzen.«

»Nein, Sir, ich meine, was geschieht, falls Sie mal krank werden sollten und ...« Elbert verstummte verlegen.

Es folgte ein längeres Schweigen. »Wieso fragst du?«

»Wer wird dann den Laden führen? Für Ihre Kundschaft Reparaturen entgegennehmen? Was wird dann aus all den wunderbaren Uhren, die Sie gebaut haben? Sie haben hier viele kostbare Stücke, Sir. Sie können nicht zulassen, dass sie irgendwelchen Leuten in die Hände fallen, die sie womöglich gar nicht zu schätzen wissen. Das wäre doch ein Jammer.«

»Ach ja.« Santiago lächelte. »Ich liebe zwar alle meine Arbeiten, Elbert, doch eigentlich gibt es in meinem Laden nur zwei wirklich kostbare Stücke. Drei, wenn du das Pendel in deiner Tasche mitzählst, aber das gehört ja dir.«

Der alte Mann schlurfte durch den Raum zu dem Tresor, der in die hintere Wand eingemauert war. Elbert hatte nie gesehen, was der Tresor enthielt. Umso neugieriger beobachtete er jetzt, wie Santiago am Kombinationsschloss drehte, dann hineinfasste und einen kleinen, in Samt eingeschlagenen Gegenstand herausnahm.

»Das habe ich noch keiner Menschenseele gezeigt«, sagte der Uhrmacher mit gedämpfter Stimme.

Er schlug das Tuch zurück, und zum Vorschein kam eine fein geschnitzte, kastanienbraune Schatulle, die vorn mit einem goldenen Wappen versehen war und auf vier kurzen Füßen stand. Die Ränder waren mit goldglänzenden Bändern eingefasst.

»Ist das eine Spieldose?«, fragte Elbert.

»Es ist mehr als eine einfache Spieldose«, antwortete Santiago mit einem wissenden Lächeln. Er machte eine Pause, und Elbert spürte, dass er seine Worte sorgfältig abwog. »Diese spezielle Dose ist verhext.«

»Verhext?«

»Ist dir aufgefallen, dass sie keinen Schlüssel zum Aufziehen hat? Sie hat deshalb keinen, weil sie nicht auf Kommando spielt. Sie spielt nur zu ... bestimmten Anlässen.«

»Was für Anlässen?«, fragte Elbert fasziniert.

Doch Santiago gab darauf keine Antwort. »Der Besitz dieser Spieldose ist nichts für Leute mit schwachen Nerven, denn ihre Musik wird ihnen nur Kummer und Sorgen bereiten. Sie ist nichts für Leute, die nach *Gründen* suchen, warum Dinge geschehen.«

Elbert strich über die Spieldose. Ein Kribbeln schoss durch seine Finger und bis hinauf in seine Schulter.

»Vorsicht«, murmelte Santiago.

»Wo haben Sie sie her?«

»Das ist eine lange Geschichte. Die Kurzversion geht so: Ich habe sie nach langjähriger Suche in meinen Besitz gebracht, nachdem ich das Vertrauen des Vorbesitzers gewonnen hatte. Sie hat nur zweimal für mich gespielt. Und zweimal genügt.«

Langsam ging es Elbert auf die Nerven, dass der Uhrmacher ständig in Rätseln sprach, doch sein Groll wich bald der Sorge, als Santiago erneut einen Hustenanfall bekam.

»Was ist das andere kostbare Stück?«, fragte Elbert.

Santiago zog bedächtig ein abgegriffenes Notizbuch aus dem Tresor. Den hellblauen Umschlag verunzierten Hunderte Falten und Knicke. »Das Ergebnis meiner Nachforschungen«, sagte Santiago einfach nur.

Er legte die Spieldose und das Notizbuch zurück und klappte die Tresortür wieder zu.

»Aber um auf deine Frage zurückzukommen, was mich und den Laden betrifft. Mach dir um die Zukunft keine Sorgen, mein Freund. Konzentriere dich nur auf die Gegenwart, alles andere ergibt sich von allein.«

Doch bevor sich Elbert an diesem Abend von ihm verabschiedete, fügte der Uhrmacher noch hinzu: »Aber sollte ich morgen sterben, sorge bitte dafür, dass meine beiden Kostbarkeiten nicht in falsche Hände geraten.«

»Das werde ich«, versprach Elbert.

9
CANDLEWICK

Mittlerweile war sich Adam natürlich vollkommen darüber im Klaren, dass die Schneekugel über besondere Kräfte verfügte. Zweimal war er mit der Kugel in der Hand auf unerklärliche Weise an einen anderen Ort in New York gereist, noch dazu in eine ganz andere Zeit.

Trotzdem hatte er mit seinem Onkel bisher nicht über die Schneekugel oder seine Abenteuer gesprochen. Zum einen, weil Onkel Henry alles, was mit Magie zu tun hatte, mit nüchternen Augen sah. Als Adam noch jünger war und sie vor dem Schlafengehen zusammen Märchen lasen, gab Onkel Henry immer seinen Kommentar zu der Handlung ab.

Zum Beispiel: »›Die drei kleinen Schweinchen sagten ...‹ Hm, *sagten,* das kann nicht wörtlich gemeint sein, denn Schweine können ja gar nicht sprechen ...«

Oder: »›Rapunzel ließ ihr langes Haar herab, und der Prinz kletterte daran am Turm hinauf ...‹ Das ist völlig unmöglich. Meine Güte, die arme Rapunzel würde sich das Genick brechen, wenn sie versucht, das Gewicht des Prinzen mit den Haaren zu tragen!«

Oder: »›Hänsel und Gretel entdeckten ein Haus, das ganz aus Lebkuchen gebaut war …‹ Aber so ein Haus würde im wirklichen Leben so viele Ameisen und andere Tiere anlocken, dass sie es an einem einzigen Tag komplett auffressen würden. Außerdem könnte man gar nicht erst hineingehen. Wissen die Verfasser denn nicht, wie leicht Lebkuchen krümelt?«

Was würde Onkel Henry dann wohl erst zum Thema Zeitreisen sagen, abgesehen davon, dass er ihn zum Psychiater schicken würde?

Zum anderen wollte Adam die Schneekugel nicht verlieren. Vielleicht aus dem einfachen Grund, weil sie seinen Eltern gehört hatte. Er besaß nicht viele – geschweige denn wertvolle – Dinge, die ihnen gehört hatten. Nach ihrem Tod hatten ihm Erwachsene in feinen Anzügen und mit Aktenkoffern erklärt, dass man die meisten Sachen seiner Eltern fortbringen werde, und dabei Wörter wie »Eigentumsrückübertragung« und »Schuldentilgung« benutzt, die Adam nicht verstand.

Vielleicht hatte er auch geschwiegen, weil er das unbestimmte Gefühl hatte, dass eine Magie, die so mächtig war, dass sie die Fesseln der Zeit sprengen konnte, besser geheim gehalten werden sollte. Zeitreisen waren keine alltägliche Sache. Wenn zu viele Leute von der Schneekugel erfuhren, darüber war sich Adam im Klaren, würde das totale Chaos ausbrechen.

Schließlich gab es noch einen dritten, tieferen Grund, den er sich selbst nicht eingestehen wollte. Und das war der Gedanke, dass es, wenn er mithilfe der Schneekugel tatsächlich regelmäßig in die Vergangenheit reisen konnte, vielleicht irgendwie möglich war, zu dem verhängnisvollen Tag zurückzureisen, an dem seine Eltern starben, und sie davor zu warnen, ins Flugzeug zu steigen. Er wollte sich keine falschen Hoffnungen machen. Aber mit der Hoffnung ist das so eine Sache. Selbst wenn wir uns alle Mühe geben, erst gar keine aufkommen zu lassen, poppt sie in uns auf wie Popcorn in der Mikrowelle.

Mittlerweile stand Halloween vor der Tür. In diesem Jahr fiel dieser geniale Tag, an dem man sich als Monster oder Geist verkleiden darf und dafür umsonst Süßigkeiten bekommt, auf ein Wochenende, was bedeutete, dass alle noch ausgiebiger feiern konnten. Überall im Viertel wurden Spukhausführungen und Kostüme zu ermäßigten Preisen angeboten, und der Umsatz mit Süßigkeiten explodierte. Auch der Biscuit Basket hatte sich auf das Ereignis vorbereitet und bot Halloween-Kuchen mit Kürbisgesicht und Schokokekse im Fledermauslook an.

Die Bäckerei lockte mehr Kunden an als sonst, und das war Francines Kerzen zu verdanken, die dort jeden Abend brannten. Adam hatte einfach behauptet, er hätte sie auf dem Dachboden gefunden, und Onkel Henry hatte ihm dabei geholfen, sie aufzustellen. Und so erstrahlte der Laden jetzt Abend für Abend im Glanz zwölf flackernder orangefarbener Lichter und duftete angenehm nach Blumen – »nach Lavendel und etwas Würzigem«, wie Onkel Henry nach einer Schnupperprobe mit seiner feinen Bäckernase befunden hatte. Viele Passanten blieben draußen stehen und bewunderten den Anblick.

»Das mit den Kerzen war eine glänzende Idee, einfach genial«, sagte Onkel Henry zu Adam, nachdem er wieder eine Schachtel Fledermauskekse verkauft hatte. »Kerzenlicht verleiht dem Laden eine besondere Note, findest du nicht?«

Adam stimmte ihm zu. Es war doch seltsam, dass Kerzen zu den ganz wenigen Dingen gehörten, die sich sowohl bei freudigen als auch bei traurigen Ereignissen als Dekoration eigneten – ob nun Geburtstag, Feiertag oder Beerdigung, sie waren ideal.

In den folgenden Tagen half Adam, die zahlreichen neuen Kunden zu bedienen, und dabei fiel ihm ein Gesicht auf, das immer wieder in der Menge auftauchte. Es gehörte einem großen, hageren Mann im schwarzen Anzug, der jeden Tag draußen vor der Bäckerei stand. Der Mann hatte dunkles Haar, das zu seinem Anzug passte, ein auffallend spitzes Kinn und ständig einen mürrischen Ausdruck im Gesicht. Er stand immer an derselben Stelle, glotzte durchs Schaufenster herein und war nach wenigen Augenblicken wieder verschwunden.

Eines Abends – Adam hatte gerade unverkaufte Reste im Loch abgeliefert – bemerkte er denselben Mann in einer Gasse, wo er sich im Schatten herumdrückte und ihn beobachtete. Als er sah, dass Adam zurückstarrte, suchte er das Weite.

Am Freitag erzählte Adam Onkel Henry von seinen verdächtigen Beobachtungen.

»Ein Fremder, der dich verfolgt?«, wiederholte Onkel Henry.

Adam nickte. »Er lungert vor der Bäckerei herum. Meistens am Abend.« Einmal glaubte er, den Mann auch morgens gesehen zu haben, bevor er zur Schule ging, aber er war sich nicht sicher.

Der Onkel, der gerade in einer Schüssel Schlagsahne schlug, unterbrach seine Arbeit und sah ihn besorgt an. »Hat dich der Mann angesprochen?«

»Nein.«

»Hm, ich werde die Augen offen halten. Und du achtest darauf, dass du immer im Blickfeld anderer Leute bleibst.« Onkel Henry schlug weiter seine Sahne und brummte, mehr zu sich selbst: »Wahrscheinlich nur ein Konkurrent, der den Laden auskundschaften will, jetzt, wo er so gut läuft. Dem werden wir's zeigen.«

Am Samstagabend, dem Tag vor Halloween, geschah etwas Merkwürdiges. Allerdings hatte es weder mit dem Fremden im schwarzen Anzug noch mit den als Mumien verkleideten Teenagern zu tun, die alle Bürgersteige mit Klopapier zumüllten und die Bewohner der Straße zur Weißglut brachten.

Es hatte – ja, ihr ahnt es schon – mit der Schneekugel zu tun.

Als Adam zu Bett ging, riss er verwundert die Augen auf, und das Herz sprang ihm vor Aufregung fast aus der Brust.

Die Schneekugel auf der Kommode hatte sich verändert: Unter dem Glas zeigte sich eine Miniaturstadt inmitten einer hügeligen Graslandschaft.

Adam betrachtete die Szenerie eine Weile. Dann ging er nach unten. »Ich habe etwas vergessen«, antwortete er Onkel Henry, der ihm aus dem Wohnzimmer einen fragenden Blick zuwarf. Unten in der Bäckerei schnappte er sich vier übrig gebliebene Pasteten (sein Gefühl sagte ihm, dass Francine die mit Käsefüllung mögen könnte) und eilte wieder nach oben in sein Zimmer. Er schlüpfte in seine Winterjacke und wickelte sich vorsichtshalber noch einen Schal um. Dann packte er die Pasteten in eine Papiertüte und ergriff mit der freien Hand die Schneekugel.

Er schüttelte sie.

Wie erwartet, fand er sich auf einem grasbewachsenen Hügel wieder, der genauso aussah wie der in der Schneekugel. Der Himmel war lavendelblau, und die Luft fühlte sich nach Spätsommer an. Für Winterkleidung war es viel zu warm. Adam zog den Reißverschluss seiner Jacke auf und klemmte den Schal unter den Arm.

Von dem Hügel aus blickte Adam auf mehrere andere Hügel, und auf dem letzten thronte eine kleine Stadt, deren Häuser sich wie rotweiße Bauklötze aneinanderreihten. Dahinter ragte ein düsteres, graues Gebäude empor, dessen Schornsteine ebenso graue Wolken in den Himmel pusteten.

Adam tat das einzig Logische und machte sich auf den Weg zu der Stadt.

Der Himmel verdunkelte sich, und in dem Städtchen gingen flackernd die Straßenlampen an, eine nach der anderen. Als Adam den Stadtrand erreichte, erkannte er, dass es keine gewöhnlichen Straßenlampen waren. Sie hatten die Form altmodischer Laternen. Von spiralförmigen Stangen baumelten schmiedeeiserne Leuchten, in denen statt Glühbirnen Kerzen brannten. Er sah sich eine genauer an, in deren Glasgehäuse eine gelbe Flamme über einer klobigen Kerze flackerte.

Im ersten Moment fragte sich Adam, ob er womöglich in einer Zeit gelandet war, in der es noch keine Elektrizität gab. Doch als er tiefer in die Stadt hineinging, sah er, dass die Häuser ganz normale Wohnhäuser waren, wie in vielen anderen Teilen des Landes auch: aus rotem Backstein, zweistöckig, mit mittelgroßer Garage und weißem Lattenzaun. Die Vorgärten waren gepflegt, einige hatten Blumenbeete. Der Ort erinnerte Adam an seine frühe Kindheit, an die Zeit, bevor er in die Stadt zu Onkel Henry gezogen war. An weites, offenes Land, an den Duft von frisch gemähtem Gras, an die Sonnenblumen der Nachbarn im Sommer.

Inzwischen brannte in vielen Häusern Licht, sodass Adam sehen konnte, was sich hinter den Fenstern abspielte. In einem Haus telefonierte eine Frau, während ein Junge im Teenager-Alter und ein Kleinkind wie gebannt vor einem klobigen Fernseher saßen und sich einen Zeichentrickfilm in Schwarz-Weiß anschauten. Im Haus nebenan schnippelte eine Frau in der Küche Gemüse. Eine Straße weiter spielten zwei Jungen in ihrer Einfahrt Basketball. Irgendwo bellte ein Hund.

Keines dieser Häuser interessierte Adam. Nein, was seine Aufmerksamkeit erregte, war das fünfte Haus in der Straße. Schaurige Musik drang leise aus einem offenen Fenster im Erdgeschoss des quadratischen Backsteinbaus. Die Melodie ließ Adam an Friedhöfe und sternlose Nächte denken.

Die Musik lockte ihn näher ans Fenster. Er spähte hinein. Ein Junge mit Fliegerhelm saß auf einem Bett und hantierte mit einer Spieldose. Er machte ein enttäuschtes Gesicht. Als der letzte Ton verklungen war, schaute der Junge auf. Und Adam direkt in die Augen.

»Wer bist du?«

Adam taumelte nach hinten.

Der Junge kam ans Fenster. Er war ungefähr in Adams Alter, sah sportlich aus und hatte blaue Augen, die Adam misstrauisch anblickten. »Wer bist du?«, wiederholte der Junge. »Wieso spionierst du mir nach?«

»T-tu … ich doch gar nicht«, stammelte Adam. Er fühlte sich auf frischer Tat ertappt und gestand: »Ich wollte nur der Spieldose zuhören.«

Er wandte sich zum Gehen, doch der Junge mit dem Fliegerhelm rief: »Warte!«

Er öffnete das Fenster weiter und winkte Adam. »Geh noch nicht«, sagte er und spähte die Straße hinunter. »Bleib doch ein bisschen. Ich beiße nicht. Bist du neu in der Stadt? Ich heiße übrigens Jack.« Der Junge lächelte.

Adam sah Jack an, dass er in der Schule beliebt war und zu denen gehörte, die mühelos Freunde fanden.

»Ich heiße Adam«, erwiderte er zögernd. »Ich bin aus New York.«

»Wirklich? Mein Dad und ich fahren da manchmal mit dem Zug hin und sehen uns einen Film an. Die Kinos dort sind fantastisch. Ist deine Familie hierhergezogen?«

»Nein, ich bin nur zu Besuch.«

»Bei wem denn? Ich kenne so ziemlich jeden in der Stadt.«

Adam hielt die Schneekugel und die Tüte mit den Pasteten hinter dem Rücken versteckt. Francine musste hier irgendwo sein. »Bei ... bei einer Freundin. Aber jetzt muss ich weiter.«

»Komm schon, warum so eilig?«, sagte Jack. »Vor einer Minute hast du mir praktisch noch nachspioniert. Oder macht dir vielleicht mein Fliegerhelm Angst?«

Noch nie hatte jemand so schnell Interesse an Adam gezeigt oder gar mit ihm gescherzt. Er errötete und wusste nicht, was er antworten sollte. Er wechselte das Thema. »Kann ich mir mal die Spieldose ansehen?«

Jack presste die Lippen zu einer scharfen Linie zusammen. »Ich weiß nicht ...«

Doch offensichtlich befürchtete er, dass Adam sonst gehen würde, denn er ging sie holen. Als er wiederkam, trug er die Spieldose unsicher mit ausgestreckten Armen vor sich her, als wäre sie eine Bombe, die jede Sekunde explodieren konnte. »Hier, siehst du?«

Es war eine hübsche Spieldose, aus schönem Kastanienholz mit einem goldenen Wappen. Merkwürdigerweise schien sie keinen Aufziehschlüssel zu haben. Adam fasste durchs Fenster, um Jack die Dose abzunehmen, doch der zog sie mit einem Ruck zurück.

»Wo hast du sie her?«, fragte Adam, in Gedanken wieder bei der Gruselmusik, die sie gespielt hatte.

»Mein Dad hat sie mir vor ein paar Monaten zu meinem elften Geburtstag geschenkt. Früher hat sie seinem Dad gehört. Meinem Großvater.«

»Oh«, sagte Adam. Das war wohl der Grund, warum Jack so behutsam mit ihr umging. »Ihre Musik klingt … interessant.«

»Ja«, erwiderte Jack knapp und stellte die Spieldose vorsichtig auf seinen Schreibtisch, neben ein halb fertiges Modellflugzeug und einen leeren Kerzenständer aus Zinn.

Das übrige Zimmer war einfach, aber sauber. An der Wand neben dem Fenster stand ein Bücherregal, voll mit Luftfahrtzeitschriften und fertig zusammengebauten Modellflugzeugen. Noch mehr Zeitschriften stapelten sich auf der Kommode und dem Nachttisch in der Ecke. Über dem Nachttisch hing ein Monatskalender, dessen oberstes Blatt *August 1967* anzeigte.

Adam war zweiunddreißig Jahre in die Vergangenheit gereist.

Jack bemerkte, dass Adam die Flugzeuge betrachtete. »Die hat mir mein Dad besorgt«, sagte er. »Die Boeing 707 gefällt mir am besten. Wir haben nur zwei Stunden gebraucht, um sie zusammenzubauen.« Er konnte sich ein stolzes Lächeln nicht verkneifen. »Ich will später mal Pilot werden. Und du? Magst du Flugzeuge?«

»Nein«, antwortete Adam ohne Zögern und ein wenig zu laut.

Jacks Lächeln verblasste. »Nicht alle müssen dieselben Sachen mögen«, sagte er in leicht gekränktem Ton.

»Ich weiß, ich …« Adam verstummte verlegen. Eine Weile herrschte Schweigen. Es war Jack, der es brach.

»Ich hätte da eine Frage«, sagte er und sah Adam prüfend an. »Bist du aus Asien?«

Adam war Fragen nach seinem Aussehen gewohnt. »Ich bin hier geboren. Meine Mom stammte aus China, und mein Dad war Amerikaner, aber mit deutschen Vorfahren. Sie haben sich in Europa kennengelernt, wo sie für eine Wohltätigkeitsorganisation gearbeitet haben.« Und in der Hoffnung, Jack zu beeindrucken, fügte er scherzhaft hinzu: »Sie kamen von entgegengesetzten Enden der Erde – ich trage die halbe Welt in mir.«

Jack sah ihn mit großen Augen an. »Das ist stark. Weißt du, dass der Oberste Gerichtshof erst vor Kurzem dieses Ehegesetz aufgehoben hat?«

»Was für ein Ehegesetz?«

»Na, das Gesetz, das Menschen unterschiedlicher Hautfarbe verbietet, einander zu heiraten.«

Adam biss sich auf die Lippe. Seine Eltern hätten also gar nicht heiraten dürfen, wenn sie dreißig Jahre früher gelebt hätten.

»Ich finde, das war eine dumme Regel«, fuhr Jack fort. »Genauso gut könnte man sagen, dass Menschen mit blonden Haaren nur andere Blonde heiraten dürfen. Oder dass Menschen mit Sommersprossen nur jemand heiraten dürfen, der auch Sommersprossen hat. Darauf läuft es doch hinaus.«

»Ja«, stimmte Adam zu. »Und … wo sind deine Eltern?«

»Ich wohne hier mit meinem Dad. Er ist bei der Arbeit.« Er deutete mit dem Kopf die Straße hinunter.

Adam blickte in die Richtung. Er sah wieder das graue Gebäude, viel näher jetzt, mit seinen hohen Schornsteinen, die immer noch dicke Rauchwolken ausstießen.

»Was ist das für ein Gebäude?«

Jack schnaubte, aber nicht unfreundlich. »Du weißt nicht, was das ist? Dann bist du wirklich nicht von hier. Das ist die Kerzenfabrik von Candlewick – auch Perle von Candlewick genannt.«

Die Stadt hieß also Candlewick, was *Kerzendocht* bedeutete. Adam musste über den ungewöhnlichen Namen grinsen. Er nahm sich vor, die Stadt in der Bibliothek nachzuschlagen, wenn er wieder zu Hause war. Er hatte keine Ahnung, wo sie lag, und Jack konnte er nicht fragen, denn dadurch hätte er sich womöglich verraten.

Stattdessen fragte er: »Warum ist sie denn die Perle von Candlewick?«

»Na ja, die ganze Stadt ist verrückt nach Kerzen«, antwortete Jack. »Mit Kerzen verdienen wir unseren Lebensunterhalt. Mein Vater hat mich sogar nach einem Kinderreim über Kerzen benannt. Der geht so:

Jack, sei flink, Jack, sei schnell,
Spring übers Kerzenlicht, so hell.«

»Hast du deshalb einen Kerzenständer auf dem Schreibtisch?«, fragte Adam.

Jack lachte und sagte: »Der war gut.« Dabei hatte es Adam gar nicht witzig gemeint.

»Kerzen, wie sie hier hergestellt werden, findest du sonst nirgendwo auf der Welt«, fuhr Jack fort. »Die ganze Stadt arbeitet in der Fabrik. Mit den Kerzen wird viel Geld gemacht, deshalb glauben die Leute, dass die Fabrik die Perle von Candlewick ist. Aber das ist sie nicht, denn am Ende landet das meiste von dem Geld beim Goldschmodder.«

»Was ist der Goldschmodder?«

»Nicht was – *wer*«, verbesserte ihn Jack. »Der Goldschmodder ist der Besitzer der Fabrik. Der reichste und gemeinste Kerl in der Stadt. Er schindet die Arbeiter und brüllt sie die ganze Zeit an. Er behält sogar einen Teil des Geldes, das er ihnen eigentlich auszahlen müsste.«

»Das klingt ja schrecklich.«

Jack nickte. »Er trägt ständig so ein blödes Pendel aus Gold um den Hals, als müsste er damit angeben, wie viel Geld er besitzt. Deshalb nenne ich ihn den Goldschmodder. Nach außen glänzend und innen voller Schmodder und anderem ekligen Zeug. Na ja, und vielleicht auch etwas echtem Gold. Er isst nämlich Goldblättchen zum Abendessen, hast du das gewusst?«

Adam verzog das Gesicht. Er kannte in New York viele Bäckereien, die ihr Gebäck mit Blattgold verzierten, aber er persönlich fand Gold zu essen ungefähr so verlockend wie den Verzehr von Farbe oder Klopapier. Von der ungeheuren Verschwendung mal ganz abgesehen.

»Er ist der habgierigste Fiesling aller Zeiten.« Jack runzelte die Stirn. »Ich war damals noch nicht geboren, aber als er die Fabrik übernahm und herausfand, dass seine kleine Schwester armen Kindern Kerzen zum Verkaufen geschenkt hatte, fing er mit ihr einen heftigen Streit an. Es heißt, er wäre immer neidisch auf seine Schwester gewesen. Sie wollte selbst Erfolg haben und sich nicht auf das Familienunternehmen stützen, und das hat sie wohl zu Rivalen gemacht.«

Etwas an der Geschichte kam Adam sehr bekannt vor. »Was geschah dann?«

»Seine Schwester stellte Süßigkeiten her – Bonbons, Schokolade und solche Sachen. Ein paar Jahre später kaufte er alle Süßwarenläden und Konditoreien in der Stadt auf, um zu beweisen, dass er nicht nur von Kerzen etwas verstand, sondern auch andere Sachen gut konnte. Aber das war nicht der Fall. Kaum war er der neue Besitzer der Läden, verkaufte er die Süßigkeiten für das Hundertfache von dem, was sie ursprünglich gekostet hatten. Jetzt kann sie sich niemand mehr leisten. Ich bekomme nur Süßigkeiten, wenn ich mit meinem Vater nach New York fahre.«

»Was macht der Goldschmodder mit den Süßigkeiten, wenn sie niemand kauft?«

»Er isst sie alle selbst! Nicht mal sein eigener Sohn bekommt welche.« Jack zuckte mit den Schultern. »Also, persönlich bin ich dem Sohn des Goldschmodders nie begegnet. Er soll eine Art Eigenbrötler sein.« Er verschränkte die Hände und spähte wieder die Straße hinunter.

Obwohl Adam wusste, dass es ihn nichts anging, fragte er schüchtern: »Warum suchen sich dein Dad und die anderen keine andere Arbeit, wenn dieser Goldschmodder so ein Ekel ist?«

Jack runzelte die Stirn unter dem Fliegerhelm. »Keine Ahnung. Mein Dad sagt ständig, dass er aus Candlewick weggehen will, aber er tut es nicht. Als würde er jedes Mal plötzlich vergessen, was der Goldschmodder so alles treibt. Einmal hat er zum Beispiel eine Anweisung falsch ausgeführt und ist vom Goldschmodder mit dem Stock geschlagen worden. Mein Dad hatte einen riesigen blauen Fleck am Arm. Er schwor sich, noch am selben Abend zu kündigen. Doch am nächsten Morgen konnte er sich nicht mal mehr erinnern, woher er den blauen Fleck hatte. Er wollte mir nicht glauben, als ich es ihm sagte!«

Adam äußerte leise die Vermutung, dass ein schlechtes Gedächtnis der Grund dafür sein könnte. Doch Jack schüttelte den Kopf.

»Das von meinem Dad ist so scharf wie nur was. Er ist topfit im Kopf. Sieh dir nur die Modellflugzeuge an, die er mit mir zusammengebaut hat. Aber hier in der Gegend gibt es nur wenige Jobs, und ältere Semester wie er haben keine große Auswahl. Mein Großvater war nicht begeistert, als er erfuhr, dass mein Dad in der Kerzenfabrik arbeitete. Er sagte, er könnte vielleicht verzeihen, aber niemals vergessen, was die Besitzer getan hätten. Großvater war schon etwas wunderlich, aber er hat mir die besten Geschichten erzählt. Auf die Fabrik war er nie gut zu sprechen ...«

Ein gellendes Pfeifen zerriss die Luft. Jack fuhr ruckartig hoch, reckte den Hals und schaute aus dem Fenster.

»Die Schicht ist zu Ende«, sagte er nervös. »Bald wird mein Dad kommen. Glaubst du ...« Er sah Adam an. »Könntest du noch etwas bleiben? Nur bis mein Dad da ist?«

»Klar, kein Problem.«

Adam verstand. Als er klein war, hatte er auch immer auf die Rückkehr seiner Eltern warten müssen. Er hatte die Tage im Kalender gezählt. Noch fünf Tage, bis sie von einer medizinischen Hilfslieferung nach A zurückkehrten; noch vier Tage, bis sie ein Hausbauprojekt in B beendeten; noch drei Tage, bis die beiden mit der Erkundung der Schweizer Berge fertig waren.

Der letzte Countdown hatte zwei Stunden und dreiundvierzig Minuten gedauert. Dann war es zu dem tragischen Unfall gekommen.

Adam wartete jetzt schweigend neben Jack, der mit Adleraugen die Straße beobachtete. Nach einer Weile kamen langsame Gestalten den Hügel heraufgetrottet. Erwachsene in zerknitterten Hemden und schmutzigen Khakihosen, die Gesichter leer und erschöpft. Einer nach dem anderen schlurfte an den beiden Jungen vorüber, ohne sie zu beachten. Auch ein paar Autos fuhren vorbei, altmodische Modelle, die Onkel Henry als *Oldtimer* bezeichnet hätte.

Nach jedem Passanten machte Jack den Hals noch länger. Er umklammerte das Fensterbrett so fest, dass die Knöchel seiner Finger weiß hervortraten.

»Noch nichts von ihm zu sehen?«, fragte Adam, nachdem der elfte Arbeiter vorüber war.

Jack schüttelte wortlos den Kopf.

Adam hatte Mitleid mit ihm. Hätte sein Vater für jemanden wie den Goldschmodder gearbeitet oder blaue Flecken von der Arbeit mit nach Hause gebracht, hätte er sich auch Sorgen gemacht. Außerdem fiel ihm auf, dass Jack immer wieder verstohlen zu der Spieldose blickte.

Auf einmal strahlte Jack übers ganze Gesicht und ließ vor Erleichterung die Schultern sinken. »Dad!«, rief er.

Ein Mann mittleren Alters stapfte die Straße herauf. Er hatte graues Haar und Lachfalten um die müden Augen. Er winkte, als er Jack rufen hörte.

Jack verschwand vom Fenster und tauchte in der Haustür wieder auf. Er rannte seinem Vater entgegen und rief Adam im Laufen über die Schulter zu: »Danke, dass du mit mir gewartet hast!«

Adam hob die Hand. »Gern geschehen«, rief er nach kurzem Zögern zurück, doch Jack war schon außer Hörweite. Dann stand Adam da und sah zu, wie sich Vater und Sohn auf dem Gehweg umarmten. Der Vater schwang Jack auf seine Schultern, und Jack breitete die Arme aus, als wäre er ein Vogel oder, wohl eher, ein Flugzeug. Adam fühlte einen Stich in der Brust.

Er trat einen Schritt zurück und blickte zur Haustür: Oak Street 18. Er prägte sich die Adresse ein.

Das war vielleicht gut so, denn als er sich wieder zu Jack und seinem Vater umdrehte, waren die beiden verschwunden. Auch die Stadt war verschwunden. Und er selbst war zurück in seinem Zimmer. Die Schneekugel lag schief in seiner Hand, und das wirbelnde Schneeflockenkonfetti begann gerade, sich im leeren Glas abzusetzen.

Am Montagmorgen stand Adam früher auf als sonst. Noch vor der Schule machte er einen Abstecher in die örtliche Bibliothek, um Nachforschungen über Candlewick anzustellen. Er wäre schon früher hingegangen, und zwar gleich nachdem ihn die Schneekugel zurückgebracht hatte, doch da war es schon Samstagabend gewesen, und sonntags hatte die Bibliothek geschlossen. Außerdem war Halloween. Das Geschäft im Biscuit Basket brummte, und Adam war damit beschäftigt, Onkel Henry zu helfen. Während er jedem Kunden eine Gratispackung *Candy Corn* überreichte, musste er an den Goldschmodder denken, der in Jacks Stadt alle Süßwarenläden aufgekauft hatte. So viel war sicher: Sein Onkel würde niemals an diesen Goldschmodder verkaufen, ganz gleich, wie viel er ihm bot.

In der Bibliothek suchte Adam gespannt nach Informationen über die Stadt Candlewick. Es gab sie tatsächlich: Sie lag ein paar Dutzend Meilen nördlich von New York, ganz in der Nähe des Hudson Valley. Laut der letzten Volkszählung hatte der Ort ungefähr dreihundert Einwohner.

Dann stockte Adam mitten im Lesen. Ihm blieb fast das Herz stehen.

»Das gibt's doch nicht«, stieß er leise hervor und las den Abschnitt, der seine Aufmerksamkeit erregt hatte, noch einmal. Ein Schauder lief ihm über den Rücken.

Die Kerzenfabrik, die der Stadt den Namen gegeben hatte, war 1967 abgebrannt, und die meisten Arbeiter waren dabei ums Leben gekommen.

10

DAS UNGLÜCK REGIERT

Kurz nach dem Neujahrstag 1909 wurde Santiago schwer krank. Wenig später starb er.

Dabei geschah etwas Merkwürdiges, auch wenn niemand da war, der es miterleben konnte: In der Sekunde seines Todes blieben alle Uhren im Laden stehen. Erst als ihn jemand am nächsten Morgen fand, begannen sie wieder zu ticken.

Die folgende Beerdigung fand im kleinen Rahmen statt. Nur ein paar Nachbarn und treue Kunden Santiagos nahmen daran teil. Elbert hielt eine bewegende Trauerrede, die er zum Gedenken an den Uhrmacher verfasst hatte.

Am Ende der Feier entzündete Elbert zwei von Santiagos selbst gemachten Kerzen, eine auf jeder Seite des Sarges. Süßer Lavendelduft erfüllte den kleinen Raum.

Es war das letzte Mal für längere Zeit, dass jemand Elbert zu Gesicht bekam. Mehrere Monate lang gab er keine Vorstellung mehr. Es wurde viel über das plötzliche Verschwinden des Zauberkünstlers gemunkelt und spekuliert. Niemand wusste, wo er steckte.

Dann tauchte Elbert an einem Frühlingsabend noch einmal kurz auf, als er sich endlich imstande fühlte, dem vertrauten Laden des Uhrmachers wieder einen Besuch abzustatten. Als er ihn betrat, fand er dort zu seiner Bestürzung Beamte der Stadt vor, die gerade dabei waren, Santiagos Sachen fortzuschaffen. Wanduhren, Taschenuhren, Uhrenfedern, Werkzeuge und Zahnräder aller Art waren in Kisten verstaut.

»Stopp!«, rief Elbert. »Was tun Sie hier?«

Die Beamten antworteten, dass sie den Laden übernehmen würden. »Santiago hat in seinem Testament keinen Erben eingesetzt«, erklärte einer. »Sein Eigentum gehört jetzt der Stadt.«

Durch inständiges Bitten – und mit ein klein wenig hypnotischer Unterstützung durch sein goldenes Pendel – gelang es Elbert, die beiden Kostbarkeiten an sich zu bringen, die zu hüten er Santiago versprochen hatte. Dann entschwand er wieder, unterm Arm die Spieldose und das Notizbuch.

Während der Rest der Welt rätselte, warum sich Elbert der Exzellente von der Bühne zurückgezogen hatte, ging mit dem jungen Magier eine Wandlung vor sich. Nach Santiagos Tod fand er kein Vergnügen mehr an Zaubertricks und Hypnose. Stattdessen folgte er dem Beispiel seines Lehrmeisters und beschäftigte sich mit den Geheimnissen der Zeitberührung.

In seiner neuen Einzimmerwohnung am Rand der Stadt vertiefte er sich in Santiagos Notizbuch, dessen Seiten mit wissenschaftlichen

Skizzen und persönlichen Anekdoten, theoretischen Überlegungen und halb fertigen Sätzen vollgekritzelt waren. Abend für Abend setzte er sich hin und übertrug, seine geliebte Taube auf der Schulter, die Aufzeichnungen in mühsamer Kleinarbeit in sein eigenes Notizbuch, wobei er die halben Sätze so ergänzte, wie er es für richtig hielt, bis er Wochen später das schier unleserliche Tagebuch vollständig zusammengestoppelt hatte.

Die Arbeit verschaffte ihm einige Einblicke in Santiagos Vergangenheit. Der Uhrmacher hatte offenbar eine schwere Kindheit gehabt. So fanden sich wiederholt Hinweise darauf, wie er und seine Schwester sich als Kinder an Bord eines Schiffes geschmuggelt hatten und als blinde Passagiere von Argentinien nach England gefahren waren, wie sie auf den Londoner Straßen gelebt hatten, wie er sich später in den Vereinigten Staaten als Uhrmacher einen Namen gemacht hatte. Immer wieder wurde auch eine Art Mutterfigur erwähnt, die er »die Gouvernante« nannte. Soweit Elbert es beurteilen konnte, hatte die Gouvernante Santiago und seine Schwester in London adoptiert und mit ihnen ein paar glückliche Jahre verlebt. Aber dann war die Gouvernante plötzlich verstorben, und Santiago hatte angefangen, sich wie besessen mit der Zeit und der Geschichte der Zeitberührung zu beschäftigen – und sich schließlich auf die Suche nach den legendären Zeitfragmenten begeben.

Außerdem fand Elbert in Santiagos Notizen etwas bestätigt, was zwar erstaunlich war, ihn im Grunde aber nicht sonderlich überraschte: Die Bemühungen des Uhrmachers waren zumindest teilweise von Erfolg gekrönt gewesen.

London, 8. Dezember 1845
Ich habe ein letztes Mal den Eremiten im Glockenturm besucht. Er hat mich endlich für würdig befunden, der neue Besitzer der verzauberten Spieldose zu werden, und sich bereit erklärt, sie an mich abzutreten. Ich glaube, er hatte etwas Mitleid mit mir. Oder es war ein erstes Anzeichen dafür, dass er von ihren Zauberkräften am Ende doch wahnsinnig geworden ist, was ja auch ihren früheren Besitzern nachgesagt wird.
All die Jahre, die ich damit zugebracht habe, Geschichten nachzuspüren, und all die Reisen, die ich unternommen habe, haben sich gelohnt! Ich besitze jetzt einen der kostbarsten Gegenstände überhaupt. Mit Worten lässt sich die Spieldose nicht beschreiben. Sie ist wohl das wundersamste Ding auf der Welt, durchwoben von den schlimmsten Albträumen, die es gibt.
Ich versuche immer noch herauszufinden, ob sie sich auf irgendeine Weise kontrollieren lässt oder ob sie einfach von allein funktioniert. So viel ist sicher: Dieses Stück zu besitzen stellt eine schwere Bürde dar. Am besten dafür eignen würde sich jemand, der ein freudloses und einsames Dasein fristet, der kein Licht mehr hat, das er mit der Welt teilen kann. Ein solches Leben würde die Bürde lindern, keine Frage, aber es ist kein Leben, das ich mir wünsche. Ich muss achtgeben, dass ich nicht auf diesen Abweg gerate.
Eines Tages wird es an mir sein, dieses kostbare Stück an eine andere vertrauenswürdige Seele weiterzugeben. Ich hoffe, ich kann bis dahin zu Ende bringen, was ich mir vorgenommen habe.

Elbert war nicht überrascht zu erfahren, dass Santiago tatsächlich ein Zeitfragment besessen hatte, doch fand er es recht merkwürdig, dass das Teil ausgerechnet in einer Spieldose steckte. Noch hatte er keinen Beweis für die magischen Kräfte der Dose gesehen. Er hatte zwar ein Kribbeln gespürt, als er sie das erste Mal anfasste, aber sonst machte sie einen ganz gewöhnlichen Eindruck. Er konnte noch so lange an ihr rütteln, zerren und herumfummeln, sie wollte einfach nicht aufgehen. Sie blieb fest geschlossen, Tag um Tag, Monat um Monat. Santiago hatte ihm erzählt, dass sie nur zu bestimmten Anlässen spielte, aber zu welchen genau, hatte er nicht gesagt.

Also durchforstete er wieder seine Abschrift von Santiagos Aufzeichnungen und suchte nach Hinweisen. Wochenlang brütete er über ein paar besonders rätselhaften Zeilen, die der Uhrmacher geschrieben hatte:

Es gibt drei Zeitfragmente, eingeschlossen in drei separaten Objekten:
Eins, das uns die Zukunft lehrt,
Eins, das Gaben aus Gold beschert,
Eins, in dem Vergangnes wiederkehrt.

Ein Zeitfragment befand sich natürlich in der Spieldose. Nur welches, vermochte Elbert nicht zu sagen. Er ging davon aus, dass es nicht das dritte war, denn das hatte Santiago offensichtlich nicht finden können, wie er in einem Tagebucheintrag gegen Ende seines Lebens erwähnte:

New York, 10. Juli 1904
Das, in dem Vergangnes wiederkehrt – das wichtigste Zeitfragment von allen. Ich habe immer vermutet, dass es sich bei dem Objekt um eine Art Uhr handelt. Dass die Zeiger rückwärtslaufen und dem Benutzer

erlauben, in die Vergangenheit zu reisen. Seit über fünfzig Jahren untersuche ich jede Uhr, die mir ein Kunde zum Reparieren bringt, nach einem solchen Teil. Ich habe Kollegen in anderen Ländern geschrieben, ich habe Zeitungen aus aller Welt nach Hinweisen auf wundersame Uhren durchgesehen. Aber ohne Erfolg. Ich fürchte, ich habe mich geirrt.

Santiago hatte es zwar nie ausdrücklich erwähnt, auch nicht in seinem Tagebuch, doch Elbert vermutete, dass der Uhrmacher ein zweites Zeitstück in seinen Besitz gebracht hatte: das, was Gaben aus Gold beschert. Er dachte an die Zeit zurück, als er noch Zaubervorstellungen gegeben hatte. Das goldene Pendel, das Santiago ihm verkauft hatte, war immer außergewöhnlich gewesen – vielleicht eine Spur *zu* außergewöhnlich. Jedes Mal, wenn er es benutzt hatte, so erinnerte er sich, schien die Zeit kurz stehen zu bleiben, nicht nur für die Person, die er hypnotisierte, sondern auch für ihn selbst. Aber darin schienen sich seine magischen Kräfte auch schon zu erschöpfen. Wenn das Pendel tatsächlich ein Zeitfragment enthielt, dann hatte Elbert seine wahre Macht bislang noch nicht erlebt (so wie bei der Spieldose). Trotzdem trug er das Pendel stets nahe am Herzen, als er seine Nachforschungen fortsetzte.

Was ihn vielleicht am meisten beschäftigte, war die letzte, mit zittriger Hand geschriebene Seite in Santiagos Tagebuch:

Es war töricht von mir zu glauben, ich hätte genug Zeit und Kraft, um meine Suche zum gegenwärtigen Zeitpunkt fortzusetzen. Trotz größter Anstrengungen ist es mir nicht gelungen, das wichtigste Stück aufzuspüren – das, von dem ich fest glaube, dass es mir ermöglicht hätte, die Gouvernante zu retten. Gleichwohl verdanke ich meiner Arbeit ein gutes und interessantes Leben, und ich denke darüber nach, was wohl wird, wenn ich einmal nicht mehr bin.

Ich habe neulich einen jungen Zauberkünstler kennengelernt. Er hat großartige Anlagen und ein gutes Herz. Und er ist der Verantwortung würdig.

Wie einst für den Einsiedler im Turm, so wird es nun für mich Zeit, das Erbe weiterzugeben.

Ich glaube an dich, Elbert. Verwahre gut, was dir gegeben wurde. Und ich wünsche dir viel Glück bei der Suche nach dem, was zu finden mir versagt blieb.

Die Suche nahm Elbert vollauf in Anspruch. Anfangs traf er sich mit keinem Menschen, sprach mit keinem Menschen und verließ das Haus nur kurz, um auf dem Markt Brot und Obst zu kaufen.

Aber Brot und Obst kosten Geld, und bald begriff Elbert, dass er sich auf die Welt einlassen musste, wenn er essen und seine Suche fortsetzen wollte. Um sich seinen Lebensunterhalt zu verdienen, verkaufte er Lavendel-Kerzenuhren, die er genauso anfertigte, wie Santiago es ihm beigebracht hatte. Tag und Nacht war die Wohnung voller Wachstöpfe, Lavendel und Bündel langer, grün-weiß gestreifter Kerzen, die in exakt einer Stunde um einen Streifen herunterbrannten. Sie hielten doppelt so lange wie handelsübliche Kerzen und wurden damit angepriesen, dass ihr zarter Lavendelduft Heilkräfte besitzen würde. Die Kerzen wurden außerordentlich beliebt. (Hilfreich war auch, dass einige glühende Bewunderer Elberts noch aus seiner Zeit als Zauberer für die Kerzen die Werbetrommel rührten, wo sie nur konnten.) Bald hatte

Elbert treue Stammkunden, die allwöchentlich in seine Wohnung kamen, von Fischhändlern über Lehrer bis zu wohlhabenden Ärzten in dreiteiligen Anzügen.

»Mehrere meiner Patienten sagen, die Kerzen hätten sie von ihren Kopfschmerzen kuriert«, berichtete ihm ein Arzt, nachdem er fünf Dutzend gekauft hatte. »Ich verordne sie jetzt jedem, der zu mir kommt.«

Ein Bankangestellter behauptete, dass die Kerzen die Zeit genauer anzeigten als seine Taschenuhr.

Ein anderer Kunde fragte beeindruckt: »Wo haben Sie gelernt, wie man so außergewöhnliche Kerzen herstellt?«

»Ein kluger Uhrmacher hat es mir beigebracht«, lautete Elberts simple Antwort.

Jede Woche, wenn er seine Rechnungen bezahlt hatte, schickte er die Hälfte des Gewinns seinen Eltern, die nichts von der Suche ihres Sohnes wussten, aber hocherfreut darüber waren, dass er das unsichere Showgeschäft für einen solideren Beruf aufgegeben hatte.

Dann, eines Abends, es war schon nach Mitternacht, öffnete sich die Spieldose zum ersten Mal. Elbert erwachte von einer seltsamen, schaurigen Melodie. Sie war kurz und doch lang, einfach und doch kompliziert. Als die Melodie verstummte, schloss sich die Spieldose wieder von allein und blieb zu.

Am nächsten Morgen flog Elberts geliebte Taube mit dem Kopf voraus gegen die Fensterscheibe. Der arme Vogel war auf der Stelle tot.

Ein Jahr nach diesem Vorfall klappte die Spieldose zum zweiten Mal auf und spielte ihre Melodie. Elbert war gerade aus dem Krankenhaus zurückgekehrt, wo er seine Mutter besucht hatte, die wegen Fiebers und Gewichtsverlusts eingewiesen worden war. Sie starb noch am selben Nachmittag.

Als die Spieldose mehrere Wochen später abermals spielte, versuchte Elbert sofort, den Deckel zu schließen. Doch hatte die Dose zuvor nicht aufgehen wollen, so wollte sie jetzt nicht zugehen, egal wie fest er drückte – jedenfalls nicht, bevor die Melodie zu Ende war.

Drei Tage später erhielt er einen Brief mit der Nachricht, dass sein Vater auf der Werft von einem Anker zu Tode gequetscht worden war.

Nun war Elbert kein abergläubischer Mensch. Zwar könnte man meinen, ein Magier sei besonders empfänglich für den Grenzbereich zwischen der Wirklichkeit und dem Rätselhaften, doch auf Elbert traf das nicht zu. Er hatte sich nie vor Freitag dem Dreizehnten gefürchtet. Weder zuckte er zusammen, wenn er versehentlich einen Spiegel zerbrach, noch sorgte er sich wegen der vielen schwarzen Katzen, die im Lauf der Jahre seinen Weg gekreuzt hatten. Nun aber legte sich das Geheimnis der Spieldose über ihn wie ein Schatten, und Santiagos Warnungen hallten in ihm nach. Erste Zweifel stiegen in ihm auf.

»Ich darf nicht zulassen, dass das verhexte Ding in andere Hände gelangt«, schwor er sich. Mit ihren Vorwarnungen konnte die Spieldose Menschen in den Wahnsinn treiben – angefangen bei ihm selbst. Er erwog, sie im Meer zu versenken oder kurzerhand im Kamin zu verbrennen, bekam aber ein schlechtes Gewissen, wenn er daran dachte, wie lange Santiago danach gesucht hatte.

Und so behielt er die Spieldose und versteckte sie in der Rückwand seines Wandschranks. Dort sollte sie bleiben, bis er selbst eines Tages starb.

Dann kam der Kerzendieb.

Mit der Zeit hatte die Beliebtheit von Elberts Kerzen die Aufmerksamkeit eines reichen Geschäftsmanns erregt. An einem Herbstabend stand er plötzlich vor Elberts Tür, in einem noblen Anzug mit Weste, in der Hand einen eleganten Spazierstock.

»Elbert Walsh, nehme ich an?«

»In Person.«

»Freut mich.« Der Geschäftsmann hatte grau meliertes Haar und lange, buschige Augenbrauen, die er spöttisch hochzog, als er einen Blick in die kleine Wohnung warf. In selbstgefälligem Ton sagte er: »Mein Name ist Robert Baron. Wie man hört, sind Ihre Kerzenuhren genauer und halten länger als alle anderen, die es auf dem Markt gibt. Und sie sollen sogar Heilkräfte besitzen.«

»Äh, ja ...«, begann Elbert.

»Ich komme gleich zur Sache«, unterbrach ihn der andere. »Ich möchte Ihre Kerzen kaufen.«

»Aber gewiss, Sir. Wie viele hätten Sie denn gern?«

»Nein, nein, Sie missverstehen mich«, schnaubte der Geschäftsmann und ließ einen ungeduldigen Seufzer folgen. »Ich möchte die Rechte an Ihren Kerzen kaufen – Rezeptur und alles, was dazugehört. Ich werde sie zu einem Markenprodukt machen und damit ein Imperium errichten.«

»Tut mir leid, Sir. Die Rezeptur ist unverkäuflich.«

Was Elbert zum damaligen Zeitpunkt nicht wusste: Dieser Geschäftsmann war ein besonders habgieriger Mensch. So habgierig, dass er fünf Unternehmen in seinen Besitz gebracht hatte, und zwar mithilfe von Bestechung und Diebstahl oder, wenn das nicht funktionierte, auf irgendeine andere Weise, wobei ihm jedes Mittel recht war.

Um Elbert dazu zu bewegen, seine Kerzen abzutreten, versuchte es Robert Baron nun mit der ersten Taktik: Bestechung.

»Ich werde Sie natürlich großzügig bezahlen«, log er. »Allein für das Kerzenrezept gebe ich Ihnen einen Großteil meiner Ersparnisse. Vierhundert Dollar und keinen Penny weniger.«

Obwohl das viel Geld war (mit vierhundert Dollar hätte Elbert zur damaligen Zeit ein Jahr lang seine Miete bezahlen können), lehnte Elbert höflich ab. Zu sehr hing er an seinen Kerzen. Er hatte mit ihnen auf ehrliche Weise seinen Lebensunterhalt verdient, und die Kerzen hatten ihm ermöglicht, Santiagos Nachforschungen und Überlegungen zur Zeitberührung fortzuführen.

Doch wer ein guter Geschäftsmann ist, gibt nicht so leicht auf. Robert Baron legte nach: »Na schön. Und wenn ich Ihnen *fünfhundert* Dollar bezahle? Hm, nein? Was ist mit sechshundert Dollar?«

So ging es weiter, bis er das Angebot auf vierzehnhundert Dollar geschraubt hatte. Das war mehr Geld, als Elbert mit seinen Zaubervorstellungen in einem ganzen Jahr verdient hatte, und unendlich viel mehr, als ihm der Verkauf von Kerzenbündeln einbrachte.

»Na gut«, sagte Elbert, nachdem er eine Weile überlegt hatte. »Unter einer Bedingung: Ich möchte als gleichberechtigter Partner an dem Unternehmen beteiligt sein. Die Kerzen bedeuten mir viel. Ich möchte die Herstellung der Kerzen überwachen und mich vergewissern, dass sie den Ansprüchen des Mannes genügen, der sie erfunden hat.«

»Ja, das lässt sich machen.« Der Geschäftsmann setzte ein schmieriges Lächeln auf.

Und so unterzeichnete Elbert den Vertrag (der sich als Schwindel entpuppte) und trat die geheime Rezeptur für die Kerzen an Robert

Baron ab (der sich als Betrüger entpuppte). Erst als der Geschäftsmann grinsend die Wohnung verließ, beschlich Elbert das ungute Gefühl, dass an der Sache etwas faul war.

Eine halbe Woche später verlor Elbert die Rechte an seinen Kerzen. Anwälte mit ernsten Gesichtern erschienen vor seiner Tür und drohten ihm mit der Polizei, wenn er auch nur noch eine von seinen Kerzen verkaufe. Kerzen, die Elbert selbst gegossen hatte.

Zornig eilte Elbert zu Robert Baron, um ihn zur Rede zu stellen, doch dank jahrelanger Bestechung und Erpressung hatte der Mann gute Beziehungen zu einflussreichen Leuten. Polizisten führten Elbert in Handschellen ab, noch während er den hinterlistigen Geschäftsmann anbrüllte: »Sie Dieb! Was treiben Sie für ein Spiel?«

»Tut mir leid, Junge«, kicherte Robert Baron. »Das war rein geschäftlich.«

Elbert saß drei Monate wegen Belästigung und ordnungswidrigen Verhaltens im Gefängnis. Als er in seine Wohnung zurückkehrte, war alles mit einer zentimeterhohen Staubschicht bedeckt – und durchwühlt. Die Hälfte seines Silberbestecks fehlte. Seine Kleider lagen auf dem Boden verstreut. Das Bücherregal war umgestoßen und ein Großteil der Bücher im Kamin verbrannt worden. Darunter auch, wie er mit Entsetzen feststellte, seine sorgfältigen Notizen über seine Nachforschungen zur Zeitberührung sowie Santiagos Tagebuch. Von beiden waren nur angesengte Papierfetzen im rußigen Kamin übrig geblieben.

Voller Panik stürzte Elbert zu seinem Wandschrank. Er stieß einen Seufzer der Erleichterung aus. Die Spieldose war noch in ihrem Wandversteck. Trotz allem, was geschehen war, hätte Elbert es sich nicht verziehen, wenn er sein Versprechen an den Uhrmacher gebrochen hätte.

Doch die Erleichterung währte nicht lange, denn noch etwas fehlte in dem Durcheinander: sein kostbares goldenes Pendel.

11

EIN UNHEIMLICHER BESUCHER

Wieder in der Bäckerei, hatte Adam nur wenig freie Zeit. Dank der Kerzen, die an Halloween so viele Kunden angelockt hatten, war der Biscuit Basket schlagartig bekannt geworden, und als die Weihnachtsferien nahten, schauten immer mehr Leute regelmäßig im Laden vorbei. An manchen Tagen bot er kaum genug Platz für all die Kunden. In der Backstube stapelten sich die Bestellungen für Geburtstagstorten. Und abends war kein Frühstücksgebäck mehr übrig.

Wenn Adam trotzdem mal etwas Zeit für sich selbst fand, flitzte er in die Bücherei, um mehr über Candlewick in Erfahrung zu bringen.

Der Junge, Jack, hatte offenbar nicht übertrieben, was den Eigentümer der Kerzenfabrik anging, der als Mann von fragwürdigem Ruf in die Geschichte eingegangen war. Wie es hieß, hätten die Fabrikarbeiter das ganze Jahr über keinen Urlaub bekommen, außer an Weihnachten, und auch da nur einen Tag. Außerdem hätten sich in der Fabrik Unfälle ereignet, die routinemäßig unter den Teppich gekehrt worden seien.

Auf den wenigen Fotos, die Adam finden konnte, blickte der Goldschmodder mit einem gierigen Lächeln im rosigen Pausbackengesicht in die Kamera, den dicken Bauch in einen feinen, viel zu engen Anzug gequetscht. Auf jedem Foto baumelte an einer Kette um seinen Hals ein goldenes Pendel.

Eines der Fotos gehörte zu einem Zeitungsartikel, in dem der Brand, der die Kerzenfabrik zerstört hatte, ausführlich geschildert wurde.

KERZENFABRIK VON CANDLEWICK ABGEBRANNT

17. August 1967

Am Nachmittag des 15. August ist die Kerzenfabrik von Candlewick im Bundesstaat New York in Brand geraten. Laut Polizeibericht wurden einhundertzehn Menschen vom Feuer eingeschlossen und starben, darunter offenbar auch der Inhaber des Unternehmens, Robert Tweed Baron III.

Die Kerzenfabrik wurde von dessen Großvater, Robert Baron I., 1913 gegründet und bald für ihre hochwertigen, langlebigen Duftkerzen bekannt, die eine exklusive Nische im Markt für Luxus-Haushaltswaren besetzten. Die Fabrik sollte an den Erben Barons III., Robert Baron IV., übergehen, der unserer Zeitung gegenüber eine Stellungnahme ablehnte. Die Kerzenfabrik war der größte Arbeitgeber der Stadt, allerdings waren die dortigen Arbeitsbedingungen, von einigen als beklagenswert bezeichnet, jüngst zum Gegenstand von Ermittlungen geworden.

Kein Mitarbeiter von Candlewick oder Bewohner der Stadt stand bis Redaktionsschluss für eine Stellungnahme zur Verfügung.

Obwohl bislang kaum Zeugenaussagen vorliegen, ist der leitende

Ermittlungsbeamte davon überzeugt, dass der Brand durch grobe Fahrlässigkeit verursacht wurde. »Die Kerzen wurden unsachgemäß gelagert und haben eine schlimme Situation noch verschärft, als der Heizkessel explodierte«, sagte er. »Das Ding hätte schon vor Jahren ausgetauscht werden müssen. Außerdem gab es wegen der Kerzen viele offene Flammen, die, wie wir in Erfahrung gebracht haben, in der Vergangenheit viele kleinere Zwischenfälle verursacht haben. Sie wissen ja: Das Einzige, was wahrscheinlich gefährlicher ist als eine Kerzenfabrik, ist eine Nadelfabrik.«

Der Ermittler geht überdies davon aus, dass die Zahl der Opfer weit höher ausgefallen wäre, hätte nicht ein anonymer Anrufer die Feuerwehr verständigt.

»Es wären noch mehr Menschen umgekommen«, pflichtete ihm ein Feuerwehrmann bei. »Kurz bevor das Gebäude in Flammen aufging, erhielten wir einen Anruf wegen möglicher Rauchentwicklung. Wir fuhren hin, um eine Routinekontrolle durchzuführen, und konnten so einige Arbeiter herausholen.«

Bis zur Stunde wurde keine Strafanzeige gegen die Familie Baron erstattet.

Soweit Adam es sich zusammenreimen konnte, stand die Kerzenfabrik seit dem Brand leer. Und Candlewick selbst war innerhalb kurzer Zeit zur Geisterstadt geworden.

Adam musste an Francines Kerzen denken. Sie hatte gesagt, sie stammten aus einer kleinen Stadt nördlich von New York.

Adam suchte nach einer Liste mit den Namen der Überlebenden, konnte aber keine finden. Die kraushaarige Bibliothekarin sah ihn verdutzt an, als er sich schüchtern bei ihr erkundigte, wo solche Aufzeichnungen aufbewahrt wurden, und löcherte ihn dann mit neugierigen Fragen, sodass er schleunigst und ohne die erhoffte Auskunft das Weite suchte.

Auf dem Nachhauseweg wurde ihm ganz flau im Magen. Er konnte nicht fassen, dass er Jack im selben Monat getroffen hatte, in dem die Kerzenfabrik niedergebrannt war. Waren sie sich vielleicht nur Tage vor der Katastrophe begegnet? Oder sogar nur Stunden?

Wenn er irgendwie wieder in die Vergangenheit reisen könnte, dann könnte er Jack und den Rest der Stadt warnen. Doch im Moment konnte er nichts tun. Die Schneekugel blieb Abend für Abend leer.

Ungefähr zwei Wochen nach Adams Ausflug nach Candlewick schaute ein neuer Besucher im Biscuit Basket vorbei.

Es war kurz vor Ladenschluss. Adam wischte gerade den Ladentisch ab, als die Tür aufging.

»Hallo, hallo«, grüßte Onkel Henry auf seine gewohnt fröhliche Art. »Was darf es sein, Sir?«

»Etwas ganz Bestimmtes«, antwortete eine leise Stimme.

Es war keine normale Stimme, sondern eine, die vor Kälte prickelte und Gefahr verströmte – wie ein spitzer Eiszapfen, der an einer Markise hängt und jeden Augenblick abbrechen kann. Die Stimme veranlasste Adam, sich umzudrehen. Als er sah, wer in der Bäckerei stand, ließ er den Putzlappen fallen.

Es war der große Fremde im schwarzen Anzug. Derselbe Mann, der ihn auf der Straße belauert und durch das Schaufenster der Bäckerei beobachtet hatte. Sein dunkles Haar war zerzaust, und seine langen Augenbrauen krümmten sich nach unten wie zwei zornige Haken. Er hatte einen dünnen, geraden Schnurrbart. Seine dunklen Augen richteten sich auf Adam.

Onkel Henry folgte dem durchdringenden Blick des Mannes. »Ach ja«, sagte er mit einer freundlichen Geste. »Das ist mein Neffe. Der beste Gehilfe überhaupt. Ohne ihn könnte ich die Bäckerei nicht führen.«

»Ich verstehe …«, erwiderte der Mann, und seine dunklen Augen funkelten.

Adam griff nach der nächstbesten Waffe – einem Rührlöffel aus Holz – und hielt die Stellung. Doch der Fremde hatte sich bereits Onkel Henry zugewandt.

»Ich suche etwas ganz Bestimmtes«, sagte er wieder mit derselben leisen, bedrohlichen Stimme. »Etwas, das mich hierhergeführt hat.«

»Sie müssen meine Donuts mit Erdbeermarmelade meinen«, lachte Onkel Henry. »Hier, probieren Sie einen. Er wird Sie umhauen.«

»Äh … Onkel Henry?«, raunte Adam leise dazwischen. »Ich glaube nicht, dass …«

Der Fremde im schwarzen Anzug fiel ihm ins Wort. »Sie missverstehen mich. Ich will nicht Ihre albernen Teilchen.« Sein Blick flog wieder zu Adam. »Ich suche eine Schneekugel.«

Da endlich dämmerte Onkel Henry, dass hier etwas nicht stimmte. »Nun gut, Sir«, sagte er. »Ich stehe Ihnen gern zu Diensten, aber zunächst wollen wir uns miteinander bekannt machen. Wie ist denn der werte Name?«

Der Fremde glotzte den Bäcker an wie eine lästige Fliege. »Sie können mich einfach M nennen.«

»Freut mich, Sie kennenzulernen … äh … M. Ich heiße Henry. Sie sagen, Sie suchen eine Schneekugel?«

»Ja. Ihr Neffe weiß darüber Bescheid. Fragen Sie den netten Jungen.«

M setzte ein Lächeln auf, das mehr einem höhnischen Grinsen ähnelte.

»Adam?«, sagte Onkel Henry mit verwirrter Miene.

Adam bekam feuchte Hände. »Ich habe keine Ahnung, wovon er redet«, antwortete er achselzuckend. Sein Instinkt sagte ihm, dass er die Kugel auf keinen Fall dem Fremden überlassen durfte.

»Von der Schneekugel.« Ms Grinsen erstarb. »Ich glaube, du weißt ganz genau, wovon ich rede.«

»Nein.«

»Doch.« M zog ein finsteres Gesicht und stach mit einem langen Finger in Adams Richtung. »Du kannst mir nichts vormachen, du kleiner Wurm. Seit einunddreißig Jahren bin ich hinter diesem Objekt her. Du bist der derzeitige Besitzer eines überaus kostbaren Stücks. Hast du eine Ahnung, wie viele Leute versucht haben, es in die Hände zu bekommen?«

Onkel Henry trat einen Schritt auf den Fremden zu und sah ihn warnend an. Er war zwar kleiner als M, aber kräftiger gebaut. Beim Anblick seiner starken Bäckermuskeln wich M etwas zurück.

»Mir scheint, hier liegt ein Missverständnis vor«, sagte M. »Alles, was ich will, ist die Schneekugel. Ich bin bereit, eine stattliche Summe dafür zu bezahlen. Nennen Sie mir Ihren Preis.«

Onkel Henry zögerte. Er wandte sich an Adam und fragte: »Meinst du, du könntest dem Herrn das Spielzeug oder was das ist, geben, damit er uns in Ruhe lässt?«

Adam wusste, was sein Onkel dachte: Bei diesem M waren ein paar Schrauben locker, und je eher sie ihm das Gewünschte gaben, desto besser.

Nur war die Schneekugel eben kein harmloses Spielzeug. Alles andere als das. Außerdem traute Adam diesem M nicht.

»Adam?«, drängte Onkel Henry.

»Ach so, Sie meinen *die* Schneekugel«, rief Adam mit einem gespielten Lachen. »Jetzt fällt es mir wieder ein! Tut mir leid, ich habe das Ding vor einer Woche zerbrochen und weggeworfen.«

»Hör mir gut zu, du Schwachkopf!«, fauchte M. »Ich zieh dir die Haut ab wie einer Kartoffel …«

Natürlich ist es nie eine gute Idee, einem Kind in Gegenwart seines Erziehungsberechtigten zu drohen. Im Nu hatte Onkel Henry den Mann am Arm gepackt und schob ihn mit fester Hand zur Tür. M versuchte, sich dagegenzustemmen, kam aber gegen Onkel Henrys Körperkraft nicht an.

»Sie begehen einen furchtbaren Fehler«, zischte M.

»Ich wünsche einen guten Tag, Sir. Und beehren Sie uns nicht wieder, sonst rufe ich die Polizei.« Onkel Henry knallte die Tür zu und sperrte ab.

M warf ihnen durch die Scheibe wütende Blicke zu. Er deutete auf Adam und formte mit den Lippen ein paar Worte, bevor er die Straße hinunter verschwand.

»Alles in Ordnung, Adam?«, fragte Onkel Henry.

Adam merkte, dass er immer noch wie angewurzelt dastand. Außerdem zitterte er am ganzen Körper. »Ja … alles in Ordnung«, antwortete er langsam.

»Bloß irgendein Verrückter, mach dir seinetwegen keinen Kopf«, sagte Onkel Henry beruhigend. »New York ist voll von faulen Äpfeln. Es wird nicht umsonst auch Big Apple genannt.«

Adam verriet seinem Onkel nicht, dass M der Fremde war, der ihn belauert hatte. Aber wenigstens wusste er jetzt, hinter was der Mann her war.

Und er zweifelte nicht daran, dass M wiederkommen würde.

12

DIE GROSSARTIGE FAMILIE BARON

Adam blieb vor dem mysteriösen M auf der Hut. Er versteckte die kostbare Schneekugel ganz hinten in seiner Kommode, sah aber weiterhin jeden Tag nach, ob sich die Landschaft verändert hatte. Doch das Glas blieb leer.

Er überlegte angestrengt. Zum einen wusste er, dass die Kerzenfabrik nach einem Brand stillgelegt worden war – nach einem Brand, der viele Menschen das Leben gekostet hatte. War es da nicht seine Pflicht, Jack und die anderen Bewohner von Candlewick zu warnen? Vielleicht war ja das der eigentliche Grund, warum ihm der geheimnisvolle Fremde im Regenmantel den Weg zu der magischen Schneekugel gewiesen hatte. Denn wozu sonst sollte die Kugel gut sein, wenn nicht dazu, in die Vergangenheit zu reisen und Menschen zu helfen?

Mehr als alles andere wollte Adam natürlich seinen eigenen Eltern helfen. Er wollte sie vor ihrem frühzeitigen Tod warnen. Aber damit sich überhaupt etwas ändern konnte, musste sich zunächst einmal die

Schneekugel ändern. Und das tat sie einfach nicht. Abend für Abend saß er, die Schneekugel vor sich, im Schneidersitz auf seinem Bett, schloss die Augen und wünschte sich ganz fest, dass sich das Innere der Kugel in … ja, in was eigentlich verwandeln sollte? In einen Flughafen? In das alte Vorstadthaus seiner Eltern?

Er wusste nicht, was er sagen würde, wenn er sie tatsächlich wiedersehen sollte.

Dann, vier Tage nach Ms Besuch, als er zum soundsovielten Mal nach der Schneekugel sah, zeigte sich unter dem Glas eine neue Szenerie. Diesmal war es eine kleine Friedhofslandschaft.

Adam krampfte sich der Magen zusammen. Der Anblick eines Friedhofs war nie ein erfreuliches Zeichen. Er dachte an die brennende Kerzenfabrik und an Jack. Etwas Schlimmes musste passiert sein.

Er nahm die Schneekugel nicht in die Hand.

Der Friedhof blieb den ganzen Vormittag. Dann, am Nachmittag, verschwand er. Adam starrte blinzelnd auf das leere Glas und verspürte eine Art Zerknirschung, wie sie einen überkommt, wenn man auf dem Weg zur Schule einen Zwanzigdollarschein verloren hat oder auf dem Gehweg in einen Hundehaufen getreten ist.

Vor dem Abendessen veränderte sich die Schneekugel erneut. Diesmal erhob sich im Glas eine winzige Hügelstadt. Adam traute seinen Augen kaum: Candlewick!

Einen Moment lang stand er reglos da, wie gelähmt vor Unschlüssigkeit. Zweifel befielen ihn, ob er seine Abenteuer mit der unberechenbaren Schneekugel fortsetzen sollte. Er war hin- und hergerissen. Sollte er in seinem Schneckenhaus bleiben, wo er sicher war, oder sollte er der Neugier nachgeben und sich ein weiteres Mal hinauswagen?

Am Ende siegte die Neugier. Wenn er die Stadt im Glas sah, bedeutete das doch bestimmt, dass alle dort wohlauf waren ... oder nicht?

Adam holte tief Luft, dann schüttelte er vorsichtig die Schneekugel.

Er spürte einen leichten Luftzug an der Hand, bevor das Zimmer verschwand und ein großer Garten mit bunter Blumenpracht und sauber gestutzten grünen Hecken an seine Stelle trat. Ein Hauch von Spätfrühling zusammen mit dem süßen Geruch des Frühsommers wehte durch die Luft. Über ihm zogen weiße Wolkenfetzen, die aussahen wie Zuckerwattestreifen, gemächlich am hellblauen Himmel dahin. Derselbe warme Wind zauste die Löwenzähne zu seinen Füßen, sodass sie sanft über seine Knöchel strichen.

Am Rand des Gartens stand ein kleines Mädchen und betrachtete einen Rosenstock. Die Kleine war wohl nicht älter als fünf oder sechs und trug ein einfaches weißes Kleid. Als hätte sie seine Gegenwart gespürt, schaute sie zu ihm herüber. Sie hob einen blassen Arm und winkte. Sie war barfuß und hielt eine goldene Taschenuhr in der Hand. Ein Gänseblümchen steckte in ihrem blonden Haar.

»Du bist pünktlich«, sagte sie und strahlte ihn aus runden braunen Augen an. »Wie du gesagt hast.«

Adam antwortete nicht. Er hatte keine Ahnung, wer das Mädchen war und wovon es sprach.

Sie gab ihm ein Zeichen, ihr zu folgen, und huschte an ihm vorbei durch den Garten. In diesem Moment bemerkte er das riesige Haus hinter sich. Es wirkte eher wie eine Kathedrale oder ein Luxushotel. Auf dem schmalen Dach über der reich verzierten, mit hohen Fenstern versehenen Fassade thronte eine Wetterfahne in Form einer Kerze. Adam hatte in einem Buch gelesen, dass Wetterfahnen immer in die Richtung zeigen, aus welcher der Wind weht. Heute kam er aus Südwesten, von hinter den Hügeln, wo sich in der Ferne undeutlich die Silhouette der Fabrik abzeichnete.

»Komm mit«, rief das Mädchen, bevor es im Haus verschwand.

Nach kurzem Zögern folgte Adam.

Innen war das Haus noch beeindruckender. Die glatten, holzgetäfelten Wände schmückten gerahmte Gemälde von üppigen Landschaften und Porträts, die das lächelnde kleine Mädchen zeigten und, wie Adam vermutete, seinen Bruder sowie seine Eltern, die alle drei viel ernster dreinschauten. Die Möbel, bestehend aus Stühlen mit sehr geraden Rückenlehnen und Sofas aus glänzendem Stoff, wirkten überhaupt nicht einladend, sondern eher wie Ausstellungsstücke in einem Museum, die man nicht berühren darf.

»Wohnst du hier?«, konnte sich Adam nicht verkneifen zu fragen.

Das Mädchen nickte und sah sich ziemlich unbeeindruckt von der Pracht des Hauses um.

»Wer bist du?«, fragte Adam.

Das Mädchen warf ihm einen erstaunten Blick zu, während es ihn durch die Eingangshalle führte. »Das weißt du doch.«

»Nein, weiß ich nicht.«

»Doch.«

Irgendwas stimmte hier nicht. Adam spielte mit dem Gedanken, wieder zu gehen, doch dann stieg ihm der köstliche Duft von gekochtem Huhn in die Nase. Das Wasser lief ihm im Mund zusammen. Er war kurz vor dem Abendessen von zu Hause fort, hier aber stand die Sonne fast im Zenit. Also musste es Mittag sein.

»Mommy! Daddy!«, rief das Mädchen. »Adam ist hier.«

Adam blinzelte. »Woher weißt du, wie ich heiße?«

Bevor das Mädchen antworten konnte, tauchte aus einer der Türen ein missbilligend dreinschauendes Paar auf. Adam erkannte in ihnen die beiden Erwachsenen wieder, die er auf den Porträts gesehen hatte. Sie waren elegant, aber altmodisch gekleidet. Der Mann rieb sich das bleiche Gesicht und musterte Adam mit Widerwillen. Die Frau an seiner Seite sah auf Adam herunter, als wäre er Dreck an ihrem Schuh.

»Ich habe von dir gehört«, sagte der Mann ohne jede Spur von Freundlichkeit. »Nur damit du es weißt: Die Firma wird nur an Blutsverwandte vererbt. Falls das hier ein Trick ist, um an unser Vermögen zu kommen, vergiss es.«

»Ich ...«, stammelte Adam. »Ich weiß nicht, was Sie meinen.«

»Ist schon in Ordnung, Daddy«, sagte das Mädchen ruhig. »Adam ist mein Freund. Er kommt nicht wegen unseres Vermögens. Er kommt zum Essen.«

Der Mann kam Adam irgendwie bekannt vor, doch er konnte ihn nicht zuordnen. Er beäugte die drei Menschen, unschlüssig, ob er verschwinden sollte. Dann blickte er auf die Schneekugel in seiner Hand. Sie zeigte immer noch die Stadt auf dem Hügel. Er schüttelte sie kurz. Die Schneeflocken wirbelten, aber sonst geschah nichts.

Er sah zu, wie sich das Konfetti am Boden des Glases absetzte. Was, wenn er jetzt für immer hier festsaß, ohne jede Aussicht, jemals in seine Zeit zurückzukehren?

Einen Moment lang herrschte angespannte Stille, dann sagte die Mutter gereizt: »Na schön, je mehr, desto besser.« Sie sagte es mit der

Begeisterung von jemandem, der aufgefordert wird, eine lebendige Spinne zu verschlucken.

Das Mädchen strahlte und drängte Adam, obwohl er sich sträubte, ins Speisezimmer. Auf einem langen, rechteckigen Tisch, der Platz für zehn bot, warteten frische Brötchen, Thunfisch-Makkaroni-Salat und Hühnersuppe auf die Familie. Die Kerzen in den Leuchtern brannten nicht. Ihre grün-weißen Streifen sahen verblüffend vertraut aus.

Ein pummeliger Junge in einem Samtanzug saß bereits am Tisch und schaufelte Makkaroni-Salat in sich hinein. Die Eltern nahmen am oberen Ende des Tisches Platz, das Mädchen am unteren, möglichst weit weg vom Rest der Familie. Adam folgte dem Mädchen, blieb aber stehen.

»Mann, das sieht ja lecker aus. Schade, dass ich keinen Hunger habe«, sagte er, worauf sein Magen ein lautes Knurren vernehmen ließ.

Das Mädchen grinste und schob ihm einen Teller Suppe hin.

»Nein, danke«, versuchte es Adam wieder und senkte die Stimme. »Ich weiß ja nicht mal, wer du bist.«

Da verschränkte das Mädchen die Arme. »Du hast ein schlechtes Gedächtnis.« Dann stieß sie einen Seufzer aus und streckte ihm die Hand hin. »Na schön, ich heiße Daisy.«

Er schlug ein. »Ich heiße Adam. Aber das hast du ja schon gewusst.«

»Eben. Ich bin nicht so vergesslich wie du.«

Adam betrachtete das Mädchen. Da kam ihm eine Erinnerung. *Daisy*? Konnte es sich um dasselbe Mädchen handeln?

»Kennst du eine Francine?«, fragte er.

»Wen?«

»Lockiges Haar, dunkle Haut, lebt in New York ...?«

Adam verstummte, als er bemerkte, dass die Eltern des Mädchens argwöhnisch lauschten. Er beschloss, der Sache später nachzugehen. Für all das musste es einen logischen Grund geben. Und er nahm an, dass ein kleiner Imbiss in der Zwischenzeit nicht schaden konnte.

Widerstrebend ließ er sich auf seinem Stuhl nieder. Er nahm den glänzenden Silberlöffel und probierte vorsichtig von der Suppe. Dann machte er große Augen. Sie schmeckte außergewöhnlich, anders als jede andere Hühnersuppe, die er gekostet hatte!

Daisy blickte nachdenklich in ihren Teller. »Großmutter hat mir beigebracht, wie man sie macht«, sagte sie. »Ich finde, sie ist mir recht gut gelungen.«

Adam starrte sie an, unsicher, ob er richtig verstanden hatte. »*Du* hast die Suppe gekocht?«

Daisy nickte. »Und den Makkaroni-Salat hab ich auch gemacht. Die Köchin hat mir geholfen.« Als sie den Ausdruck auf Adams Gesicht sah, setzte sie erklärend hinzu: »Ich koche gern. Das macht Spaß.«

»Wow. Wie alt bist du?«

»Fünf.«

»Ich sage ihr immer wieder, dass wir für so etwas Hausangestellte haben«, kommentierte der Vater unbeeindruckt vom anderen Tischende. »Uns gehört die ganze Stadt. Wir brauchen keinen Finger zu rühren, wenn wir nicht wollen. Sie sollte sich ein Beispiel an ihrem Bruder nehmen. Er verlangt den Respekt, der ihm gebührt. Habe ich nicht recht, Robbie?«

Der pummelige Junge gab einen lauten Rülpser von sich, sagte: »Sie könnte mehr Salz vertragen«, und schlang seinen dritten Teller Suppe hinunter, seit sie am Tisch saßen.

Das ganze Essen über löcherte die Mutter Adam mit Fragen: Wer er noch mal sei, wie alt er sei, was seine Eltern beruflich machten – die immer gleichen Fragen, die Erwachsene stellen, wenn sie jemandem auf den Zahn fühlen wollen. Da der Tisch so lang war, musste Adam die Stimme erheben und regelrecht schreien, was er nun gar nicht gewohnt war. Er antwortete so ausweichend wie möglich, und die Sache mit der magischen Schneekugel ließ er ganz weg.

»Aus New York?«, wiederholte die Mutter. »Das ist ziemlich weit von hier.«

»Er wird wohl mit dem Zug gefahren sein«, sagte der Vater zur Mutter. »Welch ein Jammer. Früher war das eine respektable Art zu reisen, aber heutzutage kann jeder Dahergelaufene damit fahren.« Und er fügte hinzu: »Den New Yorkern ist nicht zu trauen. Frag ihn, ob er mit diesem – wie heißt er noch mal? – und diesen lächerlichen Vagabunden unter einer Decke steckt, die neulich hier vorbeigekommen sind. Sie …«

»Wohl eher nicht. Er ist doch viel zu jung.«

Die Bemerkung empörte Adam. Ganz gleich, worum es ging, mit zwölf war man dafür bestimmt nicht zu jung!

»*Frag* ihn«, entgegnete der Vater. »Würde mich nicht wundern, wenn dieser verrückte Zauberer jetzt Kinder einspannen würde, um an unser Vermögen zu kommen.«

»Jetzt hör doch, Robert …«

Während die Eltern weiter stritten, beugte sich Adam zu Daisy hinüber und flüsterte, sodass es für die anderen nicht zu verstehen war: »Woher hast du gewusst, dass ich im Garten sein würde?«

»Als wir uns das letzte Mal gesehen haben«, antwortete das Mädchen, »hast du gesagt, du würdest am vierten Montag im Mai um elf Uhr wiederkommen. Und hier bist du.«

»Aber ich bin dir noch nie begegnet«, beharrte Adam. »Wann soll das denn gewesen sein?«

»Vor einem Monat, kurz nach Großmutters Beerdigung.«

»Ausgeschlossen.«

»Du bist genau wie Mommy. Die hat auch ein schlechtes Gedächtnis. Einmal hat sie zweimal gefrühstückt, weil sie vergessen hat, dass sie an dem Morgen schon gegessen hatte. Ein andermal ist sie ohne ihren Schirm in den Regen rausgegangen, zurückgekommen, um ihn zu holen, und hat ihn dann wieder vergessen.«

Adam schielte kurz zu den streitenden Eheleuten, dann fragte er Daisy: »Du kennst also keine Francine in New York?«

Sie schüttelte den Kopf. »Ich war noch nie dort. Mommy sagt, dass es dort gefährlich ist.«

Daisys Eltern hatten ihren Streit beigelegt, und die Mutter schaltete sich wieder in das Gespräch zwischen Adam und Daisy ein. »Ja, in dieser Stadt gibt es zu viele Neider. Sie werfen uns die gemeinsten Dinge an den Kopf, weil dieser ehemalige Zauberer Gerüchte verbreitet. Seit er aus dem Gefängnis ist …«

Daisys Vater schnaubte. »So ist das eben, wenn man ein erfolgreicher Multimillionär ist«, feixte er, beugte sich vor und nahm sich noch etwas Salat. Dabei bemerkte Adam ein goldenes Pendel, das unter seinem Kragen glänzte.

Der Goldschmodder!, dachte Adam in Erinnerung daran, was Jack ihm erzählt hatte. Schlagartig wurde ihm klar, wer der Mann am anderen Tischende war.

»Sie ... Sie sind Robert Baron!«, stieß er hervor, die Zeitungsausschnitte vor Augen.

»*Der* Robert Baron ist mein Vater«, entgegnete der Mann herablassend. »Ich bin Robert Baron der Zweite. Und das ist Robert Baron der Dritte.« Er deutete stolz auf den pummeligen Jungen am Tisch.

»Welches ... welches Jahr haben wir?«, fragte Adam.

Jemanden zu fragen, welches Jahr es ist, ist ungefähr so alltäglich, wie wenn man ihn fragt, wie viele Kartoffeln er in der Tasche hat. Nach einem langen, peinlichen Schweigen zog Daisys Mutter die Augenbrauen hoch und antwortete: »Nun, wir haben 1922, und das schon seit fünf Monaten.«

Jetzt ergab alles einen Sinn. Adam war bei den Barons, den Eigentümern der Kerzenfabrik von Candlewick. Er begann, schwer zu atmen, so wie nach einem anstrengenden Lauf im Sportunterricht.

Der Familie fiel nicht auf, wie blass Adam geworden war. Mrs. Baron entschuldigte sich und verschwand mit ihrem halb vollen Teller in einem Nebenraum. Ihr Sohn, der eines Tages der *eigentliche* Goldschmodder werden sollte, widmete jetzt seine ganze Aufmerksamkeit einem Brötchen. Und sein Vater, Robert Baron II., prahlte mit seiner hochmodernen, elektrischen Geschirrspülmaschine.

»Ich kann mir die neuesten technischen Errungenschaften ins Haus holen«, tönte er gerade. »Die besten Telefonapparate und Radios. Ja, ich kann überhaupt alles bekommen, was ich will. Wenn ich jetzt auf der Stelle ein eiskaltes Zitronensorbet möchte, habe ich jemanden, der es für mich aus dem besten Dessert-Laden im Umkreis von New York holt. Wenn ich mir einen nagelneuen Rolls-Royce wünsche – das luxuriöseste Automobil überhaupt –, kann ich ihn morgen haben. Ich kann

Daisy sogar eine andere nervtötende Katze besorgen, als Ersatz für Mister Wabbelpfote.«

Daisy schüttelte den Kopf. »Doktor Tigerpfote ist unersetzlich«, sagte sie traurig und begann, als sie Adams fragenden Blick sah, zu erzählen, was Doktor Tigerpfote, ihr eigenwilliger roter Kater, alles angestellt hatte. Zum Beispiel hatte er Daisys Vater nicht leiden können und öfter seine Schuhe und Zigarren im Katzenklo versteckt. Adam fand es ganz schön schlau von dem Kater, Robert Baron II. nicht zu mögen.

»Ich hatte mal eine zahme Maus«, sagte er, jetzt, wo er sich von seinem ersten Schrecken erholt hatte. »Sie hat unter meinem Bett geschlafen.«

»Doktor Tigerpfote hat auch unter meinem Bett geschlafen«, erwiderte Daisy. »Jetzt sieht er sich die Radieschen von unten an.« Sie kicherte bei dem Satz, sah Adam an und erklärte: »Das ist ein Euphemismus. Eine höflichere Art zu sagen, dass jemand gestorben ist.«

Adam war vollkommen baff. Das kleine Mädchen wirkte viel älter als fünf. »Das mit deinem Kater tut mir leid«, murmelte er und dann, nach einer kurzen Pause: »Hör mal, da wir gerade vom Tod sprechen ...« Er überlegte, wie er am besten auf den bevorstehenden Fabrikbrand zu sprechen kommen konnte – der sich zwar erst in über vierzig Jahren ereignen, aber immerhin ein Familienmitglied am Tisch das Leben kosten würde.

»Er ist unausweichlich«, erwiderte Daisy, noch bevor Adam weitersprechen konnte.

»Was?«

»Der Tod. Er ist *unausweichlich*. Das ist noch so ein Wort, das mir Großmutter beigebracht hat. Es bedeutet, dass es so kommen muss.

So wie meine Blumen im Herbst immer sterben.« Das Mädchen nickte zu dem Fenster, durch das sie in den Garten schauen konnten. »Aber dann werden neue Samen keimen, und der Kreislauf wiederholt sich, so wie die Jahreszeiten.«

Adam starrte die Fünfjährige an. Sie wirkte tatsächlich viel reifer und intelligenter als die Hälfte seiner Klassenkameraden.

»Ich will mich ja nicht einmischen«, mischte sich Robert Baron II. spöttisch vom anderen Ende des Tisches ein, »aber niemand möchte beim Essen über Gartenarbeit reden. Wie wär's, wenn wir über etwas Passenderes sprechen, zum Beispiel über Geld? Wie viel verdienen deine Eltern, Adam?«

Das Glück kam Adam zu Hilfe: Bevor er antworten konnte, beugte sich Robert Baron III. über den Tisch, um sich Suppe nachzuschöpfen, und stieß dabei mit seinem dicken Bauch drei Schüsseln um. Der Vater stöhnte ungehalten, griff zu dem Pendel an seinem Hals und rief nach den Dienstmädchen.

Mit einem Mal verspürte Adam den Drang, beim Aufräumen zu helfen. Mehr noch: Ihn überkam ein regelrechter innerer Zwang, Robert Baron II. zu helfen und ihm jede Forderung zu erfüllen, selbst wenn es etwas so Abwegiges wäre, wie auf die höchste Eiche zu klettern und die oberste Eichel zu pflücken. Wie im Traum erhob er sich von seinem Stuhl.

»Du nicht«, brüllte Robert Baron der Ältere seinen Sohn an, der ebenfalls schon halb aufgestanden war, um bei der Beseitigung der Schweinerei zu helfen. Mit einem Schlag arbeitete Adams Gehirn fast wieder normal – nur Teile davon blieben merkwürdig leer. Ihm war, als hätte er gerade die Wasseroberfläche eines Schwimmbeckens durchbrochen, nachdem er eine Zeit lang unter Wasser die Luft angehalten hatte. Und eine ganze Weile länger bekam er nicht mit, was um ihn herum vorging, und stand reglos da, während mehrere Dienstmädchen eifrig den Tisch abwischten.

Sobald die Ordnung wiederhergestellt war, verließ Daisys Vater den Raum, wobei er etwas von »lästigen Kindern« knurrte. Als Adam wieder ganz klar im Kopf war, kam ihm ein Gedanke. Er wandte sich an Daisy und fragte: »Benutzt dein Dad etwa das Pendel, um ... um Menschen zu hypnotisieren?«

Daisy biss sich auf die Lippe und antwortete nicht.

»Dich hypnotisiert er nicht, oder?«, bohrte er weiter. »Er zwingt dich doch nicht, für ihn zu kochen?«

Jetzt lachte Daisy. »Nein, Essen zubereiten macht mir wirklich Spaß«, versicherte sie ihm. »Besonders Süßspeisen. Und Bonbons. Seit wir uns das letzte Mal gesehen haben, habe ich neue Geschmacksrichtungen ausprobiert. Sahne finde ich am besten, mit einem Hauch von Erdbeere und Zitrone. Ich stelle es mir schön vor, sie gemeinsam mit Freunden zu essen.«

»Du hast doch gar keine Freunde«, feixte ihr Bruder. »Und überhaupt: Wozu machst du denn Bonbons, wenn du welche kaufen kannst?« Er rülpste noch einmal laut und watschelte dann aus dem Raum.

Adam dachte an die bittersüßen Bonbons von Francine und daran, was ihm Jack über die Rivalität zwischen dem Goldschmodder und seiner Schwester erzählt hatte, und wieder fragte er sich, ob diese Daisy und Francines Bonbonmacherin ein und dieselbe Person waren. Er wollte gerade darauf zu sprechen kommen, da sagte Daisy zu ihm: »Ich helfe jetzt, das Geschirr in die Küche zu bringen. Und du solltest gehen. Die Schneekugel ist wieder leer.«

Adam blickte zu der Schneekugel auf dem Tisch. Er hatte sie fast vergessen. Die Stadt darin war verschwunden.

»Woher weißt du …?«, begann er.

»Es war wirklich nett von dir, uns zu besuchen, so wie du es versprochen hast«, sagte Daisy mit leuchtenden Augen. »Dann war wohl auch nicht gelogen, was du letztes Mal zu mir gesagt hast? Dass du meine Bonbons gekostet hast und sie dir sehr gut geschmeckt haben?«

»Na ja … ich habe ein paar probiert, glaube ich«, antwortete Adam zögernd. »Jemand hat mir gesagt, dass du die beste Bonbonmacherin von ganz New York bist.«

Daisy nickte und ging mit entschlossenem Blick zur Tür, den Anflug eines Lächelns auf dem Gesicht. »Bis zum nächsten Mal«, war alles, was sie sagte, bevor sie das Zimmer verließ.

Verdutzt griff Adam nach der Schneekugel und betrachtete das wirbelnde Schneekonfetti.

Einen Sekundenbruchteil später stand er wieder in seinem Zimmer. Das Speisezimmer, das Tafelsilber, das Geschirr und die Villa, alles war verschwunden. Onkel Henry rief ihn von unten zum Abendessen.

Am nächsten Tag eilte Adam gleich nach der Schule in die Bücherei. Er wusste, dass er eigentlich nach Hause gehen sollte – im Biscuit Basket war wahrscheinlich schon mächtig was los –, doch als am Vormittag seine Naturkundelehrerin über das kurze Leben einer Eintagsfliege gesprochen hatte, war ihm ein Gedanke gekommen. »Was wäre das für ein Nachruf«, hatte Ms. Thyme gesagt. »Ein ganzes Leben, an einem einzigen Tag gelebt!«

In der Bücherei angekommen, steuerte Adam nicht wie gewohnt schnurstracks auf das Heimatarchiv zu, das die Meldungen über die Kerzenfabrik von Candlewick enthielt.

Stattdessen vertiefte er sich in Mikrofilme von Todesanzeigen aus der Region vom August 1967.

Nachdem er eine Stunde lang mit zusammengekniffenen Augen winzige Buchstaben entziffert hatte, fand er endlich, was er suchte.

Candlewick, N. Y. – Robert Tweed Baron III., 53, kam am Dienstag, dem 15. August 1967, in der verheerenden Feuersbrunst ums Leben, der die Kerzenfabrik von Candlewick zum Opfer gefallen ist. In Candlewick geboren und aufgewachsen, erbte Baron die berühmte Kerzenfabrik von seinem Vater, Robert Tweed Baron II., und führte sie erfolgreich weiter, bis es Mitte des Monats zu der Katastrophe kam. Mr. Baron wird als ein Mann in Erinnerung bleiben, der sich zeitlebens der Mehrung seines Wohlstands und der sorgsamen Pflege seiner Zigarrensammlung gewidmet hat. Er hinterlässt seine Schwester Daisy Aster Baron, eine in New York ansässige Süßwarenherstellerin, und seinen Sohn Robert Tweed Baron IV., dessen gegenwärtiger Aufenthaltsort unbekannt ist.

13

DIE ZEITBERÜHRUNG

Der Aufstieg und Fall von Elbert dem Exzellenten war ein beliebtes Gesprächsthema auf den Straßen New Yorks. Fast jeder wusste von seinem kurzen Gefängnisaufenthalt, und in den darauffolgenden Jahren entging keinem, der ihm begegnete, dass er nicht mehr derselbe wie früher war. Menschen sahen ihn an sonderbaren Orten herumlungern, zum Beispiel mitten in der Nacht auf einem Kirchfriedhof oder im Morgengrauen auf einer leeren Theaterbühne.

Bald erhielt er den Spitznamen »Elbert der Exzentrische«. Es wurde gemunkelt, dass er mit einer geheimnisvollen Gruppe von Leuten Reisen außerhalb New Yorks unternahm. Zeugen berichteten, sie wären ihm im fernen London begegnet. »Ich habe ihn vor einem Glockenturm gesehen«, behauptete einer. »Er stand acht Stunden ununterbrochen da und fragte Passanten über einen Mann aus, der dort vor Urzeiten gearbeitet hatte. Ziemlich ungewöhnlich, wenn Sie mich fragen.«

Elbert scherte sich nicht darum, was die Leute über ihn redeten. Sein Leben war aus der Bahn geraten, und seine Aufgabe, die Macht der geheimnisvollen Zeitberührung zu erwerben und zu nutzen, war jetzt wichtiger denn je. Er scharte einige seiner treuesten Anhänger um sich, dieselben, die ihn in seiner Zeit als Zauberkünstler unterstützt und seine Kerzen unter die Leute gebracht hatten. Sie freuten sich, dass sie ihrem Lieblingsmagier bei seiner legendären Suche helfen durften. Zusammen mit diesen Auserwählten bereiste Elbert die Welt und suchte nach dem letzten Zeitfragment: das, von dem er hoffte, dass es Vergangenes ungeschehen machen konnte.

War Santiago mit seiner Geheimniskrämerei Elbert schon auf die Nerven gegangen, so trieb es Elbert mit dem kleinen Kreis seiner Anhänger bald auf die Spitze. Er neigte dazu, sich unverständlich auszudrücken und in Rätseln zu sprechen. So bezeichnete er den Schatz, nach dem sie suchten, gerne als »das, in dem vergangene Tage wiederkehren«.

»Dieser Schatz«, so sagte er, »ist mächtiger als alles, was die Welt je gesehen hat. Er besteht aus uralter Magie. Ihr werdet ihn erkennen, wenn ihr ihn findet.«

Bei anderer Gelegenheit bezeichnete er den Schatz als einen Gegenstand, der den Stoff enthalte, aus dem die Zeit selbst gemacht sei: »Ziemlich gefährlich, denn seine Kräfte können alles verschlimmern, wenn der Besitzer nicht aufpasst.«

Einer der Orte, die er mit seinen Anhängern von Zeit zu Zeit besuchte, war eine Kleinstadt namens Candlewick. Dort stand er dann auf der Straße, starrte zu den Straßenlaternen hinauf, in denen Kerzen brannten, und grummelte vor sich hin. Oder er schlich um die in jüngster Zeit bekannt gewordene Kerzenfabrik herum und spähte durch die Fenster, wann immer sich die Gelegenheit dazu bot. Häufig war er auch in der Nähe einer großen Villa oben auf dem Hügel zu sehen. Wenn die Besitzer die Polizei riefen, suchte er rechtzeitig das Weite.

Eines Tages fragte ihn ein Passant, was er da mache, nachdem er mitbekommen hatte, wie Elbert einen Laternenpfahl beschimpfte.

»Tja, wissen Sie, ich war wirklich der größte Narr auf dieser Seite des Ozeans«, antwortete Elbert ruhig. »Er hat mein Pendel benutzt. Ich habe ihn mehrmals damit gesehen. Deshalb kommt er mit seinen vielen abscheulichen Verbrechen ungeschoren davon. Und er hat mir – vielmehr Santiago – noch etwas anderes gestohlen.« Er blickte in Richtung der Kerzenfabrik. Ein dunkler Schatten huschte über sein Gesicht, wich aber gleich wieder seinem gelassenen Lächeln. »Und das müssen wir finden. Denn damit können wir all das ungeschehen machen. Wir müssen es unbedingt finden.«

Der Passant nickte nur, als hätte er verstanden. Es erschien ihm sicherer, so zu tun, als wäre er Elberts Meinung.

»Es hat eine Weile gedauert, bis ich begriffen habe, wie er in so kurzer Zeit so großen Erfolg haben konnte«, fuhr Elbert gesprächig fort. »Aber jetzt ergibt alles einen Sinn. Was er mir gestohlen hat, ist viel mächtiger, als mir klar war. Sagen Sie, was macht Ihnen mehr Sorgen, Sir? Die Vergangenheit oder die Zukunft?«

»Keines von beiden. Ich sorge mich mehr um die Gegenwart.«

Elbert lächelte. »Dann sind Sie besser dran als die meisten Menschen. Aber sagen Sie mir eins, Sir: Wenn Sie sich auf die Probleme von heute konzentrieren, dann denken Sie an kaum etwas anderes, richtig?«

»Da wäre ich mir nicht so sicher.«

»Doch, doch, ganz bestimmt«, beharrte Elbert, dessen Lächeln immer breiter wurde, bis er von einem Ohr zum anderen grinste. »Versuchen Sie, daran zu denken, was Sie heute zu Abend essen, und versuchen Sie gleichzeitig daran zu denken, wie viel ein Nadelstreifenhut kostet. Sie werden feststellen, dass es unmöglich ist, zwei Dinge gleichzeitig zu denken.«

»Das schon, aber ich kann sie nacheinander denken.«

»Aber Sie können sie nicht exakt *zur selben Zeit* denken.«

»Das wohl nicht«, stimmte der Passant zu.

»Ich will Ihnen ein kleines Geheimnis verraten. Es ist der Schlüssel zur Hypnose: Ganz in der Gegenwart leben, sich jeder Sekunde bewusst sein und jemand anderes in diesen goldenen Raum mitnehmen.« Elbert blickte in die Ferne, zu der Villa auf dem Hügel. »›Das, was Gaben aus Gold beschert.‹ Wichtig ist natürlich nicht das materielle Gold, sondern das, was es in sich birgt. Das Geschenk, die *Gabe*. Das Problem ist nur: Wenn es tatsächlich das Zeitfragment enthält, ist es extrem gefährlich. Und könnte verheerende Folgen haben. Ich möchte Sie etwas fragen: Was wäre, wenn Sie gezwungen wären, den größten Teil des Tages nur an eine Sache zu denken und an nichts anderes? Was wäre, wenn Sie gegen Ihren Willen mehrere Tage nur an Nadelstreifenhüte denken müssten? Oder Wochen? Sie werden vergessen, wer Sie sind – außer Sie sind selbst ein Nadelstreifenhut. Verstehen Sie, was ich meine?«

Der Passant schüttelte den Kopf und eilte davon.

»Ein Jammer, dass er den Verstand verloren hat«, klagte er später, als er einer interessierten Menge von der Begegnung erzählte. »Früher war er absolut genial.«

14

Regeln des Reisens

Wenige Tage nachdem Adam in die 1920er-Jahre zu den Barons gereist war und noch bevor er die merkwürdigen Ereignisse jenes Tages richtig verdaut hatte, veränderte sich die Schneekugel erneut. Wieder war der Friedhof im Glas, und er blieb die ganze Nacht.

Diesmal beschloss Adam, die Reise anzutreten, obwohl er Angst davor hatte, was ihn am anderen Ende erwartete. Die Vorstellung, einen Friedhof zu besuchen, missfiel ihm zwar nach wie vor – besonders nach all dem, was er erfahren hatte –, doch er war fest entschlossen, dem Geheimnis der Schneekugel auf den Grund zu gehen. Er wartete, bis sein Onkel eingeschlafen war, dann zog er sich leise an. Mit leicht zitternden Händen schüttelte er die Schneekugel.

An die Stelle seines Zimmers trat ein weites Gräberfeld mit dichten, dunklen Baumgruppen an den Rändern. Der Himmel war so weiß wie der Nebel, der über dem verlassenen Friedhof wogte. Marmorengel wachten über die Grabsteine. Im Nebel wirkten ihre schemenhaften

Gestalten wie echt und ihre Flügel bereit, zum Himmel zu fliegen. Adam musste sich die Augen reiben, um sich zu vergewissern, dass er richtig sah.

Direkt neben Adam war der Eingang zum Friedhof: ein schmiedeeisernes Tor, darüber ein Steinbogen, auf dem FRIEDHOF CANDLEWICK stand. Darunter war eine Inschrift eingemeißelt: SELIG SIND DIE TRAUERNDEN, DENN SIE WERDEN GETRÖSTET WERDEN.

Adam passierte das Tor und ging langsam durchs taufeuchte Gras. Das trübe Wetter, die Grabsteine und die gespenstische Stille verursachten ihm eine Gänsehaut. Sie erinnerten ihn an einen ähnlichen Tag vor sieben Jahren, auch wenn der Friedhof ein anderer gewesen war. Er musste wieder an die Krähen denken, an die beiden schwarzen Särge, die nebeneinanderstanden, die weißen Blumensträuße. An die Erwachsenen in gebügelten Kragenhemden, die ihm ihr tief empfundenes Beileid ausdrückten.

Adam ging von Grabstein zu Grabstein und las beklommen die Inschriften. Doch er kannte keinen der Namen.

Am Rand des Friedhofs fiel das Gelände zum Hügel hin ab. Er spähte hinunter in den Nebel. Erstaunt erblickte er dort einen Jungen. Er trug einen Fliegerhelm und stand an einem Grab. Neben ihm lag ein Fahrrad im Gras.

»Jack?«, rief Adam zaghaft und lief den Hang hinab.

Jack wirkte genauso überrascht wie Adam. Im ersten Moment brachte keiner von beiden ein Wort heraus.

Schließlich sagte Jack mit einem Grinsen: »Ich hab gewusst, dass du wiederkommst.« Sein Blick blieb an Adams Wintermantel hängen. »Ist es nicht ein bisschen warm dafür?«

Adam wusste nicht, was er sagen sollte. Er hatte keine Ahnung, welches Jahr sie hatten, geschweige denn, welchen Monat.

Jack schaute wieder zu dem Grabstein neben ihm. Adam warf einen Blick auf die Inschrift:

HIER RUHT ELBERT WALSH
5.12.1890–1.6.1960
Meister des Kerzenziehens
und
Entdecker der wahren
Gaben aus Gold

»Mein Großvater«, erklärte Jack kurz. »Er war Zauberkünstler.«

»Tut mir leid«, murmelte Adam, der seine eigenen Großeltern nie richtig kennengelernt hatte, weder mütterlicher- noch väterlicherseits.

»Es ist schon eine Weile her, ich war damals noch ziemlich klein.« Jack blickte wieder zum Grabstein. »Aber ich erinnere mich noch an ihn. Er hat die ganze Welt bereist – meine Oma Angie und Dad haben mir die tollsten Geschichten von ihm erzählt. Deshalb ... komme ich gern hierher und stelle mir vor, wie ich ihn nach seinen Reisen frage.«

Adam schoss ein Gedanke durch den Kopf. »Welches Datum haben wir heute?«

»Den dreizehnten August«, antwortete Jack. Das erklärte das warme Wetter.

»Nein, ich meine ...« Adam wollte fragen, welches Jahr sie hatten, hielt aber inne. Jack brauchte nicht zu erfahren, dass er aus der Zukunft kam. Jedenfalls noch nicht.

Während Adam noch mit sich rang, was er sagen sollte, musterte Jack ihn argwöhnisch und meinte, als Adam weiter schwieg, schließlich: »Großvater wollte eigentlich nie hier begraben werden. Aber Dad hat gesagt, dass es so am einfachsten gewesen sei.« Bei diesen Worten bekam er einen abwesenden Blick, als spreche er zu den Bäumen in der Ferne. Dann bückte er sich und rückte einen kleinen Kompass zurecht, der am Grabstein lehnte. Auf einer Karte, die unter dem Kompass klemmte, stand:

Noch auf der Suche nach dem einen,
das die Zeit zurückdrehen kann.
– Claudia und deine treuen Gefährten

»Seine Freunde kommen immer noch her und erweisen ihm die Ehre«, sagte Jack. »Sie waren alle immer sehr nett zu mir, obwohl mein Dad sie ein bisschen verschroben fand. Sie hatten ein paar merkwürdige Ansichten über die Zeit und Magie. Dad hat mir erzählt, dass Großvater sein Leben von Grund auf geändert hat, als er, also Dad, auf die Welt kam. Großvater hörte auf, mit seiner Gruppe herumzureisen, aber ...« Jack blickte wieder zu der Karte. »... wie es scheint, wandeln sie immer noch auf seinen Spuren und halten an seinen Ideen fest.«

Adam war fasziniert. »Was für Ideen?«

Jack blinzelte, als wäre er über Adams Frage überrascht. »Ach, nichts. Irgendwie kompliziert zu erklären.« Dann sagte er unvermittelt: »Ich fahre in die Stadt. Willst du mitkommen?«

Damit sprang er auf sein Fahrrad und strampelte, Adam zurücklassend, in Richtung Friedhofstor. Verdutzt blickte Adam auf seine Schneekugel. Der kleine Friedhof war noch da. Er schüttelte die Kugel. Nichts geschah.

Adam tat das Einzige, was ihm einfiel. Er rannte hinter Jack her und rief: »Warte doch!«

Er kam an einem Wäldchen vorbei. Die schwarzen Bäume standen still im weißen Nebel und wirkten mit ihren skelettartigen Ästen gleichzeitig bezaubernd und düster. Über den Wipfeln bemerkte Adam die Spitze eines vertrauten Schornsteins. Da wurde ihm klar, dass Candlewick auf der anderen Seite liegen musste.

Der Weg endete an einem menschenleeren Bahnhof. Jack hatte neben einer Bank auf dem Bahnsteig angehalten und rückte schnaufend seinen Fliegerhelm zurecht. Adam stieß zu ihm.

»Hör mal«, fragte Jack, als er wieder zu Atem gekommen war. »Du hast nicht zufällig meine Spieldose?«

»Was?«

»Ich war in unserem alten Haus, bevor ich auf den Friedhof gegangen bin, und die Spieldose war nicht mehr da. Ich hatte gehofft …« Jack bemerkte den verwirrten Ausdruck auf Adams Gesicht und sah weg. »Vergiss es. Aus irgendeinem Grund hab ich gedacht, du könntest sie haben.«

Adam schluckte und sagte vorsichtig: »Tut mir leid, aber ich weiß nicht, wovon du redest.«

Jack erwiderte nichts. Stattdessen kettete er sein Fahrrad an die Bank. Adam hätte gern etwas gesagt, aber ihm fiel nichts ein. Auf jeden Fall war jetzt kein guter Zeitpunkt, um über den Brand in der Fabrik zu sprechen.

Ein paar Minuten später fuhr ein schnittiger schwarzer Zug in den Bahnhof ein. Jack sprang in einen Wagen, und Adam folgte ihm zögernd. Sie gingen den Gang entlang, bis sie ein leeres Abteil fanden. Es war überraschend schön und geräumig.

Adam hatte keine Fahrkarte und wies Jack besorgt darauf hin, als er sich ihm gegenüber in den braunen Ledersitz setzte.

»Keine Bange«, beruhigte ihn Jack. »Es ist nur eine kurze Fahrt. Da kontrolliert niemand.«

Er rückte wieder den Helm zurecht und sah aus dem Fenster. Auf der Fahrt redeten sie nicht. Adam wurde so sehr von der Sorge geplagt, er könnte wegen Schwarzfahrens im Gefängnis landen, dass er die draußen vorbeiziehende Landschaft überhaupt nicht genießen konnte, doch glücklicherweise ließ sich kein Kontrolleur im Abteil blicken. Dann tauchte in der Ferne die Skyline von Manhattan auf. Und ein paar Stationen später fuhr der Zug in die Grand Central Station ein.

Jack hüpfte aus der Tür und flitzte geduckt an einem nahenden Schaffner, der die Fahrkarten einsammelte, vorbei, was dieser mit einem wütenden Schrei quittierte. Adam nutzte die Gelegenheit und schlüpfte, die Schneekugel fest unter den Arm geklemmt, ebenfalls vorbei.

Adam war in seinem Leben schon viele Male in dem Bahnhof gewesen. Auch dreißig Jahren früher war der Bahnhof mit seinen riesigen Fenstern und mächtigen Marmorsäulen ein architektonisches

Schmuckstück. Doch das Gebäude zeigte erste Alterserscheinungen, und Adam gestattete sich – was selten der Fall war – ein Lächeln, denn er wusste, dass in seiner Zeit gerade umfangreiche Sanierungsarbeiten abgeschlossen worden waren, die den Bahnhof in neuem Glanz erstrahlen ließen. Bis zu diesem Augenblick hatte er sich nie wirklich bewusst gemacht, wie viele Hunderttausende Menschen der Bahnhof schon gesehen hatte, und nicht nur in seiner Zeit, sondern auch schon in den Jahrzehnten davor.

Draußen auf der 42. Straße fiel Adam sofort auf, dass sich die Stadt seit den 1930er-Jahren, der Zeit seines letzten Besuchs, verändert hatte. Die Münztelefone sahen moderner aus, die Autos schneller und schnittiger, und in den Schaufenstern plärrten klobige Farbfernseher. Die Leute trugen längere Mäntel und größere Brillen, und die Frauen hatten ausladendere Frisuren, die die Stirn bedeckten. Die Auslagen der Geschäfte protzten mit technischen Neuheiten. Adam starrte einige Sekunden lang auf ein türkisfarben glänzendes Gerät, bis er erkannte, dass es sich um einen Toaster handelte.

Die Menschen eilten immer noch in großstadttypischer Hast durch die Straßen, vorbei an vereinzelten Plakaten, auf denen die Öffentlichkeit vor den »Roten« gewarnt wurde.

»Wer sind denn die Roten?«, fragte Adam.

Jack sah ihn komisch an. »Lebst du hinterm Mond? Die Roten sind die Kommunisten. Die Vereinigten Staaten befinden sich mit ihnen im Krieg.«

Jack sah Adam wohl an, dass er noch immer nicht verstand, und so erklärte er es ihm im Gehen. Er verglich den Krieg mit einem Schachspiel, bei dem ein weißes Team und ein rotes Team versuchen, sich gegenseitig auszulöschen und das Schachbrett zu übernehmen. Das Problem war nur, dass beide Teams gleich viele brillante und verbissene Spieler hatten, sodass es praktisch unmöglich war zu gewinnen.

»Dann sind die Roten also die Bösen?«, fragte Adam.

»Ja«, antwortete Jack und lachte dann. »Ich schätze aber, dass in ihren Augen *wir* die Bösen sind.«

Adam freute sich, Jack lächeln zu sehen. Doch er war sich auch darüber im Klaren, dass er ihn vor dem Brand in der Fabrik warnen musste, und zwar bald. Das letzte Mal hatte er Jack 1967 getroffen, im selben Monat und Jahr, als sich der Brand ereignete. Wenn er sich nicht irrte, waren es jetzt nur Tage bis dahin. »Hör mal, Jack, ich muss dir etwas sagen ...«

»Da wären wir!«, unterbrach ihn Jack aufgeregt. Sie standen vor einem Kino in der Innenstadt. Jack gab Adam ein Zeichen, ihm zu folgen, und sie gingen hinein. Jack stibitzte eine Handvoll buttriges Popcorn von einem unbeaufsichtigten Stand. An den Wänden hingen Plakate, die für die neuesten Filme warben, darunter *2001: Odyssee im Weltraum*, den Adam einmal in der Schule auf einem alten Sci-Fi-Kanal gesehen hatte, als sie einen engagierten Aushilfslehrer hatten.

Jack betrachtete das Plakat und sagte: »Ich kann die Zukunft kaum erwarten. Du hast doch sicher davon gehört, dass sie Menschen auf den Mond schießen wollen. Jetzt stell dir mal eine Weltraummission zum Jupiter vor!« Er rückte seinen Helm zurecht und sah Adam mit einem lauernden, fast wissenden Blick an. »Ist das nicht stark? Ich kann das neue Jahrtausend kaum erwarten.«

Adam behielt für sich, dass er in Wirklichkeit nur zwei Jahre von 2001 entfernt lebte und dass es da überhaupt noch nicht wie in dem Film war.

Es gelang ihnen, sich in eine Vorstellung zu schleichen und fünf Minuten von einem Western zu erhaschen, ehe der Geschäftsführer sie hinauswarf. Sie rannten aus dem Kino ins Tageslicht zurück. Obwohl Adam normalerweise nichts Verbotenes tat und die ganze Zeit, die sie im Kino gewesen waren, insgeheim Panik geschoben hatte, musste er grinsen. Lachend liefen sie durch die Straßen. Die Sonne war hinter den Wolken hervorgekommen und wärmte angenehm ihre Gesichter.

Jack deutete auf einen Zeitungskiosk. »Lust auf was zu essen?«

Sie gingen zu dem schäbig aussehenden Kiosk. Die Regale quollen über von Zeitschriften, Zeitungen und Kartons mit Süßigkeiten. Gleich daneben war ein kleiner Brezelstand. Kiosk und Stand wurden von einem glatzköpfigen Mann in einer schwarzen Lederjacke betrieben, der zwischen seinen Zeitungen hockte. Eine Augenklappe bedeckte sein halbes Gesicht, und über die andere Hälfe schlängelte sich eine rosa Narbe. Adam schätzte ihn auf ungefähr dreißig, doch bei Erwachsenen war das schwer zu sagen. Der Mann kaute an einer Zigarre und las gerade die Witzeseite einer Zeitung, wobei er von Zeit zu Zeit ein knurriges Kichern von sich gab.

»Hi, Charlie«, grüßte Jack den Mann.

»Jack«, erwiderte der Mann schroff.

»Ich hätte gern zwei Brezeln mit Senf.« Jack streckte ihm erwartungsvoll die leere Hand hin.

»Glaubst du vielleicht, hier gibt's Essen umsonst? Ich hab nichts zu verschenken.«

Der Mann und Jack lieferten sich ein Duell im gegenseitigen Anstarren. Adam trat einen Schritt zurück, den Blick auf die dicken Muskeln gerichtet, die sich unter den Lederärmeln des Verkäufers wölbten. Hatte Jack den Verstand verloren?

»Du bist noch mein Ruin«, murrte der Mann nach ein paar Sekunden, holte aber zwei Brezeln von dem Stand. Jack grinste und reichte eine Adam.

»Wie hast du das gemacht?«, fragte Adam.

Der Verkäufer wedelte mit der Hand und sagte: »Jack gehört zur Familie.«

»Ich habe Charlie dabei geholfen, ein paar Kids zu verjagen, die letzten Monat seinen Kiosk demoliert haben«, erklärte Jack. »Dafür bekomme ich jetzt ein Leben lang Brezeln und Süßigkeiten umsonst.«

Es war eine gute Brezel – weich und salzig, mit einem großzügigen Streifen Senf obendrauf. Senf brachte Adams Lippen immer zum Brennen, aber er mochte ihn trotzdem. Er dachte an Francine und wie sie und ihre Freunde an ihren Geburtstagen zusammen senfbestrichene Brezeln aßen. Wie eigenartig, dass sie, obwohl durch Jahrzehnte voneinander getrennt, in derselben Stadt genau dasselbe tun konnten.

Jack verschlang seine mit vier Bissen. »Die besten Brezeln in der ganzen Stadt«, schwärmte er mit vollem Mund.

»Mein Onkel macht auch gute Brezeln«, sagte Adam. »Er hat eine Bäckerei.«

»Wie heißt sie?«

»Biscuit Basket«, antwortete Adam, stockte kurz und schob dann nach: »Sie wird aber erst in ... äh ... einiger Zeit eröffnen.«

Jack fand das schrecklich komisch und prustete los vor Lachen. Er nahm sich einen Kaugummi aus der Kioskauslage, worauf Charlie knurrte: »Müsstet ihr nicht in der Schule sein? Heute ist Dienstag.«

Jack gab zu, dass er schwänzte.

»Das musst du bleiben lassen«, erwiderte Charlie.

»Wird dein Dad nicht wütend sein?«, mischte sich Adam ein.

Jack sah ihn scharf an. »Mein Dad ist tot.«

»Was redest du da?«

»Was redest *du* da? Er ist bei dem Brand in der Fabrik gestorben. Ich wohne jetzt ein paar Ortschaften weiter bei meiner Tante und meinem Onkel.«

»Bei … dem Brand?«, wiederholte Adam.

Jack kaute auf dem Kaugummi und machte ein enttäuschtes Gesicht. »Du kommst in Wahrheit gar nicht aus der Zukunft, stimmt's?«

Charlie sah die beiden Jungen komisch an, und Adam spürte, wie er erbleichte. »Warum sagst du so was?«, fragte Adam.

Jack sah weg. »Nur eine Feststellung.«

Adam schluckte schwer. »Auf … auf dem Friedhof hast du gesagt, dein Großvater und seine Freunde hätten merkwürdige Ansichten über die Zeit und Magie gehabt …«

»Ja. Mein Großvater hat sich mit den Eigenschaften der Zeit beschäftigt.« Jack stellte das Kaugummikauen ein und machte ein ernstes Gesicht. »Seine Freunde – Anhänger – haben mal zu mir gesagt, dass es mit hoher Wahrscheinlichkeit Zeitreisen gibt und dass ich nach Anzeichen dafür Ausschau halten soll. Nach ungewöhnlichen Ereignissen. Wie zum Beispiel, wenn Leute plötzlich auftauchen und dann wieder verschwinden.« Jack sah Adam dabei bedeutungsvoll an. »Ich habe ständig nach so was Ausschau gehalten. Aber ich habe nie daran geglaubt, jedenfalls nie ganz. Denn wenn es Zeitreisen gibt, warum passieren dann immer noch schlimme Dinge? Sollte uns nicht jedes Mal jemand warnen, wenn eine Katastrophe bevorsteht?«

»Es wären zu viele, um sich um alle zu kümmern«, grummelte Charlie.

Adam sagte nichts. Das war genau die Frage, die auch er sich stellte. Er umklammerte die Schneekugel noch fester und blickte zum Zeitungskiosk. Das Datum auf den Titelseiten der Zeitungen lautete:

13. AUGUST 1968

Fast ein Jahr nach dem Brand in der Kerzenfabrik.

Kein Wunder, dass Jack gegenüber ihrer ersten Begegnung irgendwie verändert wirkte. Adam hatte den Verlust seiner Eltern verarbeitet, indem er sich in sein Schneckenhaus zurückzog. Jack, indem er die Schule schwänzte und über die Stränge schlug.

Charlie nahm sich eine von seinen Brezeln und brummte: »Klingt so, als hätte dein Großvater ein paar interessante Ideen gehabt, Jack.«

Jack zuckte mit den Schultern. »Er und seine Freunde haben geglaubt, dass es auf der Erde drei Teile der Zeit gibt – Vergangenheit, Gegenwart und Zukunft. Und dass es möglich ist, sie unter Kontrolle zu bringen.« Er hielt inne, als er Adams Gesichtsausdruck bemerkte. »Alles okay bei dir?«

»Was?«, fragte Adam, der nur mit halbem Ohr zugehört hatte. In Gedanken war er noch bei der Fabrik. *Sie war vor einem Jahr niedergebrannt.*

»Er hat gesagt, dass diese Zeitfragmente vor langer Zeit in Behältern eingeschlossen wurden. Und dass man, wenn man Glück hat und einen dieser Behälter findet, mit seiner Hilfe die Kräfte, die in dem Zeitfragment stecken, nutzen kann.« Jack schüttelte den Kopf. »Viele Leute haben meinen Großvater für einen Spinner gehalten. Nicht mal mein Dad hat ihm zugehört. Sie haben ihn Elbert den Exzentrischen genannt.« Jack lächelte gezwungen und trat gegen die Bordsteinkante. »Wenigstens hat *er* ein ordentliches Begräbnis bekommen. Die Menschen, die in der Fabrik gestorben sind, sind dort geblieben. Auch mein Dad.«

»Die Kerzenfabrik von Candlewick«, sagte Charlie mit einem Seufzer. »Eine furchtbare Katastrophe. Alle Zeitungen hier haben darüber berichtet. Was für ein Albtraum für die Arbeiter, unvorstellbar. Und dann die vielen Sicherheitsmängel, die man hinterher festgestellt hat ... Wie ist der Besitzer bloß damit durchgekommen?«

»Er hatte die Leute unter Kontrolle«, antwortete Jack. »Das ist meine Vermutung.«

Plötzlich wurde Adam leicht schwindlig, so wie in der Schule, wenn der Lehrer ihn aufrief und er vor der ganzen Klasse sprechen musste.

»Das hatte er«, sagte er heiser.

»Was?«, fragte Jack.

»Robert Baron der Dritte. Der Goldschmodder. Er hat mit seinem Pendel die Leute hypnotisiert. Ich meine, sein Vater, aber er auch, da bin ich mir sicher.«

»Du ... du hast den Chef meines Dads getroffen?«

Adam gab keine Antwort. Er verstand nicht, warum ihn die Schneekugel hierhergebracht hatte, ein Jahr nach dem Fabrikbrand. Wie konnte er Jack jetzt warnen, wo doch das Unglück bereits geschehen war? Ebenso wenig verstand er, warum er die Barons fünfundvierzig Jahre vor dem Brand getroffen hatte. Es musste eine Verbindung zwischen den Besuchen geben. Aber worin sollte sie bestehen?

»Charlie, hast du einen Schluck Wasser da?«, fragte Jack. »Adam sieht so aus, als ob er gleich in Ohnmacht fällt.«

Charlie murrte etwas von nervigen Kindern, die ihn noch in den Ruin treiben würden, worauf Jack lachte und sagte: »Charlie, du wirst ewig hierbleiben.«

Charlie verdrehte die Augen. »Wahrscheinlich.« Er warf einen besorgten Blick auf Adam, bevor er verschwand und hinter dem Kioskfenster herumstöberte. Jack stellte sich auf die Zehenspitzen und beugte sich über das Fensterbrett, um zu helfen.

Währenddessen wollte Adam die Schneekugel und die Brezel weglegen, damit er sich die Augen reiben konnte. Dabei kippte die Kugel zur Seite, und das Schneekonfetti wirbelte im Innern des Glases.

»Warte!«, rief er, doch es war zu spät. Der Friedhof im Glas war verschwunden.

Im nächsten Augenblick stand er wieder in seinem Zimmer.

Er schüttelte die Schneekugel. »Bring mich zurück!«, schrie er verzweifelt.

Der Schrei weckte seinen Onkel. »Adam?«, rief Henry mit schläfriger Stimme aus dem Wohnzimmer. »Was ist los?«

Adam warf einen Blick auf seinen Wecker. Es war kurz vor Mitternacht, genauso spät wie vorhin, als er die Zeitreise angetreten hatte.

»Nichts«, antwortete er. »Ich habe nur schlecht geträumt.«

Am Freitag nach der Schule ging Adam zur U-Bahn.

Als er nach dem Tod seiner Eltern aus der Vorstadt zu Onkel Henry gezogen war, hatte der ihm eingeschärft, welche Regeln er zu beachten hatte, wenn er allein in der Stadt unterwegs war:

1. Sag, wohin du gehst und wann du wieder nach Hause kommst.
2. Sprich nicht mit Fremden.
3. Wenn du dich bedroht fühlst, gehe in den nächsten Laden und suche dir einen vertrauenswürdigen Erwachsenen.
4. Meide unbeleuchtete Orte.

Jetzt, wo Adam zwölf war (ein völlig ausreichendes Alter, ganz egal was Daisys Mutter dachte), unternahm er auch größere Ausflüge auf eigene Faust, auch wenn Onkel Henry es lieber sah, wenn er sich nicht weiter als zwanzig Blocks von zu Hause entfernte. Alles nördlich vom Times Square oder jenseits des Flusses war seinem Onkel noch »zu weit« und stimmte ihn besorgt. Und so hatte Adam nie ernsthaft daran gedacht, mit der U-Bahn irgendwohin zu fahren – bis jetzt.

Es hatte mehrere Tage gedauert, bis er den Mut dazu aufbrachte, doch jetzt war er fest entschlossen, Charlie zu finden. Der Kioskbesitzer war der Einzige, der ihm vielleicht sagen konnte, wo Jack zu finden war. Und wenn er Jack fand, erfuhr er vielleicht mehr über den Brand und die Zeit-Theorien von Jacks Großvater. Adam hatte sich die Kreuzung eingeprägt, an der Charlies Kiosk gestanden hatte: Ecke 57. Straße und Sixth Avenue, nicht weit vom Central Park entfernt. Er konnte nur hoffen, dass Charlie immer noch da war. Immerhin waren inzwischen einunddreißig Jahre vergangen, und die Wahrscheinlichkeit war gering, wenn nicht sogar gleich null. Doch auf der anderen Seite hatten sich in der letzten Zeit viele Dinge zugetragen, die eigentlich unmöglich waren.

Als Adam sich im U-Bahn-Wagen an Beinen vorbeidrückte und unter Armen hindurchtauchte, kam er zu dem Schluss, dass Onkel Henry eine Regel vergessen hatte zu erwähnen:

5. Meide die U-Bahn zu Stoßzeiten, sonst wirst du wie ein Sandwich gequetscht.

Zwanzig Minuten lang wurde Adam geschubst und gestoßen, bis er endlich seine Station erreichte. Er stürzte nach draußen und sog gierig die frische, frühabendliche Luft ein. Dann machte er sich auf den Weg zu der Stelle, wo vor einunddreißig Jahren Charlies Kiosk gestanden hatte.

Zu seiner großen Verwunderung – obwohl die *so* groß eigentlich gar nicht war, denn mittlerweile wunderte ihn gar nichts mehr – stand der Kiosk noch immer da. Und hinter dem Fenster hockte, mit Augenklappe, Zigarre und allem, nur eben um dreißig Jahre gealtert, tatsächlich Charlie. Diesmal trug der glatzköpfige Kioskverkäufer statt der Lederjacke eine graue Windjacke, und tiefe Falten gruben sich in seine Stirn, während er Zeitung las.

Adam trat zaghaft näher. Er musste sich mehrmals räuspern und »Hallo« sagen, bevor Charlie ihn hörte.

»Red lauter, okay?« Charlie legte die Zeitung weg und spähte durchs Fenster. »Was willst du?«

»Sind Sie ... sind Sie Charlie?« Adam erklärte, dass er auf der Suche nach jemand war, der als Kind Charlies Kiosk besucht hatte. »Der Junge hieß Jack. Er trug einen Fliegerhelm. Das Ganze ist einunddreißig Jahre her ...«

Er verstummte, als Charlies ratlose Miene keine Veränderung zeigte.

Charlie kniff das eine Auge zusammen. »Wie heißt du noch mal?«

»Ich ... äh ... Sie kennen mich nicht.«

Plötzlich stieß Charlie einen verblüfften Schrei aus. »Du bist der Junge, der sich in Luft aufgelöst hat!«

Mehrere Passanten drehten die Köpfe. Adam steckte verlegen die Hände in die Taschen.

Charlie war kreidebleich geworden. Die Zigarre fiel ihm aus dem Mund. »Ich erinnere mich an dich«, sagte er zitternd. »Mit deinem Zaubertrick hast du mich und deinen Freund fast zu Tode erschreckt. Meine Frau wollte mir nicht glauben, als ich es ihr erzählt habe. Sie dachte, ich mach Witze. Bist du eine Art Geist, mein Junge?«

Adam schüttelte den Kopf. »Dann erinnern Sie sich also an Jack?«

»Das ist lange her. Ich hab den guten Jack schon eine Ewigkeit nicht mehr gesehen.«

Adam war tief enttäuscht. »Trotzdem danke.«

Charlie kratzte sich am Kopf. Wie seltsam, dass der verschwundene Junge nach so vielen Jahren wieder bei ihm aufgetaucht war. Und er sah kaum älter aus, wenn ihn sein Gedächtnis nicht täuschte. Doch andererseits sahen die meisten Kids für den Kioskhändler ziemlich gleich aus: Strolche, die sein Eigentum demolierten und Süßigkeiten und Zeitschriften mitgehen ließen.

Charlie kaute an seiner Zigarre. Wahrscheinlich hätte er dem Jungen von dem Fremden erzählen sollen, der vor ein paar Monaten an den Kiosk gekommen war. Er erinnerte sich noch lebhaft an den Mann. Ein unbehagliches Gefühl kroch ihm den Rücken hoch, wenn er an den Vorfall zurückdachte:

Der Fremde trug einen schwarzen Anzug und hatte markante Augenbrauen und ein spitzes Kinn. Eines Morgens Ende Juli stand er plötzlich vor dem Kiosk, einen Spiralblock in den langen Fingern, und Charlie dachte bei sich, dass der Mann mal dringend zum Arzt müsste – sein Gesicht wirkte so kränklich bleich, wie er noch nie eines gesehen hatte. Außerdem hatte der Mann diesen irren Blick in den schwarzen Augen.

»Sind Sie Charlie?«, zischte er leise.

»Ja. Was kann ich für Sie tun?«

Der Fremde blätterte zu einer Seite in seinem Notizblock. »Im August 1968 haben Sie und ein anderer Zeuge gesehen, wie sich ein Junge genau hier in Luft aufgelöst hat. Ist das korrekt?«

Charlie musste eine Weile überlegen, bevor er sich erinnerte. »Ach, ja. Ich dachte, ich hätte es mir nur eingebildet. Hat mir einen Mordsschreck eingejagt. War wohl ein Nachwuchszauberer oder so.«

Die Augen des Fremden funkelten im Sonnenlicht. »Wie hieß er?«

»Woher soll ich das wissen? Ich war nicht sein Kindermädchen.«

»Können Sie den Jungen beschreiben? Dunkles Haar, dunkle Augen, klein, kommt das hin?«

»Sie fragen mich nach einem fremden Jungen, dem ich vor *einunddreißig* Jahren begegnet bin?«

»Nicht jeder Junge löst sich einfach in Luft auf«, erwiderte der Fremde spitz.

»Ich beantworte keine Fragen, ich verkaufe Sachen.«

»Ich muss Sie warnen. Es ist besser, Sie kooperieren.«

»Wer sind Sie überhaupt?«

Die schmalen Lippen des Fremden kräuselten sich zu einem spöttischen Grinsen. »Na, na! Ich stelle hier die Fragen, und ich rate Ihnen, sie zu beantworten. Denken Sie an Ihre arme Frau.«

Charlie erstarrte.

»Für Sie beide ist es nicht einfach, über die Runden zu kommen, nicht wahr?«, fuhr der Fremde fort. »Sich abrackern und dann ohne große Ersparnisse in Rente gehen. Nicht auszudenken, was passieren würde, wenn Sie am Ende auch noch den Kiosk verlieren.«

»Wollen Sie mir drohen?«, fragte Charlie und ließ die Fingerknöchel knacken. Von einem bleichen Schwächling im Anzug ließ er sich nicht ins Bockshorn jagen. Doch der andere zuckte nicht einmal mit der Wimper.

»Versuchen Sie, sich zu erinnern.« Der Blick des Fremden glitt über die gebrannten CDs am Kiosk. »Sonst gebe ich den Behörden einen Tipp, dass Sie hier illegale Ware verkaufen ...«

Charlie kochte innerlich, und nur der Gedanke an seine Frau hielt ihn davon ab, durchs Fenster zu klettern und dem Kerl das Grinsen aus der spitzen Visage zu prügeln.

»Ich weiß nur noch, dass der Junge klein war«, sagte er. »Er sah aus wie acht oder neun. Könnte dunkles Haar gehabt haben.«

»Und wo wohnte er? Wo war er her?«

»Ich nehme an, hier aus der Stadt, königlicher Großinquisitor«, knurrte Charlie.

»Versuchen Sie, sich an weitere Details zu erinnern.«

»Mehr weiß ich nicht. Wie wär's, wenn Sie jetzt die Fliege machen?«

Der Fremde grinste nur weiter und schielte wieder zu den CDs.

Charlie schloss die Augen und strengte sein Hirn an. Er hätte etwas erfinden können, doch er hatte das Gefühl, dass der Fremde es merken würde, wenn er ihm Halbwahrheiten auftischte. Und was den Jungen anging, fiel ihm tatsächlich noch etwas ein. Wie der Fremde gesagt hatte: Es kam nicht jeden Tag vor, dass man jemand begegnete, der sich in Luft auflöste.

»Ich glaube, der Junge erwähnte irgendwann, dass er in einer Bäckerei oder so arbeitet«, sagte Charlie schließlich. »Sie hatte einen komischen Namen. Zwei Wörter, und beide fingen mit dem gleichen Buchstaben an, wenn ich recht erinnere.«

»Eine Bäckerei mit einem komischen Namen«, fauchte der Fremde, als wollte sich Charlie über ihn lustig machen.

»Mann, Sie sollten froh sein, dass ich überhaupt noch so viel weiß. Wie wär's, wenn Sie mir jetzt verraten, wie Sie heißen?«

»Das geht Sie nichts an«, entgegnete der Fremde und stiefelte davon. Sekunden später war er um die Ecke verschwunden.

Einen Tag nach dem Besuch des Fremden hatte ein nagelneues Schild am Zeitungskiosk gehangen: WIR SIND KEIN AUSKUNFTSBÜRO.

Jetzt dachte Charlie wieder an den Jungen.

»Na ja, es ist wahrscheinlich nichts«, murmelte er und blätterte die Seite der Zeitung um. »Diese lausigen New Yorker.«

15

DER MATHEMATIKER

Adam hatte damit gerechnet, dass der bösartige M eines Tages wiederkommen würde. Zwar hatte er den Mann eine ganze Weile nicht mehr gesehen – und er hielt jeden Tag auf dem Schulweg die Augen offen –, doch er war sicher, dass sich ihre Wege wieder kreuzen würden.

Er hatte recht.

Es passierte nicht sofort. Der Winter nahte. Wegen Thanksgiving waren Schulferien, und die Kaufhäuser präsentierten in den Schaufenstern ihr Sortiment an Wintermützen und Wolljacken. Alle paar Tage wirbelten dicke Schneeflocken durch die Straßen der Stadt, aber sie blieben nie lange auf dem Boden liegen. Richtige Schneestürme, unförmige Eiswolken und winterliche Düsternis ließen noch auf sich warten.

Francines gestreifte Kerzen waren längst heruntergebrannt. Onkel Henry kaufte neue, damit der Biscuit Basket weiter im Lichterglanz erstrahlte und mit seiner warmen, gemütlichen Atmosphäre Passanten aus der Kälte hereinlockte. Doch im Gegensatz zu Francines fehlte den neuen Kerzen das gewisse Etwas. Hinzu kam noch etwas anderes:

Nachahmung ist, wie es so schön heißt, das schönste Kompliment. Und so hatten auch die Bäckereien zwei Straßen weiter ihre Schaufenster mittlerweile mit leuchtenden Kerzen geschmückt. Und der Süßwarenladen um die Ecke stellte kerzenförmige Lutscher her. Selbst das Café machte mit und ging sogar noch einen Schritt weiter: Es stellte auf jeden Tisch kleine Kerzen und warb mit »romantischen Zweiertischen bei Kerzenschein – ideal für ein Date zum Kaffee!«.

Aber Onkel Henry ließ sich nicht beirren. Sie hatten trotzdem noch genügend Kunden. Als besondere Winterspezialität bot er Zimtschnecken an: »Das beste Mittel gegen frostige Tage«, so behauptete er, »ist eine schöne heiße Zimtschnecke frisch aus dem Ofen.«

Er behielt vollkommen recht. Die Zimtschnecken waren jeden Tag ausverkauft.

An Thanksgiving schloss Onkel Henry die Bäckerei und bereitete ein Festmahl zu. Im Kerzenschein des Ladens aßen er und Adam Ofenkartoffeln, Obstsalat, Cranberry-Soße und ein Drittel von einem ganzen Brathähnchen (der Rest wurde für später aufgehoben). Es war das beste Abendessen, das Adam je gegessen hatte. Sie waren dankbar für das, was sie hatten, und wunderten sich darüber, dass sie noch vor einem Monat fast vor die Tür gesetzt worden wären, weil sie nicht genug Geld für die Miete hatten.

Später am Abend machte sich Adam mit den übrig gebliebenen Ofenkartoffeln und dem restlichen Obstsalat auf den Weg zum Loch. Auch im Obdachlosenheim wurde gefeiert. Der Duft von Rindfleischeintopf wehte Adam entgegen, als er dort ankam, und wäre er nicht schon pappsatt gewesen, wäre ihm das Wasser im Mund zusammengelaufen.

Victor aß mit ein paar Leuten an einem Tisch, auf dem Schüsseln mit Kartoffelbrei und dampfendem Eintopf und zwei Körbe mit Brot standen. In den Ecken waren zusätzliche Lampen aufgestellt worden, die den Raum in ein warmes, freundliches Licht tauchten. Heute machten die Bewohner des Heims keine sorgenvollen Gesichter, sondern lachten und plauderten miteinander wie gute Freunde. In diesem Augenblick waren sie glücklich. Der fröhliche Anblick bewog Adam zu bleiben.

Als Victor ihn sah, bugsierte er seinen Rollstuhl durch den Raum, um ihn zu begrüßen. »Hallo, mein Freund! Ein wundervoller Tag, nicht wahr?«

»Der schönste überhaupt.« Adam gab Victor die Reste. »Ich habe so viel gegessen, dass ich platzen könnte.«

»Das wird mir heute Abend auch blühen. Wer hätte gedacht, dass es so viel zu essen gibt. Dafür bin ich sehr dankbar.«

Adam sah zu, wie Victor seine Reste für die anderen auf den Tisch stellte. Einige von ihnen klopften Victor auf die Schulter. Mit einem zahnlosen Grinsen im Gesicht rollte Victor zu Adam zurück.

»Willst du bleiben?«, fragte er.

»Nein, ich muss bald ins Bett. Trotzdem danke.« Adam blickte zu den anderen am Tisch und musste an Francine denken. »Kann ich Sie was fragen, Victor?«

»Schieß los.«

»Ich habe mir nur gerade überlegt ... haben die Leute hier eigentlich Familie?«

»Die traurige Wahrheit lautet, nein, eher nicht. Viele hier haben keine Verwandten oder Freunde, an die sie sich wenden können. Aber dafür ist dieses Haus ja da. Hier werden wir füreinander zu einer Art Familie auf Zeit. Auch wenn wir nicht von jedem den Namen kennen.«

»Was ist mit Ihnen? Haben Sie auch keine richtige Familie?«

Victor schüttelte den Kopf. »Nicht so, wie du meinst.«

Mit einem Mal wurde Adam bewusst, dass er Victor in all den Jahren nie nach seiner Vergangenheit gefragt hatte. Er hatte den alten Mann immer nur von anderen Leuten erzählen hören, aber nie von sich selbst, abgesehen von den Geschichten über sein Bein.

»Was haben Sie gemacht, bevor Sie ins Loch gekommen sind?«, fragte Adam.

»Hm, interessante Frage.« Der alte Mann hielt ein paar Sekunden inne. »Die Geschichte meiner Vergangenheit ist lang und voller Windungen und Wendungen. Sie zu erzählen würde zwölf Monate dauern.« Er lächelte und sah Adam an. »Komm mit. Ich möchte dir etwas zeigen.«

Adam war nie weiter als bis zur Küche gekommen. Er folgte Victor durch einen schwach beleuchteten Korridor, dessen ausgefranster Teppich seine Schritte und das Geräusch von Victors Rollstuhl dämpfte. Vor der Tür mit der Nummer 6 hielt Victor an und schloss mit seinem Schlüssel auf. Der Raum dahinter war noch kleiner als Adams winziges Zimmer. Er enthielt nur ein einfaches Bett und einen Kleidercontainer aus Plastik.

Trotz der Enge hatte Victor offensichtlich versucht, das Zimmer wohnlicher zu gestalten. Auf dem schmalen Fensterbrett lagen kleine Teile von Trockenblumen, nach Sorte und Farbe geordnet. An der Wand neben dem Bett klebten Plakate von Galaxien und Sonnensystemen. Und zu Adams Überraschung standen an der Wand gegenüber Bücher.

Er legte den Kopf schief und studierte ihre Rücken. Es waren komplizierte Fachbücher über Mathematik und das Weltall.

Victor folgte Adams Blick und grinste. »Ja, genau die wollte ich dir zeigen«, sagte er. »Ich muss sie bald zurückgeben. Ein Professor von der Universität am Ende der Straße hat sie mir geliehen, als Entspannungslektüre.«

»Als Entspannungslektüre?«

»Na ja, für mich schon. Ich war früher mal Mathematiker.«

Nun haben Mathematiker, ähnlich wie Schriftsteller, Aktuare oder professionelle Hundefutter-Vorkoster, einen der verkanntesten Berufe der Welt. Die Arbeit eines Mathematikers lässt sich mit der eines Detektivs vergleichen: Beide haben es mit komplizierten Rätseln und Geheimnissen zu tun und versuchen, ein logisches Muster dahinter zu finden. Nehmen wir als Beispiel Nikolaus Kopernikus, einen der größten Mathematiker aller Zeiten, der zu beweisen half, dass die Erde sich um die Sonne dreht und nicht umgekehrt, wie Millionen von Menschen geglaubt hatten. Oder Florence Nightingale, die mithilfe mathematischer Studien die Zustände in Krankenhäusern verbesserte und dadurch unzählige Patienten vor dem Tod bewahrte. Zu allen Zeiten haben Mathematikerinnen und Mathematiker möglich gemacht, was zuvor für unmöglich gehalten wurde.

Adam hatte noch nicht sonderlich viel darüber nachgedacht, was er später einmal werden wollte. Eine Zeit lang hatte er zwischen Tierarzt und Tierpfleger geschwankt. Doch nachdem ihm Victor erklärt hatte, was ein Mathematiker macht, konnte er sich eine berufliche Zukunft in dieser Richtung vorstellen. Er lauschte gespannt, als Victor von seiner Zeit an der Universität erzählte, in der er Gleichungen und Rätsel löste.

»Ich hatte eine ziemlich coole Idee für ein Projekt, das sich mit Permutationen beschäftigte«, sagte Victor.

»Was ist eine Permutation?«

»Ich wette, das Prinzip ist dir vertraut, auch wenn du das Wort nicht kennst«, antwortete Victor wohlwollend. »Stell dir vor, du hast einen Löffel, eine Gabel und ein Messer. Auf wie viele Arten kannst du sie anordnen? Zuerst den Löffel, dann die Gabel und zuletzt das Messer. Oder lieber zuerst das Messer, dann den Löffel und zuletzt die Gabel? Jetzt stell dir vor, du hättest eintausend Löffel, von denen jeder eine etwas andere Farbe hat. Was dann? Roter Löffel, Gabel, blauer Löffel, grüner Löffel, Messer. Oder blauer Löffel, Gabel, roter Löffel, grüner Löffel, Messer und so weiter. Du hast nahezu unendlich viele Kombinationen, wenn das Besteckset groß und vielfältig genug ist. In der Mathematik nennen wir sie Permutationen. Das war, vereinfacht ausgedrückt, das Herzstück meines Projekts. Aber meinem Institut gingen die Mittel aus, bevor ich richtig loslegen konnte.«

»Sie hatten kein Geld?«

»Kein Geld«, wiederholte Victor. »Mein Projekt wurde auf Eis gelegt. Das war das Ende meiner Karriere als Mathematiker. Um ehrlich zu sein, war es der erste von mehreren schweren Schicksalsschlägen in meinem Leben. Ein Abstieg in Raten, von dem ich mich nie richtig erholt habe.«

Adam wusste, was es hieß, nicht genug Geld zu haben für etwas, das man sich wünschte. »So ein Mist«, murmelte er. »Wenn wir doch nur die Vergangenheit verändern könnten.«

»Nun ja, aber so einfach wäre das nicht. Ein Grund, warum mir das Projekt so am Herzen lag, war die Sache mit der Unendlichkeit. Im Leben gibt es unendlich viele Möglichkeiten. Viele Permutationen. Und sobald eine Permutation festgelegt ist, reiht sich die nächste daran wie an einem Faden. Alle sind miteinander verbunden. Der Faden meines Lebens hat mich an Orte geführt, die ich mir nie hätte träumen lassen, und wer ich heute bin, bin ich durch meine Vergangenheit.«

Ein ehemaliger Mathematiker, der im Loch gelandet ist und hier arbeitet, dachte Adam. Er sprach nicht laut aus, wie traurig er das fand.

Ein Nachbar Victors spähte zur Tür herein. Er nickte Adam verlegen zu und schob die Hände in seine viel zu große Jacke. Dann bat er Victor, wieder zu ihnen an den Esstisch zu kommen.

»Wenn du noch lange hier rumtrödelst, gibt es kein Brot mehr, Bruder!«

»Komme«, kicherte Victor.

Als der Mann fort war, fragte Adam: »War das Ihr richtiger Bruder?«

»Nein, wir sind nicht blutsverwandt. Aber in jeder anderen Hinsicht ist er mein Bruder. Er ist ein Freund. Und Freunde sind wie eine Familie.« Victor lächelte. »Tut mir leid, aber das Fest wartet. Ich hätte gern noch ein Stück Baguette!«

Adam verabschiedete sich von Victor und eilte nach Hause. Als der Biscuit Basket in Sicht kam, wusste er sofort, dass etwas nicht stimmte.

Das flackernde Blaulicht zweier Streifenwagen erhellte die Straße. Ein Schaufenster der Bäckerei war eingeschlagen. Drei von Onkel Henrys ausgestellten Kuchen waren umgeworfen, und der Fußboden im Laden war mit Scherben übersät und mit Kerzenwachs verschmiert.

Onkel Henry sprach gerade mit zwei Polizeibeamten, einem Mann und einer Frau. Als er Adam bemerkte, winkte er ihn aufgeregt nach drinnen.

»Was ist passiert?«, fragte Adam.

»Vandalismus«, antwortete die Polizistin und hielt ihm einen faustgroßen, scharfkantigen Stein hin.

Adam starrte fassungslos darauf. »Wissen Sie, wer es war?«

Onkel Henry erzählte, was passiert war: Er hatte das Rollgitter vor dem Laden noch nicht heruntergezogen und hinten in der Backstube einen Teig für den nächsten Tag angesetzt, als er ein Klirren hörte. Er stürzte, ein großes Nudelholz schwingend, nach vorn und fand dort einen großen Mann vor, der sofort herumwirbelte und aus der Bäckerei rannte. Die Kuchen und die brennenden Kerzen waren bereits umgestoßen, und Onkel Henry musste schleunigst die Flammen löschen, sodass er nicht die Verfolgung des Täters aufnehmen konnte.

»Sie können von Glück sagen, dass das Haus nicht abgebrannt ist«, meinte Polizist Nummer zwei. »Brennende Kerzen in einem Laden stellen ein Risiko dar. Die Brandgefahr ist enorm.«

»Wir löschen die Kerzen jeden Abend, bevor wir ins Bett gehen«, versicherte ihm Onkel Henry eilends.

Onkel Henry ging einen Besen holen, um die Scherben zusammenzukehren. Unterdessen fragten die Polizisten Adam, ob er auf der Straße einen Verdächtigen gesehen habe. Hatte er nicht – jedenfalls nicht in letzter Zeit. Ein eiskalter Wind wehte durch das Loch in der Scheibe. Adam erschauerte, aber aus einem anderen Grund.

»Ich glaube, ich weiß, wer es war«, flüsterte er.

Er erzählte ihnen von seiner Theorie, wonach M zum Laden zurückgekommen sei, ließ aber unerwähnt, dass M hinter einer magischen Schneekugel her war. Leider konnten die Polizisten ohne Beweise nicht bestätigen, dass M der Schuldige war. Außerdem, so erklärten sie

Adam, liefere ein Name wie M wenig Anhaltspunkte. Aber sie notierten sich die Beschreibung des Mannes.

Als Onkel Henry schließlich mit Besen und Kehrschaufel wiederkam, forderten die Polizisten ihn und Adam auf, die Augen offen zu halten und sie zu verständigen, falls der Täter wieder auftauche.

Als die Polizeibeamten fort waren, half Adam seinem Onkel, das eingeschlagene Fenster mit Pappe und Klebeband notdürftig abzudichten. Anschließend fegten sie die Scherben zusammen, kratzten das Wachs weg und wischten die zermatschten Kuchen auf.

»Die Bäckerei wird geschlossen bleiben müssen, bis das Fenster repariert ist«, sagte Onkel Henry. Er schüttelte den Kopf und murmelte: »Warum tut jemand so etwas?«

Adam wusste natürlich, warum. Er schluckte. »Onkel Henry, ich muss dir etwas sagen.«

Adam ging nach oben und kam mit der Schneekugel wieder herunter. Er erzählte seinem Onkel alles über die magischen Kräfte der Kugel, über die verrückten Abenteuer, die er erlebt, und die Menschen, die er dabei getroffen hatte. Er erzählte ihm von seiner Begegnung mit Francine, der Kerzenverkäuferin, und von der Kleinstadt, in der die Kerzenfabrik gestanden hatte. Er erzählte von Jack und ihrem Ausflug nach New York im Jahr 1968. Und schließlich auch von seinem Verdacht, dass M das Schaufenster eingeschlagen hatte, um die Schneekugel zu stehlen. Onkel Henry hörte ruhig zu und unterbrach ihn nicht.

Als Adam fertig war, sagte er sanft: »Deine Eltern waren begeisterte Naturforscher, Adam. Es würde mich nicht wundern, wenn du etwas von ihrer Leidenschaft geerbt hast und in deinen Träumen auf Reisen gehst.«

Adam klappte die Kinnlade herunter. »Ich habe das nicht geträumt! Die Stadt Candlewick gibt es wirklich. Vielmehr: hat es gegeben.«

»Ich bin im Traum auch schon zu Orten gereist, die es wirklich gibt. Hast du nicht gesagt, dass du immer nur nachts gereist bist?«

»Beim ersten Mal nicht!«, entgegnete Adam, dem nicht entging, dass Onkel Henry vielsagend die Brauen hochzog. »Das war am Nachmittag.«

Trotzdem war ihm bewusst, dass seine Geschichte nicht überzeugend klang. Onkel Henry sah ihn besorgt an und legte ihm eine Hand auf die Schulter. »Was diesen zwielichtigen M angeht, mach dir seinetwegen keine Gedanken. Die Schweinerei heute Abend hat wahrscheinlich einer von den anderen Bäckern angerichtet. Die mögen nämlich keine Konkurrenz, jetzt, wo unser Laden läuft.«

»Aber …«

»Es ist schon spät. Du solltest jetzt schlafen gehen. Hier, nimm deine Schneekugel mit.«

Adam sog resigniert die Wangen ein. Es hatte keinen Sinn zu streiten. »Ja, Onkel Henry«, murmelte er und schlurfte davon.

Auf dem Weg zur Treppe kam er an dem geflickten Fenster vorbei, und da sah er, dass draußen vor der Bäckerei, direkt hinter der Scheibe, ein großer Mann in einem schwarzen Anzug lauerte.

Onkel Henry war nicht der Einzige, der seine Geschichte von der Schneekugel gehört hatte.

16

DIE BRANDRUINE

Der Biscuit Basket blieb an den folgenden Tagen geschlossen. Die Verhandlungen mit der Versicherung zogen sich in die Länge. Onkel Henry würde die Kosten für die Reparatur des Fensters aus seinen Ersparnissen vorstrecken müssen, doch dank der Einnahmen aus dem letzten Monat konnten sie die hohe Summe aufbringen.

Adam hockte fast das ganze Wochenende in seinem Zimmer und starrte auf die leere Schneekugel. Je länger die Kugel leer blieb, desto elender fühlte er sich. Er hatte nichts. Keinen Hinweis auf den mysteriösen M, keinen Beweis für die magischen Kräfte der Schneekugel, den er der Polizei oder seinem Onkel vorlegen könnte, und keine Idee, was er tun sollte.

Das Unbekannte macht uns Menschen Angst, denn es verleitet zu voreiligen Schlüssen. Wenn zum Beispiel mitten in der Nacht eine Schranktür von alleine aufgeht, dann denken wir vielleicht, wir hätten einen Geist am Hals, obwohl genauso gut ein kaputter Riegel oder ein Luftzug der Grund gewesen sein könnte. Oder wenn jemand plötzlich verschwindet und wir nie wieder etwas von ihm hören, dann denken wir, er sei von Kidnappern oder Lagunen-Monstern entführt worden, dabei ist es ebenso wahrscheinlich, dass er einfach beschlossen hat, auf eine lange Reise zu gehen und nichts mitzunehmen. Da wir in solchen Fällen aber nie die Wahrheit erfahren, können wir den lieben langen Tag Vermutungen anstellen.

Die beiden größten Unbekannten, die Adams Gedanken beschäftigten, waren:

1. Inwieweit waren er und sein Onkel wirklich sicher?
2. Würde er jemals in der Lage sein, die Bewohner von Candlewick rechtzeitig vor dem Brand zu warnen?

Gar nicht zu reden von anderen Ereignissen in der Vergangenheit, die ihm mehr am Herzen lagen und die er nur zu gerne ändern würde.

Dann, an einem Sonntagabend, geschah es. Endlich erschien eine Landschaft im Innern der Schneekugel.

Es war Candlewick.

Das war vielleicht seine Chance! Adam wartete nervös, bis Onkel Henry zu Bett gegangen war, und blieb sicherheitshalber ruhig sitzen, bis das Schnarchen seines Onkels im Wohnzimmer einen gleichmäßigen Rhythmus angenommen hatte. Dann griff er sich die Schneekugel und schüttelte sie.

Schneekonfetti wirbelte im Glas. Adam überlegte bereits, was er tun würde, wenn er in der Stadt war. Er wusste ja nicht, wie viel Zeit ihm blieb, deshalb musste er sich beeilen.

Im nächsten Moment stand er wieder auf dem Hügel vor Candlewick. Die Luft war warm, doch die Sterne blinkten kühl von einem tiefschwarzen Himmel. Er machte sich auf den Weg zur Stadt, doch als er den Ortsrand erreichte, merkte er, dass etwas nicht stimmte.

Nur in ein paar Häusern brannte Licht. Die meisten Fenster an den Straßen waren so dunkel wie die Straßen selbst. In den Einfahrten standen keine Autos mehr. Keine Straßenlaterne brannte. Und was am schlimmsten war: Kalte Rauchschwaden waberten durch die Luft, dazu ein brenzliger Geruch, der ihm bekannt vorkam. Adam schnupperte noch einmal. Entsetzt erkannte er, wonach es roch: nach verbranntem Kerzenwachs. Genauso hatte vor ein paar Tagen der Fußboden in der Bäckerei gerochen.

Er spähte angestrengt in die Ferne, hinüber zur Kerzenfabrik, die allein in der Dunkelheit stand. Ihre bedrohlich wirkenden Schornsteine rauchten nicht. Kein Fenster war erleuchtet. »Das hat nichts zu bedeuten«, sagte sich Adam. Schließlich stand die Fabrik ja noch.

Wäre Adam nahe genug dran gewesen, hätte er erkannt, dass alle Fenster komplett zertrümmert waren.

Er setzte seinen Weg fort, und der Brandgeruch wurde stärker. Er bog in die erstbeste Straße ein und ging langsam an den Häusern entlang. Er sah sich um. Kein Mensch weit und breit.

Die ersten paar Häuser waren leer. In einem der nächsten bellte ein Hund. Adam trat ans Fenster, um nachzusehen. Das Wohnzimmer war dunkel. Im fahlen Mondlicht konnte er schemenhaft Möbelstücke ausmachen – ein Sofa, einen Bücherschrank. Welke Blumenteile lagen verstreut auf dem Fensterbrett neben einer schmalen Vase, in der nur noch sehr wenig Wasser war. Ein einsamer Boston Terrier kläffte unablässig an der Haustür. Er hob den schwarz-weißen Kopf und winselte durchs Fenster, als er Adam bemerkte.

Adam drehte am Türgriff. Abgeschlossen.

Die Besitzer des Hundes waren nicht da. An der Wand neben dem Hund hing das Foto eines Ehepaars in mittleren Jahren. Adam konnte sich denken, wohin sie gegangen waren.

»Armes Kerlchen«, sagte er. Der Hund erinnerte ihn an seinen geliebten Speedy. Adam schob vorsichtig das Fenster nach oben. Im nächsten Moment sprang der Terrier heraus und direkt in seine Arme, wo er sich zu einem winselnden Knäuel zusammenrollte. Der Hund machte ihm Mut, als er seinen Weg fortsetzte.

Ein paar Häuser weiter stieß Adam auf die ersten Menschen. Eine Mutter und ihre Tochter luden Koffer in einen Wagen, der in der Garage stand. Adam trat zaghaft näher.

»Entschuldigung«, sagte er. »Ist hier etwas passiert?«

Die Mutter drehte sich überrascht zu ihm um. Ihre Augen waren verquollen und hatten dunkle Ringe. »Aber ja, mein Junge. Hast du denn nicht von dem Unglück gehört?«

Die Tochter, ein drahtiger Teenager, sagte: »Vor zwei Wochen ist die Fabrik abgebrannt. Viele Leute aus der Stadt sind dabei ums Leben gekommen.«

Adam starrte sie an. Nein, das konnte nicht sein. Noch war Zeit, es musste noch …

»Hier hält uns nichts mehr«, sagte die Mutter und warf einen müden Blick auf ihre Koffer. »Die meisten Überlebenden verlassen die Stadt. Ohne die Kerzenfabrik haben wir hier kein Einkommen mehr. Mein Mann würde …« Sie musste schluchzen und vergrub ihr Gesicht im Ärmel.

»Mein … mein Dad ist in dem Feuer gestorben«, erklärte das Mädchen, das sichtlich bemüht war, sich tapfer zu geben, doch Angst und Entsetzen flackerten in seinen geröteten Augen und verrieten es. »Wo ist deine Familie?«

Adams Herz hämmerte. Er musste zu Jacks Haus. »Tut mir leid, ich ... ich muss weiter. Aber vorher ...« Er hielt den in seinen Armen winselnden Terrier hoch. »Meinen Sie, Sie könnten? Ich habe ihn gefunden.«

»Oh, das ist der alte Hund der Bordens«, sagte die Mutter. »Sie waren mitten in ihrer Schicht, als das Feuer ausbrach.«

»Mom?«, fragte die Tochter nach einer langen Pause.

Die Mutter seufzte. »Ja, Liebes, natürlich können wir ihn nehmen.«

Sie verabschiedeten sich voneinander, dann drehte sich Adam um und sprintete los. Obwohl er vom Rauch husten musste, rannte er die nächsten Hügel rauf und runter.

Die wenigen Leute, denen er in der weitgehend verlassenen Stadt begegnete, waren entweder am Packen und Wegfahren oder sahen verloren und verängstigt aus. Ein alter Mann stand schweigend auf seiner Veranda und stierte in die Ferne. Zweimal fragte jemand Adam, ob mit ihm alles in Ordnung sei. Er antwortete mit »Ja«, rannte aber weiter. Das Konfetti in der Schneekugel wirbelte durcheinander, doch die Stadt im Glas war noch nicht verschwunden.

Als er an dem zweistöckigen Backsteinhaus in der Oak Street ankam, wurde ihm wieder flau im Magen. Das Verandalicht war aus, wie bei allen anderen in der Straße. Hinter den Fenstern war es stockfinster. Adam pochte an die Tür, aber niemand machte auf. Auch diese Tür war abgeschlossen.

Er spähte durch das Fenster in Jacks Zimmer. Das Bett war abgezogen. Die Hälfte der Bücher und Zeitschriften im Regal fehlte. Ein paar von Jacks Modellflugzeugen waren noch da, darunter auch das, das beim letzten Mal erst halb fertig gewesen war. Es stand, nun vollständig zusammengebaut, am selben Platz auf dem Schreibtisch. Daneben ein paar Blatt Papier, der Kerzenständer – diesmal mit einer erloschenen grün-weißen Kerze darin – und, in der Schreibtischecke, Jacks Spieldose, mit geschlossenem Deckel.

Deprimiert sah sich Adam weiter in der dunkler werdenden Stadt um. Vor ihm ragte, viel größer jetzt, der Schauplatz der Katastrophe empor: die Kerzenfabrik von Candlewick.

Langsam stapfte er auf das Gebäude zu. Er musste das Ausmaß der Zerstörung mit eigenen Augen sehen. Die Außenmauern der Fabrik standen zwar noch, doch ihr Inneres glich einer Abrissstätte – überall Scherben zerborstener Fenster, Haufen aus Betonbrocken und schwarzem Schutt. Stille erfüllte die Luft, die nach Rauch und dem Lavendelduft der verbrannten Kerzen roch.

Adam blieb lange wie angewurzelt im Dunkeln stehen, hilflos und außerstande, sich zu bewegen. Als er schließlich einen Schritt zur Seite machte, blieb sein Fuß an einem Kleiderfetzen hängen.

Wenn er später von dem niederschmetternden Erlebnis erzählte, ließ er dieses Detail aus, denn er wollte nicht zugeben, dass ihm bei dem Anblick fürchterlich schlecht geworden war und er sich hatte übergeben müssen wie bei einer Magen-Darm-Grippe. Er wollte nicht zugeben, dass er sich zu einer Kugel zusammengerollt, gehustet und geweint hatte, bis seine Augen ganz geschwollen waren.

Als er sich wieder gefangen hatte, bemerkte er im Schutt neben seinen Füßen ein Stück Metall. Es glänzte im Sternenlicht. Er zog es vorsichtig aus dem schwarzen Ruß und nahm es in Augenschein, kam aber nicht dahinter, was es war.

Er steckte es in die Tasche und wischte sich Schmutz und Tränen aus dem Gesicht. Andere Dinge waren jetzt wichtiger, zum Beispiel, dass er sich dringend waschen musste. Er beschloss, es noch einmal bei Jacks Haus zu versuchen.

Auch diesmal kam niemand an die Tür, als er klopfte, aber er stellte fest, dass Jacks Zimmerfenster nicht verriegelt war. Adam schob es nach oben. »Hallo?«, rief er nach drinnen.

In ein fremdes Haus einzubrechen ist vielerorts natürlich nicht gern gesehen oder schlicht verboten. Doch manchmal gibt es gute Gründe, sich über die Regeln hinwegzusetzen. So zum Beispiel, wenn man die Schule durch den verbotenen Hintereingang betritt, weil einem am Vordereingang jeden Morgen ein paar Schläger aus der Sechsten auflauern, um einem den Kopf in die Toilette zu drücken. Oder wenn man die Hausaufgaben sausen lässt, um seinem Onkel in der Bäckerei zu helfen, weil man sonst im nächsten Monat vielleicht kein Dach mehr über dem Kopf hat. In solchen Fällen liegt die Entscheidung bei einem selbst, ob man ein Risiko eingehen will, um eine größere Katastrophe abzuwenden.

Adam nutzte die Gelegenheit und hievte sich durch das Fenster. Wieder war es ein Glück, dass er so klein war. Er glitt mühelos nach drinnen.

Er knipste das Licht an. Im selben Moment bemerkte er den Brief, der auf dem Tisch lag, mit seinem Namen drauf.

Lieber Adam,

wenn Du diesen Brief findest, sollst Du wissen, dass ich in Sicherheit bin. In der Kerzenfabrik ist gestern ein Brand ausgebrochen. Die Feuerwehr hat versucht, ihn zu löschen, doch es war zu spät. Dad und Hunderte andere Menschen sind gestorben.

Meine Tante und mein Onkel sind hier. Ich werde nach Norden ziehen und bei ihnen wohnen. Sie warten in diesem Moment draußen auf mich, das ist also meine letzte Chance, mit Dir zu sprechen. Möglicherweise.

Nimm die Spieldose. Ich weiß, dass sie Dir gefällt. Aber sei auf der Hut. Ihre Musik sagt den Tod voraus. Ich bin mir da inzwischen sicher, aber wahrscheinlich weißt Du sowieso schon Bescheid. Als sie das erste Mal für mich gespielt hat, ist mein Hund beim Überqueren der Straße überfahren worden. Als sie das zweite Mal gespielt hat, ist meine Großmutter an einem Herzanfall gestorben. Und als sie das letzte Mal gespielt hat – das war, als Du sie durch mein Fenster gehört hast –, sind kurz darauf mein Dad und viele andere Menschen ums Leben gekommen.

Mein Großvater wollte, dass ich die Spieldose bekomme. Ich habe ihn sehr geliebt, aber jetzt will ich sie nicht mehr. Ich will aber auch nicht, dass sie jemand bekommt, dem ich nicht vertraue, deshalb sollst Du sie haben.

Ich weiß nicht, ob Du diesen Brief finden wirst, aber ich halte es für gut möglich. Ich weiß nicht, wie ich es erklären soll, aber ich tue es einfach. Ich hoffe, ich habe recht. Und ich hoffe, dass sich unsere Wege noch einmal kreuzen werden.

Dein Freund

Jack

Dein Freund. Adam las den Brief fünfmal hintereinander. Er war noch nie in seinem Leben so verwirrt gewesen.

Er betrachtete die anderen Gegenstände auf dem Tisch. Die Kerze im Kerzenständer sah genauso aus wie die, die ihm Francine geschenkt hatte. Sie roch auch genauso, nach Lavendel. Adam befühlte den Docht. Er war kalt.

Das alles ergab keinen Sinn.

Sein Blick fiel auf die Spieldose. Seit er vor Wochen ihre schaurige Musik gehört hatte, brannte er darauf, sie sich genauer anzusehen. Ihr schönes Holz und ihre Schnitzereien lockten ihn näher. Als er sie berührte, schoss ein Kribbeln durch seinen Arm.

Es gab keine Möglichkeit, sie aufzuziehen. Er untersuchte den Deckel, den Boden und alle vier Seiten gründlich, doch die Dose blieb geschlossen und stumm.

Dann entdeckte er, dass unten neben einer kleinen, eingravierten Windrose Initialen eingekerbt waren: *JCW*.

17

PERMUTATIONEN

»Zeitreisen, sagst du?«, wiederholte Victor.

Der alte Mann und Adam saßen vor dem Obdachlosenheim, Adam auf der Bordsteinkante und Victor warm eingepackt in seinem Rollstuhl. Es war der erste Dezember, ein sonniger, aber frostiger Nachmittag. Adam musste die Hände in den Taschen vergraben, damit sie warm blieben. Der Gehweg fühlte sich eiskalt an, sodass er ständig seine Sitzposition veränderte, damit ihm der Hintern nicht einfror. Neben ihm schälte Victor eine Orange und hörte zu, während er ihm von Candlewick erzählte.

Seit Onkel Henry seine Geschichten als Einbildung abgetan hatte, hütete sich Adam davor, mit ihm noch einmal über die Schneekugel zu sprechen, geschweige denn über seine geheimnisvollen Reisen durch die Zeit. Nur leider konnte er wegen genau dieser Reisen nachts nicht mehr schlafen. Nachdem sein Lehrer Onkel Henry darüber informiert hatte, dass er zweimal im Unterricht eingeschlafen war, fasste Adam den Entschluss, dem Geheimnis der Schneekugel ein für alle Mal auf den Grund zu gehen, und sei es auch nur, um nicht den Verstand zu verlieren. Selbst wenn das bedeutete, dass er sich einem anderen Erwachsenen anvertrauen musste.

Er hatte sich für Victor entschieden, weil der vertrauenswürdige alte Mann selbst schon viele wundersame Geschichten erzählt hatte. Außerdem war er als früherer Mathematiker vielleicht noch am ehesten in der Lage, die Möglichkeit von Zeitreisen in Betracht zu ziehen, ohne den Gedanken gleich totzuschlagen wie eine sirrende Stechmücke.

Und tatsächlich: Als Adam das Thema zum ersten Mal ansprach, erwiderte Victor nur: »Es gibt viele unerforschte Fragen auf dieser Welt. Wer könnte schon behaupten, dass Zeitreisen von vornherein ausgeschlossen sind?«

Als Adam mit dem Bericht über seine Abenteuer mit der magischen Schneekugel geendet hatte, nickte Victor, als hätte ihm Adam eine ganz alltägliche Geschichte erzählt.

»Was mich am meisten verwirrt«, sagte Victor, »ist die Spieldose. Ein Gegenstand, der den Tod voraussagt, könnte sehr wertvoll sein – obwohl ich persönlich so etwas nicht besitzen wollte. Manche Dinge sollten besser im Dunkeln bleiben.«

Adam war nicht sicher, ob er diese Meinung teilte. Ein solcher Gegenstand *wäre* wertvoll, obwohl die Spieldose, soweit er es mitbekommen hatte, nur eine warnende Melodie zu spielen schien – nicht mehr und nicht weniger. Sie lieferte keine Hinweise auf das Wer, Was, Wann, Wo und Wie. Mehr Einzelheiten wären nützlich. Hätte er zum Beispiel genau voraussehen können, wie und wann seine Eltern sterben würden, hätte er sie vielleicht retten können. Dann würden sie noch immer zusammen in ihrem großen Haus mit Garten leben und im Wohnzimmer vor dem Kamin sitzen, in dem ein munteres Feuer prasselte. Seine Mutter würde bei Bücherbasaren in der Schule mithelfen und zu Schulfesten erscheinen wie die anderen Eltern. Sein Vater würde am Elterntag in der Schule vorbeischauen. Adam würde nie wieder einem neuen Lehrer umständlich erklären müssen, dass Onkel Henry nicht sein Vater, sondern sein Onkel war.

Victor schüttelte den Kopf und bedachte Adam mit einem leichten Lächeln. »Alles, was in der Vergangenheit geschehen ist, ist geschehen«, sagte er, als hätte er die Gedanken des Jungen gelesen. »Folglich werden alle Veränderungen, die du jetzt vorzunehmen versuchst, bereits geschehen sein und dich genau dorthin zurückbringen, wo du jetzt bist. Das Ergebnis, also die Gegenwart, wie wir sie heute erleben, bleibt dasselbe. Davon bin ich überzeugt.«

»Woher wollen Sie das wissen?«, hakte Adam nach.

»Na ja, das ist so ähnlich wie bei den Permutationen. Nehmen wir an, du hast drei Löffel – einen bronzenen Löffel, einen silbernen Löffel und einen goldenen Löffel. Du legst den bronzenen und den silbernen hin, in dieser Reihenfolge. Was bedeutet das für den goldenen Löffel?«

»Er kommt als Letzter dran, nach dem bronzenen und dem silbernen.«

»Richtig. Der goldene Löffel kann wegen der beiden anderen nur am Schluss kommen. Das ist eine Kombination, und sie entspricht unserer Wirklichkeit. Wenn du nun aber die Reihenfolge änderst und den goldenen Löffel als ersten oder zweiten legst, ergibt sich eine ganz neue Kombination. Und diese Kombination entspricht einer ganz anderen Wirklichkeit – einer Wirklichkeit, in der wir nicht leben und nicht leben können. Du könntest in dieser Welt, wo immer sie sein mag, nicht mehr Adam Lee Tripp heißen. Und ich wäre vielleicht gar nicht geboren worden.«

»Aber ...« Adam runzelte die Stirn. »Soll das heißen, dass die Vergangenheit nicht verändert werden kann?«

Victor hielt ein Stück Orangenschale hoch. »Siehst du diese Schale? Nehmen wir mal an, ich lasse sie aus Versehen fallen, sie wird vom Wind fortgeblasen und landet auf der Windschutzscheibe eines Autos. Der Fahrer erschrickt, kommt von der Straße ab, schrottet seinen Wagen und verpasst die Ballettaufführung seiner Tochter, weil er auf den Abschleppwagen warten muss.«

Adam verstand nicht, worauf Victor hinauswollte. »Ja, und?«

»Nun, die Tochter sieht, dass ihr Vater nicht im Publikum sitzt, und tanzt deshalb schlecht. Ihr Lehrer bewertet später den Auftritt und gibt bei der nächsten großen Aufführung einer anderen Tänzerin die Hauptrolle.« Victor holte tief Luft. »Also beschließt die Tochter, in die Vergangenheit zu reisen und zu verhindern, dass die Orangenschale auf die Windschutzscheibe klatscht. Aber dann stellt sich heraus, dass *ihr* plötzliches Auftauchen der Grund war, warum ich erschrocken bin und *die Orangenschale überhaupt habe fallen lassen!*«

»Das ist doch lächerlich«, behauptete Adam.

»Das ist das Paradoxe an Zeitreisen. Alles bis zum heutigen Tag – bis zu dieser Minute – ist aufgrund einer bestimmten Abfolge von Ereignissen geschehen. All das eingeschlossen, was du zu verändern versuchst, wenn du zurückreist. Und ich sage nicht, dass es falsch von der Tochter war, in die Vergangenheit zu reisen«, fügte Victor achselzuckend hinzu. »Es könnte ja sein, dass bei der großen Aufführung ein

Gerüstteil auf die Bühne stürzt und der neuen Primaballerina direkt auf den Fuß fällt. So hätte sich die Tochter mithilfe der Zeitreise selbst gerettet, indem sie eine größere Katastrophe – nämlich dass sie sich die Füße bricht – abwendet.«

Adam konnte Victors Gedankengang nicht ganz folgen. Er fragte sich, welcher scheinbar unbedeutende Vorfall dazu geführt hatte, dass Victors Universität Fördergelder verlor, was wiederum das Ende seiner Karriere als Mathematiker bedeutet hatte. Oder welche Orangenschale das Flugzeug seiner Eltern zum Absturz gebracht hatte. Auf jeden Fall schien das Leben nicht fair zu sein.

»Was ich nicht verstehe«, sagte Adam, das Thema wechselnd, »wer war J. C. Walsh? Er ist viel älter als Jack und ich. Jack wäre heute Mitte vierzig, und J. C. Walsh hat wie mindestens sechzig ausgesehen.«

»Bist du sicher, dass die Initialen *JCW* für den Mann stehen, dem du im Oktober begegnet bist?«

»Nein ... aber wer sollte es denn sonst sein?« Adam erzählte noch einmal, wie der Fremde im Regenmantel mit einer Schneekugel in der Hand in den Biscuit Basket gekommen war und sich als J. C. Walsh vorgestellt hatte. »Seitdem habe ich ihn nicht mehr gesehen«, fügte er hinzu. »Die rote Samttorte hat ihm wohl nicht geschmeckt.«

»Ausgeschlossen, die Torten deines Onkels sind mit die besten, die ich je gegessen habe«, versicherte ihm Victor. »Wann macht die Bäckerei eigentlich wieder auf?«

»Morgen.«

Nach einer langen Woche war das eingeschlagene Fenster endlich repariert worden. Onkel Henry war in diesem Moment damit beschäftigt, eigens zur Wiedereröffnung besondere Schneeflockenkekse zu backen. Das erinnerte Adam an etwas: Er hatte seinem Onkel fest versprochen, die Kekse noch heute Abend einem Geschmackstest zu unterziehen.

»Ich muss gehen«, sagte er zu Victor. »Danke fürs Zuhören.«

»Jederzeit, mein Junge.«

Auf dem Nachhauseweg dachte Adam noch einmal über die Initialen auf der Spieldose nach. Zuerst hatte er angenommen, sie stünden für Jacks Namen – Jack Soundso Walsh. Aber Jack hatte gesagt, dass die Spieldose ein Geschenk seines Großvaters sei. Folglich müsste J. C. Walsh Jacks Großvater gewesen sein. Nur leider hatte der laut Inschrift auf seinem Grabstein *Elbert Walsh* geheißen.

Adam hüpfte über eine Pfütze auf dem Gehweg. Vielleicht konnte er Jack doch noch ausfindig machen. Aber noch während ihm dieser Gedanke zum hundertsten Mal durch den Kopf schoss, wusste er, dass das so gut wie unmöglich war. In New York jemanden zu finden war schon schwer genug, und seine einzige Spur – Charlie – hatte in eine Sackgasse geführt. Aber die Suche ohne die geeigneten Mittel auf unbekannte Ortschaften und Städte außerhalb von New York auszudehnen war … tja, aussichtslos.

Als er in der Bäckerei ankam, hatte Onkel Henry bereits den ersten Schwung Schneeflockenkekse gebacken. Gewissenhaft, wie er war, hatte er sogar jeden Keks anders geformt, was ja das Besondere an Schneeflocken ist, von denen bekanntermaßen keine der anderen gleicht. Manche Kekse hatten sechs Zacken, andere zwölf; manche hatten ein Kreuzmuster, wieder andere ein merkwürdiges Karo- oder Zickzackmuster. Jeder Keks war mit feinen blauen und weißen Streuseln bestreut.

Der Anblick dieses schönen Keksallerleis heiterte sogar Adam auf. »Sie sehen fantastisch aus, Onkel Henry«, sagte er.

»Danke, mein Junge. Das soll ein Neuanfang für den Biscuit Basket werden. Wer immer versucht hat, uns in die Knie zu zwingen, es ist ihm nicht gelungen. Morgen werden wir stärker zurückkommen als jemals zuvor – gerade rechtzeitig zu den Ferien!«

Adam nahm sich drei Kekse. Der knusprige Zucker erinnerte ihn an echten Schnee. Er konnte es kaum erwarten, bis in New York der erste richtige Schnee fiel.

Später ging Adam nach oben in sein Zimmer. Er schloss die Tür, zog die unterste Schublade der Kommode auf und nahm vorsichtig eine goldene Scheibe heraus, die an einer feingliedrigen goldenen Kette befestigt war.

Es war das Pendel, das er in der Ruine der Kerzenfabrik gefunden und eingesteckt hatte.

Adam betrachtete es. Um was es sich dabei handelte, hatte er erst herausgefunden, als er es nach der Rückkehr von seiner letzten Reise im richtigen Licht untersucht hatte. Die Scheibe war glatt, und die Kette sah praktisch wie neu aus. Doch er wusste, dass sie fast hundert Jahre alt war. Der letzte Besitzer, den er sie hatte tragen sehen, war der Vater des Goldschmodders gewesen, und zwar 1922.

Er zweifelte nicht daran, dass das Pendel extrem wertvoll war. Es war bestimmt Hunderte, wenn nicht sogar Tausende von Dollar wert. Sie könnten es verkaufen und ein kleines Vermögen damit verdienen. Aber er wusste, dass er das niemals über sich bringen würde. Er hatte selbst erlebt, welche Macht es besaß, und ihm wäre nicht wohl dabei, es in die Hände einer x-beliebigen Person gelangen zu lassen.

Der Wecker auf dem Nachttisch klingelte. Adam schaute überrascht auf. Der Wecker zeigte schon wieder eine falsche Uhrzeit an – als würde sich der Stundenzeiger von selbst zurückdrehen. Zum dritten Mal innerhalb von ein paar Tagen. Und es war nicht nur der Wecker. Auch die Uhr an Onkel Henrys Backofen funktionierte seit Adams Rückkehr aus der abgebrannten Fabrik nicht mehr richtig.

Er legte das Pendel in die unterste Schublade zurück.

18

DER BRAND, VON DER ANDEREN SEITE GESEHEN

Wer aus der Vergangenheit nicht lernt, so heißt es oft, ist dazu verdammt, sie zu wiederholen. Einer ganz bestimmten Familie war diese Weisheit offenbar verborgen geblieben.

Robert Baron III. war genauso unbeliebt gewesen wie sein Vater, und der wiederum genauso unbeliebt wie *sein* Vater, der erste Robert Baron und Gründer der Kerzenfabrik von Candlewick. Wie seine Vorgänger stolzierte der dritte Robert Baron gerne in einem engen, glänzenden Anzug durch die Stadt und belächelte die bedauernswerten Menschen, die nicht in eine wohlhabende Familie hineingeboren waren (so wie er, der sein Vermögen allein diesem Umstand verdankte). Er war schlau wie ein Fuchs und hinterlistig wie eine Schlange. Im Gegensatz zu seinen Vorgängern war er ein Faulpelz und mit einem so unersättlichen Appetit gesegnet, dass jeden Tag mindestens ein

Knopf von seinem Anzug abplatzte. Außerdem liebte er sein goldenes Pendel, das er ständig um den Hals trug, denn es erinnerte die anderen an seinen enormen Reichtum und ihn selbst an seine enorme Macht.

Jeder Mitarbeiter seines Unternehmens hatte an der Fabrik ein oder zwei Dinge zu bemängeln. Die Fußböden in der Fabrik waren ständig mit geschmolzenem Kerzenwachs bedeckt. Rings um die beengten Arbeitsplätze brannten Kerzen, und es kam häufig vor, dass sich Arbeiter versehentlich die Ärmel versengten. Auch schlimmere Unfälle waren schon passiert.

Doch irgendwie wurden all diese Vorkommnisse totgeschwiegen und vergessen. Beschwerdebriefe gegen die Fabrik verschwanden auf unerklärliche Weise, ehe sie das Postamt verließen. Gruppen von Stadtbewohnern, die versucht hatten, eine Gewerkschaft zu gründen, vergaßen plötzlich ihr Vorhaben und lösten sich von heute auf morgen wieder auf.

Am Tag der Katastrophe, als der Heizkessel explodierte und in der Fabrik die ersten Flammen hochschlugen, dachte kein Arbeiter mehr an den habgierigen Eigentümer. Es war eher so, als würden sie aus einer tiefen Trance erwachen. Doch da breitete sich das Feuer bereits mit rasender Geschwindigkeit aus. Freiwillige Feuerwehrleute versuchten, es zu löschen, doch vergebens. Wasser und Wachs vertragen sich bekanntlich nicht gut, und die Löschversuche fachten die Flammen nur noch mehr an, sodass sie in Form kleiner Explosionen weiter um sich griffen.

Hinterher kam ans Licht, dass Robert Baron III. tief verschuldet war. Ein verschwenderischer Lebensstil hatte sein Erbe aufgezehrt, und unter seiner Leitung hatte die Kerzenfabrik nicht so viel Gewinn erwirtschaftet, wie man hätte meinen können. Nach dem Brand stand seine Villa leer. Die meisten Wertgegenstände waren verkauft, und der Name der Familie geriet in Vergessenheit.

Nur ein Einziger wusste, welch wohlgehütetes Geheimnis hinter der tyrannischen Macht des Fabrikbesitzers über die Stadtbewohner steckte. Er allein wusste, warum sich die Arbeiter mit den miserablen Arbeitsbedingungen so leicht zufriedengegeben und so lange für einen grausamen Chef gearbeitet hatten. Und dieser eine war kein anderer als der, der als Nächstes die Fabrik hätte übernehmen sollen und sie mit denselben skrupellosen Methoden geleitet hätte, wäre sie nicht niedergebrannt und Candlewick zu einer verlassenen Einöde geworden.

Dreißig Jahre nach dem Brand war Robert Baron IV. in die Ruinen des einst schönen Anwesens seines Vaters zurückgekehrt und stöberte in den Büchern und Papieren, die in der düsteren Bibliothek verblieben waren. Eine gut zwei Zentimeter dicke Staubschicht hatte sich auf die ledergebundenen Bände, die reich gemusterten Teppiche und die vergoldeten Rahmen vergessener Gemälde gelegt. Hinter den schmutzigen Fenstern warf der Mond sein mattes Licht auf die dunklen, verlassenen Straßen von Candlewick.

Seine langen Finger verharrten auf einem alten Zeitungsartikel aus dem Jahr 1921. Das Papier war vergilbt, der Text stellenweise verblasst.

ELBERT DER EXZELLENTE ERHEBT NEUE VORWÜRFE GEGEN KERZENFABRIK VON CANDLEWICK

22. Mai 1921

New York – Über zehn Jahre nach seinem Aufstieg und Fall als Zauberkünstler mit besonderen hypnotischen Fähigkeiten zeigte sich der dreißigjährige Elbert Walsh, vormals als Elbert der Exzellente bekannt, wieder in der Öffentlichkeit und erhob Anschuldigungen gegen die überaus erfolgreiche Kerzenfabrik von Candlewick, die sich im Besitz von Robert Tweed Baron I. und seinem Sohn, Robert Tweed Baron II., befindet. »Das Schwein hat mich betrogen«, erklärte Walsh in einer zornigen Rede, die er auf einem belebten Fischmarkt in der Innenstadt hielt. »Die Rechte an diesen Kerzen, die ihr alle liebt, gehören mir. Und sobald ich die Geheimnisse der Zeitberührung entschlüsselt habe, kann Baron was erleben.«

Gefragt, was genau er mit »Zeitberührung« meine, verweigerte der ehemalige Zauberkünstler jeden weiteren Kommentar.

Es ist bekannt, dass Elbert Walsh früher für einen Uhrmacher gearbeitet hat.

»Die Zeitberührung …«, murmelte Robert Baron IV. nachdenklich vor sich hin. Es war nicht das erste Mal, dass er auf diesen Begriff stieß. Sein Vater und sein Großvater hatten ihn bei Familientreffen oft in den Mund genommen, wenn sie auf Geschäftliches zu sprechen kamen. Überschwänglich erzählten sie bei Champagner und dicken Zigarren, wie der erste Robert Baron einem Spinner die Kerzenrezeptur abgeluchst hatte: »Der Schwachkopf hatte keine Ahnung, dass er auf einem

Vermögen saß. Ein Hoch auf den Namen Baron, dass wir den nötigen Scharfblick besaßen!«

Eine Sache hatte sie jedoch an dem Schwachkopf beeindruckt, und das war sein goldenes Pendel, das der erste Robert Baron geistesgegenwärtig hatte mitgehen lassen, als er vor vielen Jahren die Wohnung des Spinners durchstöberte. Wie wertvoll es war, hatte er allerdings erst erkannt, als mehrere Butler spontan ein Lied anstimmten und einen Stepptanz vollführten, nachdem er das Pendel vor ihnen hin- und hergeschwungen hatte.

»Das perfekte Mittel, um die Arbeiter in Schach zu halten«, hatte Robert Baron II. geschwärmt und seinem Sohn und seinem Enkel die Arme um die Schultern gelegt. »Es funktioniert auch gut bei Beamten. Ich habe für keinen einzigen Unfall in der Fabrik eine Strafe bezahlen müssen. Und der besondere Clou: Mit dem raffinierten Ding lassen sich Lohnerhöhungen vermeiden.«

Robert Baron IV. erzitterte bei der Erinnerung daran. Er hatte das raffinierte Ding nie gefunden, obwohl er vor zwanzig Jahren jeden Zentimeter der abgebrannten Fabrik abgesucht hatte.

Als Kind hatte er die anderen Familienmitglieder einmal gefragt, ob sie glaubten, dass der Zauberkünstler sich für den Diebstahl des Pendels durch Urgroßvater Robert I. rächen würde und ihnen gefährlich werden könnte. Sie lachten nur höhnisch. »Was soll er denn tun?«, hatte sein Großvater gesagt. »Der Bursche war damals schon verrückt. Und ist es noch heute. Weißt du, was sein großer Plan ist? Er sagt, dass er die Zeit zurückdrehen und sich die Kerzen zurückholen wird. Dass er ›die Zeit berühren‹ wird oder irgend so einen Quatsch. Ha! Nicht auszudenken, wenn noch mehr Leute solche Einfaltspinsel wären. Ich sage dir, wir tun der arbeitenden Klasse einen Gefallen, wenn wir sie vor dem Wohlstand bewahren. Die Welt braucht ihresgleichen nicht. Butler! Noch etwas Wein, wenn ich bitten darf.«

Robert Baron IV. steckte den Artikel vorsichtig in eine Tasche seines schwarzen Anzugs, in der bereits Dutzende Zettel steckten, auf denen notiert war, was er bisher über die geheimnisvolle »Zeitberührung« in Erfahrung gebracht hatte. Im Unterschied zu seinen Vorgängern war er viel vorsichtiger und aufgeschlossener gegenüber bestimmten Möglichkeiten. In den letzten zwanzig Jahren hatte er unablässig darüber nachgegrübelt, wie er das Vermögen seiner Familie zurückgewinnen und ihre Ehre wiederherstellen konnte. Das kostbare Pendel war zwar verschwunden, aber vielleicht gab es einen anderen Weg. Zeitreisen erschienen absurd, gewiss, aber wenn sie *doch* möglich waren, könnte er mit ihrer Hilfe vielleicht das verlorene Vermögen seiner Familie wiedererlangen. Er könnte die Jahre zurückdrehen und den Ausbruch des Feuers verhindern, so wie Elbert anscheinend versucht hatte, die Zeit zu beeinflussen und rückgängig zu machen.

Er faltete einen der anderen Zettel auseinander und las noch einmal das kurze Gedicht, auf das er bei seinen Nachforschungen gestoßen war:

Eins, das uns die Zukunft lehrt,
Eins, das Gaben aus Gold beschert,
Eins, in dem Vergangnes wiederkehrt.

Er hatte das Gedicht vor ein paar Jahren von drei merkwürdigen Reisenden aufgeschnappt. Er war ihnen zufällig in einer finsteren Spelunke im Norden New Yorks, unweit von Candlewick, begegnet. Nach ein paar Krügen Bier hatte ihm die älteste der drei anvertraut, dass sie auf einer Suche seien. Dass sie schon seit etlichen Jahren versuchten, drei kostbare Gegenstände zu finden, von denen nur eine Handvoll Menschen im Laufe der Geschichte überhaupt je gewusst hätten. Anscheinend hatten die drei auf der Suche nach diesen Gegenständen die ganze Welt bereist.

»Die drei Kostbarkeiten hängen miteinander zusammen«, erläuterte der Gefährte der Frau und kratzte seinen struppigen Bart.

»Das ist richtig«, sagte die dritte Reisende, eine Frau mittleren Alters mit einem großen Rucksack. »Die Legende besagt, dass die Zeit in ferner Vergangenheit in drei Stücke zerbrochen ist und dass jedes Stück irgendwo auf der Welt verborgen ist.« Im trüben Licht der Glühbirne, die über dem Kopf der Frau baumelte, bemerkte Robert Baron IV. eine kleine Windrose, die in ihren Nacken tätowiert war und unter den widerspenstigen Haarsträhnen hervorblitzte, die sich aus ihrem Pferdeschwanz gelöst hatten. Bei näherem Hinsehen stellte er fest, dass auch die beiden anderen dieses Zeichen trugen – die ältere Frau am Handgelenk, der bärtige Mann am Unterarm.

»Seit über zwanzig Jahren suchen wir ein ganz bestimmtes Stück«, fuhr die jüngere Reisende fort. »Unsere Claudia hier ist schon seit siebzig Jahren auf der Suche.«

Die runzlige Frau neben ihr nickte. »Ich war eine der Ersten in der Gruppe«, sagte sie. »Ich bin die einzige von uns, die den ursprünglichen Gründer noch gekannt hat. Er war ein brillanter Mann. Ein Sonderling, keine Frage, aber brillant. Er hat der Suche praktisch sein ganzes Leben gewidmet und dann urplötzlich aufgegeben. Er sagte, er hätte mit seiner Vergangenheit abgeschlossen.«

»Elbert der Exzentrische«, kicherten die anderen.

»Selbst nach seinem Ausstieg hatte er noch eine treue Anhängerschaft, Menschen, die sich zum Ziel gesetzt haben, an seiner Stelle die Kostbarkeiten zu finden«, fuhr die Reisende mit dem Rucksack fort. »Wir alle erweisen ihm stets die Ehre, wenn wir in der Gegend sind. Er liegt nicht weit von hier begraben.«

»Natürlich hat sich die Zusammensetzung unserer Gruppe im Lauf der Jahre verändert«, sagte Claudia. »Aber ob neue oder alte Mitglieder, uns alle eint die Suche. Jeder von uns hat seine eigene Theorie darüber, welche Kräfte die Stücke besitzen. Sie haben sicher schon Geschichten darüber gehört. Geschichten von verwunschenen Gegenständen, die den Tod bringen. Geschichten von seltsamen Menschen, die im Lauf der Zeit immer wieder plötzlich auftauchen und nicht zu altern scheinen. Natürlich ist an den meisten Geschichten nicht viel dran, wenn man ihnen auf den Grund geht, sodass sie uns am Ende nicht weiterbringen ...«

»Tja, aber eine hat uns auf eine gute Spur gebracht«, warf der Mann mit dem struppigen Bart ein und knallte seinen Krug mit solcher Wucht auf die Theke, dass das Bier herausschwappte. »Auf eine ganz heiße Spur.«

Die Frau mit dem Rucksack stöhnte. »Fang nicht schon wieder damit an, Sam ...«

»Diese Menschenfreunde«, fuhr der beschwipste Reisende fort. »Du weißt, dass sie etwas Wichtiges entdeckt hatten, Marlene. Plötzlich machten sie bei unseren Expeditionen nicht mehr mit. Sie sagten, sie wollten eine Pause einlegen. Mir kam das damals sofort verdächtig vor! Wir hätten sie an dem Abend in ihrem Haus zur Rede stellen sollen ...«

»Sie müssen verzeihen«, sagte die Reisende namens Marlene mit einem entschuldigenden Blick zu Robert Baron IV. »Sam regt sich leicht auf. Zunächst einmal haben wir keinen Beweis. Es war wahrscheinlich nur ein harmloses Spielzeug ...«

»Es war echt, und das weißt du«, widersprach Sam. »Sie haben die Entdeckung ohne uns gemacht und sie für sich behalten.« Und an Robert Baron IV. gewandt, fuhr er fort: »Die Tripps wollten uns nichts sagen, und so hörten wir uns bei ihren Nachbarn um. Einer von ihnen erzählte, dass die Tripps eines Abends wie aus dem Nichts aufgetaucht seien, und das in Winterkleidung, obwohl es draußen dreißig Grad hatte! Und bei einer anderen Gelegenheit behauptete jemand, er sei den Tripps – exakt so, wie sie zu der Zeit waren – vor fünfzig Jahren als Kind begegnet. Sie hätten *genauso* ausgesehen.«

Robert Baron IV. fuhr auf seinem Hocker in die Höhe. »Wollen Sie damit sagen, dass dieser ... dieser Gegenstand, den Ihre ehemaligen Gefährten gefunden hatten ... dass er ihnen gestattet hat, in die Vergangenheit zu reisen?«

Die drei Reisenden tauschten unbehagliche Blicke. Der beschwipste platzte heraus: »Ach, zum Teufel damit!« Mit einem Hickser drehte er sich auf seinem Hocker herum, wobei er fast runterfiel, und sagte: »Eines der Stücke, die wir suchen, soll die Zeit zurückdrehen können. Und was wir aus den Geschichten wissen, passt genau zu dem, was Lin und Thomas Tripp gefunden hatten.«

»Die Gerüchte waren schon seltsam«, murmelte Claudia. »Doch selbst wenn sie stimmten, hatten die Tripps bestimmt ihre Gründe, warum sie nicht offen mit uns redeten. Sie haben immer gern Menschen geholfen, und vielleicht war ihnen etwas anderes wichtiger als unsere bloße Begeisterung für die Sache. Vielleicht haben sie erkannt, dass der Gegenstand gefährlich war. Was so mächtig ist, kann auf der Welt vielleicht auch verheerenden Schaden anrichten.« Die alte Frau senkte den Kopf und umschloss den Krug in ihren Händen noch fester. »Wie auch immer, jedenfalls sind sie vor einigen Jahren bei einem Flugzeugabsturz ums Leben gekommen und haben einen Sohn hinterlassen. Der kleine Junge hat alles verloren. Wir sollten nicht schlecht über unsere toten Gefährten reden.«

Bedrücktes Schweigen folgte.

»Wenn die Tripps tatsächlich ein Zeitfragment gefunden hatten, dann trugen sie es bestimmt immer bei sich, und es dürfte bei dem Flugzeugabsturz kaputtgegangen sein«, schnaubte Marlene und haute ihren leeren Krug auf die Theke, dass es schepperte. »Soweit wir wissen, ist das Zeitfragment also irgendwo da draußen und schwebt wieder frei herum. Außerdem wissen wir, dass es auch noch andere Zeitfragmente geben muss. Wir werden weitersuchen. Wir geben nicht auf.« Dann blickte sie auf ihren Rucksack und seufzte. »Obwohl ich zugeben muss, dass ich manchmal am liebsten alles hinschmeißen würde.«

»Es kommt, wie es kommen muss«, erwiderte Claudia und faltete ihre Hände. »Ich habe immer gesagt, wenn du nicht dazu bestimmt bist, etwas zu besitzen, kommt es auch nicht zu dir. Das gilt auch für die Zeitfragmente. Etwas so Magisches müsste doch eigentlich einen eigenen Willen haben.« Sie lächelte ihre Freunde an. »Außerdem: Was haben wir bei der Suche nicht schon für Abenteuer erlebt, oder?«

Die anderen brummten beifällig. Da meldete sich Robert Baron IV. wieder zu Wort und fragte leise, wie der Gegenstand denn ausgesehen habe, der bei den Tripps gesehen worden sei.

»Es war eine Glaskugel«, antwortete der beschwipste Sam. »Eine Schneekugel, habe ich recht?«

Die berüchtigten Barons hatten die zweifelhafte Ehre, eine Familie zu sein, deren Söhne alle ein scharfes Gedächtnis besaßen, was freilich auch nötig war, um bei all ihren Erpressungen und juristischen Winkelzügen noch den Überblick zu behalten. Dem letzten Baron, Robert Baron IV., war diese Gabe bei der Suche nach der geheimnisvollen Schneekugel von großem Nutzen.

Als er den drei Reisenden begegnete, ging er schon seit annähernd dreißig Jahren in mühevoller Kleinarbeit Hinweisen nach. Er machte Menschen ausfindig, befragte sie, verfolgte Spuren, hakte die ab, die in eine Sackgasse führten. In einem Antiquitätenladen hatte er mit Spannung die Geschichte eines merkwürdig gekleideten Jungen mit »leuchtenden Schuhen« gelesen, von der im Tagebuch eines Metzgers aus den 1930er-Jahren berichtet wurde. In einer unlängst erschienenen Zeitschrift über unerklärliche Phänomene war er auf die Aussage eines älteren Mannes gestoßen, der behauptete, irgendwann in den 1960er-Jahren gesehen zu haben, wie sich vor einem New Yorker Brezelstand ein Junge in Luft auflöste. Robert Baron IV. verfolgte diese Spuren wie ein Besessener. Und er nahm einen neuen Namen an: M für *Mysteriös* – teils um seine Identität zu verbergen, teils weil es zum Charakter seiner geheimen Nachforschungen passte, und teils auch, weil ihm mangels Fantasie nichts Besseres einfiel.

Als er den Biscuit Basket gefunden hatte, hätte er fast laut gelacht. Welche Ironie, dass sich der kostbarste Schatz der Welt in einer solchen Bruchbude verbarg.

Sein erster Versuch, den Gegenstand in seinen Besitz zu bringen, war fehlgeschlagen. Er hatte beabsichtigt, dem Jungen die Schneekugel abzukaufen, doch der Rotzbengel war nicht darauf eingegangen. Was für grässliche Geschöpfe Kinder doch waren – er hatte nie verstanden, warum manche Leute sich so etwas wünschten. Vielleicht lag das daran, dass sein Vater sich nie für ihn interessiert hatte.

Auch sein zweiter Versuch war gescheitert. Stehlen war schwieriger, als die Leute dachten, besonders wenn man sich, umringt von Dutzenden Kunden, in einer alten Bäckerei zurechtfinden muss.

Somit blieb ihm nur noch eine Möglichkeit. Er würde tun, was jeder anständige Baron tun würde und was auch jeder anständige Baron getan hatte, um zu bekommen, was er wollte: Er würde aufs Ganze gehen. Er musste die Schneekugel haben, koste es, was es wolle.

Es wusste, dass der Bäcker noch immer in höchster Alarmbereitschaft war. Er musste in der Deckung bleiben und abwarten. Und wenn die Zeit reif war, würde er zustoßen wie eine Schlange.

19

DIE ZUKÜNFTIGE FRANCINE

Am Freitagabend nach dem Essen sah Adam zum gefühlt tausendsten Mal nach der Schneekugel (tatsächlich war es erst das achtundvierzigste Mal), seit er aus Candlewick wieder zurück war.

Diesmal war Adam vorbereitet. Er war in die Bücherei gegangen, hatte Zeitungsartikel über den Fabrikbrand fotokopiert und auf seinem Schreibtisch sauber in einem Ordner abgeheftet.

Außerdem hatte er einen Artikel über den Flugzeugabsturz seiner Eltern kopiert.

An diesem Abend wurde er, als er die Schublade der Kommode öffnete und voller Hoffnung hineinspähte, endlich belohnt. Am Nachmittag war die Schneekugel noch leer gewesen, doch jetzt enthielt sie die verschneite Stadtlandschaft New Yorks. Adam rutschte das Herz in die Hose.

Es ist schon sonderbar, wie uns manchmal Zweifel befallen, wenn die eine Sache, der wir entgegenfiebern, endlich in greifbare Nähe rückt. Adam starrte auf die winzigen Wolkenkratzer. Angst stieg in ihm auf.

Jetzt oder nie, beschloss er. *Was auch passieren mag.*

Er schnappte sich den Ordner und stopfte ihn in seinen Rucksack. Er blickte zu der Spieldose auf dem Bett und packte auch sie ein, nur für den Fall, dass er Jack wiederbegegnen sollte. Dann holte er tief Luft und schüttelte die Schneekugel.

Im nächsten Moment stand er mitten im Central Park. Der Boden war von Schnee bedeckt, und dünnes Eis knisterte an den kahlen Ästen der Bäume längs der Wege. Der Himmel war ein endloses Weiß.

Adam blickte in die Runde. Er erkannte niemanden, noch wusste er, wohin er gehen sollte. Ein Schild in der Nähe verriet ihm, dass es nicht weit bis zum Belvedere Castle war, der Miniaturburg aus Stein, die über die Bäume der Umgebung hinausragte. Als ein schneidender Wind aufkam, umklammerte Adam die Schneekugel instinktiv noch fester und schlug den Weg zur Burg ein.

Belvedere Castle war der Lieblingsplatz seines Vaters und seines Onkels gewesen, als die beiden Brüder noch Kinder waren. Onkel Henry hatte ihm einmal erzählt, wie sie immer die Steintreppe hochrannten und oben Theaterszenen und Schlachten und andere Sachen nachspielten, wobei sie ihrer Fantasie freien Lauf ließen. Sie taten so, als wären sie Könige eines Märchenlands, und stellten sich vor, die Wolken wären ein Silberschatz, die Sonne ein Topf voller Gold und der Park ihr Königreich.

»Das waren ganz besondere Tage«, hatte Onkel Henry zu Adam gesagt. »Dein Vater und ich scherten uns nicht um die Welt. Wir kamen immer zu spät zum Abendessen nach Hause, weil wir die Zeit vergaßen. Es fühlte sich immer an, als wäre beim Spielen die Zeit stehen geblieben.«

Vor ein paar Jahren hatte Adam die Burg zusammen mit seinem Onkel besucht, sich wegen seiner Höhenangst aber geweigert, nach oben zu steigen, obwohl sein Onkel ihm versicherte, dass es völlig ungefährlich sei. Danach war Onkel Henry nie wieder mit ihm hingegangen.

Jetzt kam der dreistöckige Bau in Sicht. Mit seinem imposanten Turm und den mächtigen Mauern gehörte er eher in ein Märchen als in einen modernen Park. Im ersten Moment fühlte Adam, wie sein jüngeres Ich aufstöhnte und wie sich das vertraute Ziehen in seiner Brust einstellte. Doch er schob seine Angst beiseite. Langsam, aus der Schneekugel Kraft schöpfend, stieg er die schmale Treppe nach oben.

Auf der obersten Ebene trat er ins Freie. Der Park und die Stadtlandschaft darum herum lagen unter einer friedlichen Schneedecke. Wären die Bäume in der Ferne nicht gewesen, hätte Adam nicht sagen können, wo der Himmel endete und die Erde begann. Er stand ganz nahe am Rand und ließ atemlos die Aussicht auf sich wirken, die sich normalerweise nur Vögeln bot. Die fernen Bäume waren nicht größer als sein Daumen.

Zum ersten Mal verstand Adam, warum sein Vater und Onkel Henry diesen Ort so geliebt hatten.

Auch einige andere Leute hatten heute den höchsten Aussichtspunkt der Burg erklommen. Die einen richteten Fotoapparate auf die Umgebung, andere genossen einfach nur den Ausblick.

»Na, so was!«, rief eine Stimme hinter ihm. »Du bist das. Der Zeitreisende.«

Er fuhr herum. Vor ihm stand eine Frau an der Brüstung, eingemummt in einen ausgestellten grauen Mantel, einen farblich dazu passenden Aktenkoffer in der Hand. Ihre Augenwinkel legten sich in Falten, als sie Adam anlächelte. Er kannte dieses Lächeln.

»Francine?«, fragte er ungläubig.

»Ich habe gerade Mittagspause und mache einen Spaziergang, bevor ich wieder zur Arbeit muss«, sagte Francine.

Adam hatte einen Haufen Fragen, doch was herauskam, war: »Kerzen verkaufen?«

Francine gluckste. »Das mache ich nicht mehr. Schon sehr lange nicht mehr. Ich arbeite jetzt in einem Büro.«

»Francine, welches ... welches Jahr haben wir?«

Francine sagte es ihm: 1960.

»Ich nehme an, du bist gekommen, um mich zu trösten«, fuhr sie fort. »Die Schneekugel hat wirklich magische Kräfte, stimmt's? Sie weiß Bescheid.«

Adam traute sich erst nicht zu fragen, aber dann schluckte er schwer und fragte: »Geht es ... geht es Tito gut?«

»Oh, es geht nicht um Tito. Der ist vor über zwanzig Jahren gestorben.« Francine lächelte traurig. »Kurz nach deinem letzten Besuch.«

Adam spürte, wie ihn eine Welle der Traurigkeit überrollte. »Das tut mir leid.« Er nahm sich vor, für Tito irgendwie einen Impfstoff gegen Kinderlähmung zu besorgen, bevor er wieder weit genug in die Vergangenheit reiste. Das sollte sein nächstes Ziel sein, wenn er Candlewick vor dem Brand bewahrt hatte. Und wenn er seine Eltern gerettet hatte.

»Du kannst ja nichts dafür, Adam.« Francine sah ihn freundlich an.

»Du bist nicht der Einzige, der versucht hat, ihn zu retten. Aber Magie kann nicht alle Probleme der Welt lösen.«

»Was?«

Francine deutete auf eine nahe Bank, und die beiden setzten sich. »Ob du es glaubst oder nicht, aber du warst nicht der einzige Zeitreisende, der mich in meiner Kindheit besucht hat«, sagte sie. »Ich bekam auch Besuch von zwei anderen, ein paar Jahre bevor du aufgetaucht bist. Sie waren sehr nett. Sie wollten Tito heilen, unter anderem.«

»Wer waren sie?«

»Das weiß ich nicht genau. Sie haben nicht viel von sich erzählt.« Francine schloss die Augen. »Aber sie waren ein Ehepaar. Und sie kamen aus der Zukunft, so wie du.«

Adam hätte sehr gern mehr erfahren, aber der ursprüngliche Zweck seiner Reise ließ ihm keine Ruhe. Er wollte keine Zeit vergeuden. Die Landschaft in der Schneekugel konnte jede Sekunde verschwinden.

»Francine, als Allererstes muss ich dir etwas sagen. Ich muss die Menschen in Candlewick vor der Zukunft warnen.« Er stellte die Schneekugel auf den Boden und stöberte in seinem Rucksack nach dem Ordner. »Du musst das hier der Polizei geben«, sagte er und reichte Francine den Ordner. »In sieben Jahren wird die Kerzenfabrik von Candlewick abbrennen. Viele Bewohner der Stadt werden dabei sterben. Und 1992 werden meine Eltern ... wird das Flugzeug meiner Eltern ...«

Francine überflog die Artikel. »Kein Mensch wird das glauben.«

»Doch«, beharrte Adam. »Bitte, Francine.«

»Das ist nicht so einfach. Die Vergangenheit lässt sich nicht ändern. Es wird nichts nützen, wenn ich damit zur Polizei gehe.«

»Was meinst du damit, die Vergangenheit lässt sich nicht ändern?«

Adam fühlte sich daran erinnert, was Victor gesagt hatte. »Woher willst du das wissen?«

»Ich habe es mit eigenen Augen gesehen, Adam. Die anderen Zeitreisenden haben es auch für möglich gehalten. Sie haben versucht, für Tito einen Impfstoff gegen Kinderlähmung mitzubringen, aber sie haben nie den richtigen Zeitpunkt erwischt. In ihrer Zeit gab es kein Heilmittel, verstehst du, nur eine Schutzimpfung, und Tito war jedes Mal schon krank, wenn sie uns besuchten. Sie wollten ihm helfen, und sie wollten auch mir helfen ... aber sie konnten nicht.«

»Dir helfen? Inwiefern?«

Francine holte tief Luft. »Bei meiner ersten Begegnung mit den Reisenden war ich noch sehr jung. Das war vor dem Tod meiner Eltern. Ich lebte damals in New Jersey. Die Zeitreisenden warnten mich davor, dass meine Eltern auf dem Rummelplatz sterben würden. Sie sagten, sie wären dort gewesen – hätten alles gesehen. Sie wollten die Tragödie verhindern.«

Einen Augenblick lang war das Pfeifen des Winds in ihren Ohren das einzige Geräusch.

»Ich hatte Angst«, erzählte Francine weiter, leiser jetzt. »Als der Rummel in die Stadt kam, flehte ich meine Eltern an, nicht hinzugehen. Und als sie sahen, wie sehr mich das alles mitnahm, gingen sie nicht hin. Doch am letzten Tag durften alle umsonst rein. Wir hatten nicht viel Geld, musst du wissen, und so gingen wir doch hin. Meine Eltern und ich fuhren Karussell. Ganz langsam. Aber dann versagte ausgerechnet bei dieser Fahrt die Technik. Ich habe überlebt. Viele andere nicht.« Francine blickte auf ihre Hände. »Ich erinnere mich an das Unglück, als wäre es gestern gewesen. Ich war damals sieben.«

Vor seinem inneren Auge sah Adam Francine wieder als Kind. Er konnte sich vorstellen, wie fassungslos und verstört sie nach dem Unglück gewesen sein musste, so wie er selbst, als er vom Flugzeugabsturz seiner Eltern erfahren hatte. Wahrscheinlich hatte sie es in den ersten Nächten nicht wahrhaben wollen und geglaubt, dass ihre Eltern jeden Moment nach Hause kommen und mit einem breiten Grinsen sagen würden: »Reingefallen! Uns geht es gut!« Ein Zeitsprung von ein paar Jahren, und Adam sah sie, wie sie in den kalten Straßen Kerzen verkaufte und sich an die einzige Familie klammerte, die sie hatte – andere einsame Kinder, die ähnliche Tragödien erlitten hatten.

»Anfangs habe ich den Zeitreisenden die Schuld gegeben, weil sie es mir gesagt hatten«, fuhr Francine fort. »Vor allem aber habe ich mir selbst die Schuld gegeben. Hätte ich meine Eltern nicht gewarnt, wären sie vielleicht an einem anderen Tag auf den Rummel gegangen, und alles wäre gut gegangen.« Sie sah Adam eindringlich an. »Doch andererseits vielleicht auch nicht. Die Reisenden haben mich vor dem gewarnt, was passieren würde – aber was passieren würde, war in die Geschichte eingegangen. Also hat sich eigentlich nichts geändert.«

Adam bekam einen Kloß im Hals. »So oder so, du warst nicht daran schuld.«

Francine nickte. »Niemand war daran schuld. Ich habe lange nicht verstanden, warum Dinge so passieren, wie sie passieren. Ich verstehe es immer noch nicht. Aber jetzt geht es mir gut. Ich habe eine liebevolle Familie und einen guten Job. Mir geht es seit Langem gut. Und eines Tages wird es auch dir gut gehen.«

Wut wallte in Adam auf. »Nein, die Vergangenheit muss verändert werden«, stieß er verzweifelt hervor. »Sie *muss*! Wir können Unfälle vermeiden. Wir können vielleicht sogar Kriege verhindern. Wir können unsere Eltern zurückbekommen!«

»Selbst wenn du das Vergangene ändern *könntest*, würde etwas anderes an seiner Stelle geschehen«, sagte Francine. »Was ist, wenn du auch das ändern willst? Dann jagst du bis an dein Lebensende der Vergangenheit hinterher und wirst niemals die kostbaren Augenblicke der Gegenwart schätzen lernen.«

Adam wusste nicht, was geschehen würde, wenn es ihm gelang, den Flugzeugabsturz zu verhindern. Würden die Monate und Jahre nach dem Absturz verschwinden? Würde sich die Zeit zurückdrehen und ihn in die Vergangenheit zurückversetzen? Wäre er wieder fünf und würde in ihrem Haus in der Vorstadt wohnen, zusammen mit seinen Eltern?

Aber dann hätte es die letzten sieben Jahre nicht gegeben.

Adam dachte an seinen Onkel. Er dachte daran, wie er und Onkel Henry in ihrer Wohnung versucht hatten, den höchsten Pfannkuchenstapel der Welt zu bauen, und wie der Stapel dann umkippte, kurz bevor er die Decke erreichte. Den restlichen Vormittag hatten sie gelacht, gegessen und sauber gemacht. Er dachte daran, wie sie jedes Weihnachten durch Manhattan gebummelt waren und den Weihnachtsliedern gelauscht hatten, die aus Lautsprechern in den Schaufenstern rieselten, bis ihnen die Melodien zu den Ohren herauskamen. Wie sie dann nach Hause gegangen waren und Onkel Henry eine Ladung seiner Spezialtörtchen gebacken hatte, mit Zuckerstangenstreuseln obendrauf.

Er dachte an die unkomplizierten Tage im Winter, wenn überall Schnee lag und es in der ganzen Stadt merkwürdig still war. Er blieb dann immer drinnen am warmen Ofen, spielte mit Onkel Henry Schach oder Karten oder räkelte sich einfach am Boden unter einer Decke und las ein gutes Buch. Er dachte an Victor und wie er im Sonnenschein seinen genialen Geschichten lauschte. Er dachte an die Fremden, denen er zufällig auf der Straße begegnete, und daran, wie einmal einer seine Brieftasche verloren und er sie ihm hinterhergetragen hatte.

Adam sagte nichts. Francine griff in ihren Mantel, zog eine Handvoll bittersüße Bonbons hervor und reichte sie Adam. Beim Anblick der köstlichen Süßigkeiten hellte sich seine Miene sofort auf, doch seine Stimmung blieb getrübt. Er trat gegen einen Schneehaufen zu seinen Füßen.

»Eines Tages wirst du es verstehen«, sagte Francine. »Du bist ein kluger Junge.« Sie nickte in Richtung Schneekugel. »Zeit, nach Hause zu gehen.«

Adam blickte zu der leeren Schneekugel am Boden. »Noch nicht«, sagte er. »Du hast gesagt, ich bin hier, um dich wegen etwas zu trösten.«

»Das hast du schon getan. Ich habe ein gutes Leben, Adam, aber dann und wann fühlen wir uns alle ein wenig einsam. Du hast mich daran erinnert, dass ich nicht allein bin. Und du bist auch nicht allein.« Francine stand auf und steckte Adams Ordner in ihren Aktenkoffer. »Ich will sehen, was ich tun kann. Dir zuliebe. Ich werde die Feuerwehr in der Stadt anrufen. Aber du solltest nicht der Vergangenheit nachhängen, Adam. Sie hat dich zu dem gemacht, der du heute bist.«

Ihr Blick fiel auf die Schneekugel. »Kaum zu glauben, dass ein so harmlos aussehendes Ding eine solche Macht besitzt.« Sie kicherte.

»Ich könnte mir denken, dass viele Leute es liebend gern in die Finger kriegen würden – und manch einer aus Gründen, die nicht so redlich sind wie deine. Sie wären enttäuscht, wenn sie wüssten, dass es nicht viel für sie tun kann.«

Sie hob vorsichtig die Schneekugel auf, um sie genauer zu betrachten. Adam sprang auf, doch es war zu spät. Entsetzt sah er zu, wie das Schneekonfetti glitzernd durchs Glas wirbelte.

»Es funktioniert wohl nur bei bestimmten Menschen«, sagte Francine sichtlich erleichtert.

Da kam Adam ein Gedanke. »Die anderen Zeitreisenden, denen du in deiner Kindheit begegnet bist ... Sie haben dir den Kassettenrekorder gebracht.«

»Das stimmt. Es tat ihnen schrecklich leid, was mit meinen Eltern passiert war. Sie fanden es furchtbar, dass sie für mich und meine Freunde nicht mehr tun konnten. Deshalb schenkten sie uns auf einer ihrer letzten Reisen den Rekorder und so viele Batterien, wie sie tragen konnten. Die anderen Kinder und ich spielten die Kassetten so lange ab, bis die Bänder völlig verschlissen waren.«

Dann durchzuckte Adam ein anderer Gedanke, diesmal wie ein Blitz. »Das zeitreisende Ehepaar. Sahen sie ... sahen sie aus wie ...« Ihm versagte die Stimme.

Francine musterte ihn neugierig. Dann beugte sie sich vor, sah ihn fest an, und ein strahlendes Lächeln erschien auf ihrem Gesicht.

»Ja, das glaube ich. Ja, das macht absolut Sinn.« Sie ergriff Adams Hand. »Danke, dass du so ein guter Freund bist, Adam. Deine Eltern wären stolz auf dich.«

Francine legte ihm die wirbelnde Schneekugel in die Hände. Und bevor er etwas erwidern konnte, waren Francine und der Central Park verschwunden.

Adam war wieder in seinem Zimmer, die Schneekugel und die bittersüßen Bonbons in den Händen.

20

Typisch Dezember

Der Winter ist die einzige Zeit im Jahr, in der alles langsamer wird, freiwillig oder unfreiwillig. Viele Tiere spüren von Natur aus die träge machende Wirkung der Jahreszeit und reagieren sofort darauf, indem sie an einem lauschigen Plätzchen Winterschlaf halten, bis es wieder wärmer wird. Menschen hingegen neigen seltsamerweise dazu, ihr Formtief komplett zu ignorieren, und arbeiten genauso weiter wie bisher, wenn nicht noch mehr. Besonders auf der nördlichen Halbkugel setzt man sich Fristen zum Jahresende, mitten im tiefsten, eisigsten Winter, wenn es sich alle eigentlich nur mit einer schönen heißen Tasse Kakao und einer warmen Decke gemütlich machen wollen.

In der zweiten Dezemberwoche bombardierte Adams Schule die Schüler mit Tests. Rechtschreibtests, Geografietests, Lesetests, Probetests und so weiter. Und nach der Schule war Adam vollauf damit beschäftigt, den Kundenandrang in der florierenden Bäckerei zu bewältigen. Der Einbruch ein paar Wochen zuvor war schnell vergessen gewesen, denn der Winter war auch die Zeit der großen Feste. Onkel Henry bereitete Berge von frittierten Donuts und knusprigen Rugelach für das jüdische Lichterfest Chanukka zu und nahm vor Weihnachten eine wachsende Zahl an Bestellungen für Lebkuchenmänner, Schneeflockenkekse und Früchtebrot entgegen.

Was die Leute an Früchtebrot fanden, war Adam ein Rätsel. Aber wir schweifen ab.

Die magische Schneekugel, die Spieldose und das Pendel lagen schon eine Woche lang friedlich in Adams Kommode. Umso heftiger erschrak Adam, als Sonntagnacht, lange nachdem er eingeschlafen war, die Spieldose plötzlich losdudelte.

Er setzte sich im Bett auf. Die gedämpfte, schaurige Melodie, die ihn zuvor so gefesselt und verzaubert hatte, erfüllte ihn nun mit Grauen. Er sprang auf und öffnete die Schublade. Die Musik wurde lauter.

Onkel Henrys Schnarchen im Wohnzimmer erstarb.

»Was ist das für ein Lärm?«, hörte Adam seinen Onkel verschlafen murmeln.

Adam versuchte, die Spieldose zu schließen. Der Deckel wollte nicht zugehen.

Die Musik spielte weiter, beschwor düstere Bilder herauf, die Adam mit jeder Sekunde mehr Angst einflößten. Er drückte mit aller Kraft auf den Deckel, doch er klemmte. Adam drehte die Dose um und drückte von unten, aber es half nichts.

In diesem Augenblick bemerkte er, dass die Initialen auf dem Boden der Dose nicht mehr *JCW* lauteten, sondern *ALT*.

Adam Lee Tripp.

Onkel Henry trat in dem Moment ins Zimmer, als die Melodie endlich verstummte.

»Adam? Alles in Ordnung? Es ist zwei Uhr morgens.«

Adam zitterte. Er konnte nicht sprechen.

»Adam?«

»Onkel Henry ...« Adam schluckte und starrte auf die Spieldose in seinen Händen. »Es wird etwas Schlimmes passieren. Etwas sehr Schlimmes.«

»Was? Ach so, ich verstehe.« Onkel Henry nickte verständnisvoll. »Du hast einen Albtraum gehabt. Keine Sorge, mein Junge, schlechte Träume können dir nichts anhaben.« Er blickte auf die Spieldose, und wäre er nicht so verschlafen gewesen, hätte er sich möglicherweise gefragt, woher sein Neffe sie hatte. »Musik kann beruhigend wirken, wenn man einen Albtraum hatte, aber ich weiß nicht, ob diese spezielle Melodie das Richtige ist.«

»Nein, du verstehst nicht. Jemand wird *sterben*!«

Adam versuchte zu erklären, dass die Spieldose Unglück brachte. Doch er konnte nicht die ganze Geschichte erzählen, ohne zu beichten, wie er mithilfe der Schneekugel Jacks Brief gefunden hatte. Und beim letzten Mal, als er seinem Onkel klarmachen wollte, welche Kräfte die Schneekugel besaß, war es nicht so gut gelaufen. Doch andererseits, so überlegte er, ging es hier um Leben und Tod. Und so erzählte er Onkel Henry die Wahrheit. Noch einmal.

Was er sagte, klang selbst in seinen Ohren verworren und machte den Eindruck, als hätte er sich alles nur ausgedacht. Ein Albtraum war mit Sicherheit die einfachere Erklärung. Besorgt überredete ihn Onkel Henry, sich wieder hinzulegen, und versprach, am Morgen noch mal darüber zu sprechen. Am nächsten Tag rief er heimlich Adams Schulpsychologin an.

Nun mochte sich Ms. Ginger noch so sehr damit brüsten, für jedes Problem eine einfache Lösung zu finden: Ihre wahre Freude bestand darin, Kinder auf die eine oder andere Weise auf Zack zu bringen. Man konnte zwei Störenfriede zu ihr schicken, und sie machte aus ihnen kleine Engel, mit ein paar kleineren Narben.

Was für Narben, fragt ihr? Vor ungefähr sieben Monaten war der damals berüchtigte Fünftklässler Roger Daly zu Ms. Ginger geschickt worden, weil er einmal zu oft den Unterricht gestört hatte. Niemand wusste, was hinter der geschlossenen Tür geschehen war, doch als Roger wieder herauskam, hielt er sich die Ohren und jammerte »Laber, laber, laber«. Von dem Tag an zog er jedes Mal den Kopf ein, wenn er Ms. Ginger auf dem Korridor erblickte, hielt sich die Ohren zu und rannte in die andere Richtung davon.

Wie weiter oben bereits erwähnt, war Adams Schüchternheit für die Schulpsychologin schon immer von besonderem Interesse gewesen. Er war kein Störenfried, aber alle seine Lehrer fanden ihn viel zu still. Ms. Ginger war felsenfest davon überzeugt, dass nur sie Adam aus seinem Schneckenhaus locken und in einen geselligen Jungen verwandeln konnte, ganz so wie ihre beiden reizenden Söhne.

An dem Tag, an dem Adam zu ihr bestellt war, saß sie mit kerzengeradem Rücken und gespitztem Bleistift in ihrem Büro. Ihr rotes Kostüm passte zu ihrem Lippenstift, und ihre feuerroten Haare waren zu einem ordentlichen Knoten gebunden. An der Wand hinter ihrem Schreibtisch hingen verschiedene Medaillen und Auszeichnungen, auf die Ms. Ginger sehr stolz war.

- *Preis für keinmaliges Fehlen*
- *Neunter Platz im Schnelllesewettbewerb des Manhattaner Frauenbuchklubs für herausragende Schulpsychologinnen der Altersgruppe 30–35 Jahre.*[1]
- *Viertletztplatzierte im Central-Park-Meilenrennen.*
- *Auszeichnung als zweitbeste Mitarbeiterin des Monats, März 1990.*
- *Der gerahmte Brief vom Chefredakteur einer Zeitschrift für Kurzgeschichten, in dem stand:*
  »Wenngleich wir Ihre ungewöhnliche und leicht verwirrende Geschichte über eine Schulpsychologin mit übernatürlichen Fähigkeiten, die ungezogene Kinder in Schlangen verwandelt, zu schätzen wissen, müssen wir Ihre Einsendung zu unserem Bedauern ablehnen.«[2]

Als Adam eintrat, schenkte ihm Ms. Ginger ein aufgesetzt fröhliches, knallrotes Lächeln. Adam erwiderte das Lächeln nicht. Er war schon mehrmals in Ms. Gingers Büro gewesen, und jedes Mal hatte ihm die Schulpsychologin denselben nutzlosen Rat gegeben – »Schließe dich einer Freizeit-AG an« –, ohne an Adams begrenzte Zeit und Mittel zu denken. Ganz zu schweigen davon, dass sie einen gern mit Geschichten über ihre reizenden Söhne vollsülzte, von denen einer in Adams Klasse ging und ihm in der Vierten seinen Lieblingsfüller geklaut hatte.

»Dein Onkel hat mir berichtet, dass du Albträume hast«, sagte

....

1 Dieser exklusive Buchklub hatte nur elf Mitglieder.

2 Diesen Brief präsentierte Ms. Ginger gern als Beweis dafür, dass sie ein schriftstellerisches Talent für außergewöhnliche Geschichten besaß.

Ms. Ginger und schlug in ihrem Notizblock eine leere Seite auf. »Wie wär's, wenn du mir davon erzählst?«

Adam holte tief Luft und atmete lang aus. Er konnte es ja mal probieren.

»Ich habe doch diese Spieldose«, begann er. »Sie ...«

»Eine Spieldose?«, unterbrach Ms. Ginger. »Kinder über fünf sollten meiner Meinung nach nicht mit Spieldosen spielen. Albernes Spielzeug mit läppischen Melodien. Schwächt den Verstand. Meine Söhne haben aufgehört, mit Spielsachen zu spielen, als sie drei waren.« Die Schulpsychologin murmelte vor sich hin und machte sich ein paar Notizen. »Weiter.«

»Die Spieldose«, begann Adam noch einmal, »bringt Unglück. Ich glaube, dass jedes Mal, wenn sie spielt ... jemand stirbt.«

Ms. Ginger machte eine wegwerfende Handbewegung. »Ach, Adam, als amtlich zugelassene Psychologin mit zwei eigenen, ganz reizenden Söhnen weiß ich *genau*, wie Kinder denken. Kinder denken sich solchen abergläubischen Unsinn aus und lassen ihrer Fantasie freien Lauf. Aus diesem Grund verbiete ich persönlich ja meinen Söhnen, Romane zu lesen. Die setzen ihnen nur Flausen in den Kopf. Wenn es nach mir ginge, würde ich die idiotische Schulbibliothekarin feuern und sämtliche Romane in den Regalen durch gute alte Sachbücher ersetzen.«

Adam hörte diese Schimpftirade nicht zum ersten Mal. Ms. Ginger räusperte sich und tätschelte ihren Haarknoten, um sich zu vergewissern, dass er noch richtig saß.

»Ach, Adam«, sagte sie wieder, beugte sich auf ihrem Stuhl vor und faltete die Hände. »Ich möchte dir raten, dir diesen ganzen Unsinn aus dem Kopf zu schlagen. In diesem Leben ist für alberne Hirngespinste kein Platz.«

Normalerweise hätte Adam genickt und »Ja, Ma'am« gemurmelt. Doch in den letzten zwei Monaten hatte er eine Wandlung durchgemacht. Er schaute zu der strengen Erwachsenen auf und sagte mit einer Bestimmtheit, die ihn selbst überraschte: »Es gibt viele Möglichkeiten im Leben, Ms. Ginger.«

Ms. Ginger sah ihn verdutzt an. »Wie bitte?«

»Wir haben nicht auf alles eine Antwort«, sagte Adam, mutiger werdend. »Magie könnte an Orten verborgen sein, an die wir noch gar nicht gedacht haben.«

Die Schulpsychologin runzelte die Stirn und sah Adam prüfend an, als versuche sie herauszufinden, ob er sich über sie lustig machte.

»Adam, Magie gibt es nicht wirklich«, sagte sie langsam und zog dabei jede Silbe in die Länge, als spreche sie mit einem Kleinkind.

»Das können Sie nicht wissen!«, entgegnete Adam. »Es gibt sie. Ich *weiß* es. Und ich weiß, dass jemand sterben wird!«

Zwei Dinge geschahen später an diesem Tag. Erstens: Ms. Ginger berichtete Onkel Henry hochzufrieden, dass mit Adam alles in Ordnung sei. »Es war das erste Mal, dass Adam in meiner Gegenwart laut seine Meinung geäußert hat«, versicherte sie ihm. »Aber nichts zu danken, war mir ein Vergnügen! Ich würde sagen, das war der stolzeste Moment in meiner Karriere – abgesehen von meiner Begegnung mit dem Pudel des Gouverneurs. Wussten Sie, dass die Zeitung ein Foto von mir und dem Hündchen brachte? Mein Name stand direkt unter dem Bild. Na, jedenfalls nichts zu danken, und rufen Sie mich bitte an, wenn Sie wieder Hilfe brauchen.«

Das zweite Ereignis war weniger erfreulich. Die Voraussage der Spieldose erwies sich als richtig – in dieser Nacht gab es tatsächlich einen Toten.

Nach der Schule rannte Adam geradewegs zum Obdachlosenheim. Er hielt erst an, als er keuchend ins Haus stürzte und »Victor!« rief.

Victor war gerade in der Küche und hobelte zusammen mit zwei Frauen Kohlköpfe fürs Abendessen klein. Als er Adam sah, winkte er und schenkte ihm das gewohnte zahnlose Lächeln.

»Hallo, mein Freund«, sagte er. »Schön, dich zu …«

»Victor, ich muss mit Ihnen unter vier Augen sprechen«, fiel ihm Adam ins Wort. »Es ist dringend.«

Die beiden Frauen tauschten neugierige Blicke. Victor nickte und kurvte in seinem Rollstuhl quer durch den Raum. »Bin gleich zurück, meine Damen«, rief er und geleitete Adam zu seinem Zimmer am Ende des Flurs.

»Was ist los, mein Junge?«, fragte Victor, nachdem er die Tür geschlossen hatte.

»Erinnern Sie sich an die Spieldose? Die, die ich in Candlewick zusammen mit Jacks Brief gefunden habe? Und die den Tod voraussagt?«

»Ah ja, ich erinnere mich.«

»Sie hat letzte Nacht gespielt, Victor. Jemand wird sterben.«

Victor rümpfte die Nase. »Nicht unbedingt«, begann er, doch Adam schüttelte den Kopf.

»Ich bin ganz sicher«, beharrte Adam. »Jack hat es mir gesagt.« Er erzählte, dass die Spieldose jedes Mal für Jack gespielt hatte, bevor sein Hund, seine Großmutter und sein Vater gestorben waren. Und er erwähnte auch, dass die Initialen *JCW* auf dem Boden der Dose auf rätselhafte Weise durch seine eigenen ersetzt worden waren. »Das ist Zauberei. Ich weiß nicht, wann oder wie, aber jemand wird sterben, das weiß ich bestimmt.« Seine Lippen zitterten.

Adam sprach nicht laut aus, wer es sein könnte, aber das brauchte er nicht. Victor verstand auch so.

»Dein Onkel war bei bester Gesundheit, als ich ihn das letzte Mal gesehen habe«, beruhigte ihn der alte Mann. »Das Risiko, dass ihm etwas zustößt, ist gering. Vielleicht will dir die Spieldose einfach nur sagen, dass alle Menschen sterben müssen und dass für jeden irgendwann die Zeit kommt.«

Adam biss sich auf die Lippe.

»Geh nach Hause, mein Junge«, sagte Victor und legte Adam eine Hand auf die Schulter. »Vergewissere dich, dass die Haustür verschlossen ist, wenn du Angst hast.«

Adam nickte unglücklich und verließ das Zimmer.

Victor blieb noch eine Weile sitzen und starrte, tief in Gedanken versunken, aus dem beschlagenen Fenster.

Er hatte geahnt, dass die Spieldose Ärger machen würde. In den letzten fünfzig Jahren hatte er selbst jede Menge ungewöhnliche Geschichten erzählt, eine gruseliger als die andere. Doch am furchterregendsten waren nicht Gespenster, Drachen oder dreiköpfige Monster, die einen Menschen bei lebendigem Leib verschlucken konnten. Sie waren nichts im Vergleich zu jener simplen Angst, die Menschen seit Anbeginn der Zeit quälte. Er hatte gesehen, wie kräftige Erwachsene zusammenbrachen und stattliche junge Männer den Verstand verloren, wie sie von ihren Qualen in den Wahnsinn getrieben wurden, als sie vergeblich versuchten, der einen Sache zu entgehen, der sich alle Blumen, Eichhörnchen und Tauben – und Menschen – am Ende stellen müssen.

Der alte Mann rollte durch den Gang zurück in die Küche. Als die anderen ihn fragten, was der Junge gewollt habe, antwortete er nicht, sondern sagte bloß: »Das wird nur die Zeit zeigen.«

21

M steht für Mord

Adam blieb wach, obwohl er schon lange im Bett lag. Seit zwei Stunden und drei Minuten, um genau zu sein.

Es war nach Mitternacht, die Zeit der Stille, in der alles ruht und jedes Tun zehnmal verdächtiger wird. Wenn es am Morgen an deiner Tür klingelt, ist das so normal wie Pfützen nach einem Regenguss, aber wenn es mitten in der Nacht klingelt, überlegst du es dir zweimal, bevor du öffnest. Wenn du tagsüber ein Loch gräbst, kann es sein, dass dich ein paar freundliche Leute fragen, was du da tust. Aber wenn du nach Mitternacht ein Loch gräbst, kannst du sicher sein, dass die Polizei kommt und Fragen stellt (vielleicht sogar Handschellen mitbringt).

Adam lauschte Onkel Henrys gleichmäßigem Schnarchen aus dem Wohnzimmer. Er drehte sich auf die Seite und drückte das Ohr ins Kissen. Er zählte die Risse in der Wand und die Stellen, wo die Farbe abblätterte. Seine Augenlider waren bleischwer, doch er konnte nicht einschlafen.

Victor hat recht, dachte er. *Ein Gegenstand, der vor dem Tod warnt, ist schrecklich.* Die bloße Warnung genügte, um ihm mehr Angst einzujagen als alles andere jemals zuvor. Am liebsten wäre er unters Bett gekrochen, aber dafür war er zu alt. Also begnügte er sich damit, unter die Decke zu schlüpfen.

»Vielleicht wird es gar nicht Onkel Henry sein«, murmelte er zum vierzigsten Mal vor sich hin. »Vielleicht ist es Jack oder Daisy oder Francine, wenn sie noch am Leben ist, oder ...«

Doch sein Gefühl sagte ihm, dass es von denen keiner sein würde. Nein, es würde jemand sein, der ihm näherstand.

Beim Gedanken an Jack und Daisy krampfte sich sein Magen zusammen. Er konnte nicht verhindern, dass ihre Familienangehörigen starben – nicht einmal der berüchtigte Robert Baron III. verdiente den Tod. Adam hatte auch nie die Chance bekommen, etwas gegen den Tod seiner Eltern zu unternehmen. Was hatte es denn für einen Sinn, etwas zu besitzen, mit dem man in die Vergangenheit reisen, aber keine Leben retten konnte?

Seine Gedanken wanderten sieben Jahre zurück, zu dem Tag des Flugzeugabsturzes. Er hatte wach in seinem Zimmer gesessen und auf seine Eltern gewartet, als die Leute vom Jugendamt kamen und ihm die Nachricht überbrachten. Sie sagten, dass seine Eltern nicht wiederkommen würden und dass er nach New York zu seinem Onkel ziehen müsse. Sie sagten noch andere Sachen, aber Adam verstand sie nicht. Ihre Worte klangen wie aus weiter Ferne, so als würden sie unter Wasser sprechen. Innerhalb von Tagen wurde er aus seinem komfortablen, vertrauten Zuhause gerissen und in eine chaotische Welt verpflanzt, in der Anwälte endlos auf ihn einredeten und fremde Erwachsene ihn zwanzigmal am Tag fragten, wie es ihm gehe, in eine neue Welt enger Räume.

Danach hatte er sich in sein Schneckenhaus zurückgezogen. Dort war er vor allen Veränderungen sicher gewesen. Doch wie ihm jetzt klar wurde, konnte er Veränderungen nicht vermeiden, genauso wenig, wie er sich ewig in seinem Schneckenhaus verkriechen konnte.

Francine und Victor hatten recht: Es gab Erinnerungen, die ihm lieb und teuer waren, auch aus der Zeit nach dem Tod seiner Eltern.

Ein lautes Krachen von unten ließ ihn im Bett hochfahren. Onkel Henry schnarchte weiter. Mit klopfendem Herzen öffnete Adam die Zimmertür einen Spalt und spitzte die Ohren.

Gedämpfte Schritte kamen die knarrende Treppe herauf.

Adam blieb vor Schreck wie angewurzelt stehen. Sein Herzklopfen schwoll zu einem lauten Hämmern an – *poch-poch-poch* –, das in seinen Ohren dröhnte und jedes andere Geräusche übertönte.

»Onkel Henry!«, wollte er schreien, aber die Worte blieben ihm im Hals stecken.

Jemand fummelte am Türknauf der Wohnungstür herum. Der kleine Verriegelungsknopf sprang mit einem Klicken zurück.

Was dann geschah, nahm er wie in Zeitlupe wahr.

Die Tür ging ein Stück auf, bis sie von der Vorlegekette gestoppt wurde.

Onkel Henry erwachte auf seinem Klappsofa mitten in einem Schnarcher. »*Hmpf*? Was ...?«

Lange Finger, die eine schwere Kneifzange hielten, schoben sich durch den Türspalt. Im nächsten Moment war die Kette durchtrennt. Krachend flog die Tür auf.

Dies alles geschah innerhalb von fünf Sekunden.

Als Onkel Henry mit einem Ruck aufstand und Adam die Fassung wiedergewann, war der Einbrecher bereits in die Wohnung gestürmt.

Adam sah, wie sein Onkel mit einem dumpfen Geräusch zu Boden stürzte. Der Einbrecher – großer, dunkler Anzug, spitzes Kinn – drückte ihn mit dem Fuß zu Boden und schlug dem sich windenden Bäcker mit der Zange auf den Kopf. Onkel Henry rührte sich nicht mehr. Adam schrie.

Der Einbrecher drehte sich zu ihm um. In dem schwachen Licht, das durch die Fenster fiel, verengten sich seine gierig blickenden Augen zu weißen Schlitzen.

»Wo ist die Schneekugel?«, brüllte M.

Adam knallte die Tür zu. Was bei näherer Überlegung wohl nicht die beste Idee war, denn jetzt saß er in seinem Zimmer in der Falle.

Er stürzte zu dem einzigen Fenster, das auf den Hinterhof hinausging. Die Wohnung lag nur im ersten Stock, doch der Betonboden unten schien meilenweit entfernt. Wenn er sprang, würde er sich wahrscheinlich ein Bein brechen.

Die Zimmertür schwang auf. Adam schleuderte alles, was er zu fassen bekam, nach M – die Bücher aus der Bibliothek, sein Federmäppchen. Jedes Wurfgeschoss prallte an M ab, ohne Schaden anzurichten, und machte ihn noch wütender. Er packte Adam am Arm und stieß ihn zu Boden. Im Fallen schlug Adam mit der Nase gegen die Kante des Bettpfostens. Sie begann zu bluten.

»Genug jetzt! Wo ist die Schneekugel?« M riss Adam nach hinten.

Adam tastete nach etwas, womit er M angreifen konnte. Mit der freien Hand warf er sein Kissen, das M mühelos beiseitefegte. Wieder schüttelte er Adam.

»Gerade du solltest doch wissen, wie es ist, wenn man alles verliert«, zischte M. »Wenn man durch einen simplen Unfall seine Familie und sein Zuhause verliert. Wir können das ändern. Du kannst deine Eltern zurückbekommen. Du brauchst mir nur die Schneekugel zu geben.«

Adam war klar, dass ihm M nur eins mit der Zange überziehen musste, und er würde k. o. gehen wie sein Onkel. Er machte sich auf den schmerzhaften Schlag gefasst. Da nahm ein verzweifelter Gedanke in seinem Kopf Gestalt an: Wenn er mit ihm redete, konnte er M vielleicht ablenken.

»Sie können nicht alle Unfälle verhindern«, sagte er mit zittriger Stimme. »Die Schneekugel ist nutzlos. Andere haben es schon probiert, glauben Sie mir.«

»Hm, von einem Schwachkopf wie dir erwarte ich nicht, dass er die wahren Möglichkeiten der Schneekugel erkennt. Du hast sie doch nur dazu benutzt, um dich in Luft aufzulösen und deine dämlichen Freunde zu beeindrucken, stimmt's?«

»Ich habe keine Freunde«, lautete Adams Antwort.

»Ach wirklich?« Ms Mundwinkel zogen sich verächtlich nach oben. »Da haben meine Nachforschungen aber etwas anderes ergeben. Meine blöde Tante war von dir ziemlich angetan. Ihr Name ist Daisy. Vielleicht erinnerst du dich an sie.«

Adam erstarrte. »Daisy?«

»Sie hat von einem Jungen gesprochen, einem ›unglaublich netten‹ Jungen, der aus der Zukunft gekommen sei und ihr als Kind Mut gemacht habe. Hätte sie begriffen, wie gewinnbringend die Schneekugel ist, hätte sie sie dir schon damals abnehmen können ... Seit einunddreißig Jahren bin ich hinter dem Ding her! Du ahnst ja nicht, welche Mühen mich das gekostet hat, wie vielen Hinweisen ich in all den Jahren nachgegangen bin. Aber jetzt bin ich dem Ziel so nah.« M beugte sich vor, ein irres Flackern in den Augen. »*So nah*«, wiederholte er. »Ich hole mir alles zurück, was ich durch den Brand verloren habe. Ich hole mir das Schicksal zurück, das mir bestimmt war und das mir auf so unfaire Weise genommen wurde.«

Der Brand. Daisy. Tante. Adam brauchte nur eine Sekunde, um eins und eins zusammenzuzählen. »Die Kerzenfabrik von Candlewick«, entfuhr es ihm gegen seinen Willen.

M nickte. »Ich war der nächste Erbe. Aber dann ging alles verloren. Niemand konnte den Leichnam meines Vaters in dem Chaos finden. Nicht, dass das noch eine Rolle gespielt hätte – die undankbaren Stadtbewohner kamen nicht einmal zu seiner Gedenkfeier.« Seine Züge verkrampften sich, und seine folgenden Worte waren kaum mehr als ein Flüstern. »Aber wenn die Schneekugel in meinem Besitz ist, kann ich mein Vermögen zurückerlangen und um ein Vielfaches vermehren. Ich werde der reichste Mann im Land sein. Ich werde sogar meinen Vater wiedersehen und ihm zeigen, was *ich* alles erreicht habe. Aus unserer Firma wird wieder ein Imperium!«

»Aber Sie können seinen Tod nicht verhindern«, sagte Adam ernst, während er sich an Francines Worte erinnerte. »Er ist schon in die Geschichte eingegangen.«

Ms Gesicht verfinsterte sich wieder. »Halt den Mund, du Dummkopf. Ich frage dich jetzt zum letzten Mal: *Wo ist die Schneekugel?*«

M begann, in den Sachen auf Adams Schreibtisch zu wühlen. Adams Blick flog unwillkürlich zur Kommode hinüber. M kniff die Augen zusammen und zog mit dem Fuß die untere Schublade auf. Der Griff, mit dem er Adam festhielt, lockerte sich, als er sah, was darin lag.

»*Das Pendel!*«

Er nahm es mit zitternden Fingern heraus. Die goldene Scheibe baumelte an der Kette.

»Hier ist sie also gelandet – der Beweis, dass die Schneekugel magische Kräfte besitzt!«

Halte ihn auf, dachte Adam flehentlich. *Hilf mir, ihn aufzuhalten.*

Einen Moment lang war M wie hypnotisiert. Der Schurke starrte das Pendel an. »Vater?«

Adam war sich nicht sicher, ob er richtig gehört hatte. Aber M wiederholte es.

»Vater, ich bin's.« M schien mit dem Pendel zu reden. Es folgte eine kurze Stille. »Ich bin's, dein Sohn. Der Stammhalter der Barons.«

Da plötzlich wurde M nach hinten gerissen. Er gab ein Röcheln von sich und zerrte an dem Arm, der sich um seinen Hals gelegt hatte. Adam riss sich von ihm los und sah entsetzt zu.

»Victor?«, rief er.

Der alte Mann stützte sich mit einer Hand auf einen Stock und drückte mit dem freien Arm M den Hals zu. Doch der holte mit der spitzen Zange aus und stieß sie Victor in die Seite. Mit einem Aufschrei ließ Victor ihn los und kippte vornüber.

Adam nutzte den Moment der Ablenkung, griff in die Schublade und schnappte sich die Spieldose. Dann holte er aus und schleuderte den hölzernen Kasten nach M. Er traf ihn mitten ins Gesicht. M heulte vor Schmerz auf, ließ Zange und Pendel fallen. Adam packte die Zange und schlug sie M auf den Kopf.

M war bewusstlos, noch bevor er zu Boden sackte.

Auch Victor lag am Boden und hielt sich das versehrte Bein. Sein Sweatshirt färbte sich an der Seite dunkelrot.

Voller Panik rannte Adam zum Telefon und wählte, immer noch aus der Nase blutend, den Notruf. Er stellte fest, dass sein Onkel noch bewusstlos war, aber atmete. Adam sprach mit dem Beamten und wunderte sich, dass der aus seinem zusammenhanglosen Gebrabbel schlau wurde. Nachdem er ihm die Adresse genannt und einen Rettungswagen angefordert hatte, legte er auf und kniete sich neben Victor nieder.

»Tut mir leid, dass ich so spät gekommen bin, mein Junge«, keuchte Victor. »Aber im Rollstuhl konnte ich nicht die Treppe rauf. Ich musste den Gehstock nehmen …«

»Woher haben Sie gewusst, dass wir überfallen wurden?«

»Ich habe die Straße im Auge behalten und gesehen, wie eine dunkle Gestalt hier eingebrochen ist, also bin ich hinterher.« Ein Husten schüttelte Victor. »Wie geht's deinem Onkel?«

»Er ist in Ordnung«, flüsterte Adam. »Der Krankenwagen ist unterwegs. Wir werden Sie und Onkel Henry schnell ins Krankenhaus bringen. Alles wird gut.«

Der rote Fleck wurde größer. Adam holte ein Handtuch aus dem Badezimmer und presste es auf die Wunde.

Victor schnappte nach Luft und rang sich ein zahnloses Grinsen ab. »Hör zu, mein Junge, das ist nicht nötig. Ich bin sowieso schon alt … alt und gebrechlich …«

»Wir können Sie retten«, sagte Adam und drückte das Handtuch fester an. Tränen traten ihm in die Augen. Wütend blinzelte er sie weg. »Halten Sie durch, Sie werden wieder gesund.«

»Die Spieldose ... Weißt du noch, was du mir erzählt hast? Das war vorausgesagt.«

»Sie werden nicht sterben!«, schrie Adam.

»Meine Zeit wäre ohnehin bald gekommen, Adam ...« Victors Stimme wurden zwischen rasselnden Atemzügen immer schwächer. »Ich bin froh, dass ich dabei ein Leben retten konnte.«

»Nein, Sie werden es schaffen. Sie müssen nur durchhalten, der Krankenwagen ist gleich da ...«

Victor ergriff Adams Hand und sagte nichts mehr. Nach einer Weile erschlaffte seine Hand. Alles, was blieb, war der Anflug eines Lächelns auf seinem runzligen Gesicht.

22

Von Wartezimmern und Friedhöfen

Adam war nur einmal in seinem Leben im Krankenhaus gewesen. Er war damals acht Jahre alt und hatte sich die Hand verbrüht, als er einen Topf kochendes Wasser vom Herd zog. Er erinnerte sich, dass er die Krankenhausflure mit ihrem Geruch nach Desinfektionsmittel und ihren farblosen Fußböden furchtbar fand, ebenso wie die Wartezimmer voller weinender Babys und unbequemer Plastikstühle. Am allermeisten hatte er aber das kalte Neonlicht und die fensterlosen Wände gehasst.

Jetzt saß er in einem fensterlosen Wartezimmer und sah einem kleinen Kind dabei zu, wie es aus einer Golfzeitschrift Seiten herausriss. Adam sagte nichts (wahrscheinlich hätte er die Zeitschrift auch zerrissen, denn das machte mehr Spaß, als etwas über Golf zu lesen) und saß einfach nur da und zählte die Stunden. In der Nacht zuvor hatte er in demselben Wartezimmer geschlafen, und irgendwie hatte er sich an den Geruch und das grelle Licht gewöhnt. Der Nacken tat ihm weh. Auf den Plastikstühlen saß es sich unbequem, und noch miserabler schlief es sich darauf.

Die schrecklichen Ereignisse der Nacht, in der M sie überfallen hatte, schienen eine Ewigkeit her zu sein. Doch in Wahrheit waren nur zwei Tage vergangen. Heute war der Tag, an dem Onkel Henry endlich aus dem Krankenhaus entlassen werden sollte. Adam erinnerte sich nicht mehr an die genauen Worte des Arztes, aber er hatte Formulierungen wie »schwere Gehirnerschütterung« und »obligatorischer Aufenthalt von zwei Nächten« gehört.

Eine Schwester erschien im Wartezimmer. »Adam?«, sagte sie mit einem Lächeln. »Dein Onkel möchte dich sehen.«

Onkel Henry saß auf einem kleinen Bett, dessen weiße Laken zu den weißen Zimmerwänden passten, und aß Schokoladenpudding aus einer Schale. Er trug noch einen Kopfverband, hatte eingefallene Wangen und Ringe unter den Augen, strahlte aber, als er Adam sah.

»Sie füttern mich ununterbrochen mit Schokoladenpudding«, sagte Onkel Henry und wedelte mit dem Löffel. »Vielleicht sollte ich noch etwas bleiben.«

Tags zuvor hatte Adam nur kurz mit ihm gesprochen, da Onkel Henry alles andere als fit gewesen war. Jetzt sah der Bäcker viel gesünder aus und klang auch so.

»Was gibt es Neues von M?«, fragte Onkel Henry.

»Laut Polizei hat er eine schwere Prellung im Gesicht und eine gebrochene Nase. Er wurde verhaftet, weil er bei uns eingebrochen ist, und noch wegen anderer Sachen …« Adam versagte die Stimme. Er sah weg.

»Ich hätte dich ernst nehmen müssen, als du mir von M erzählt hast.« Onkel Henry fasste an seinen Verband und zuckte zusammen. »Aus Schaden wird man klug.«

»Aber ich weiß jetzt, warum er es getan hat«, sagte Adam ruhig. »Er hat viel verloren. Er wollte die Vergangenheit ändern, so wie ich.«

Der Schurke hatte zwar schreckliche Dinge getan, doch Adam verstand seine Motive, so fehlgeleitet sie auch gewesen sein mochten. Letztlich hatten sie etwas Ähnliches gewollt. Doch während Adam mit der Schneekugel anderen hatte helfen wollen, war es M egal gewesen, ob er in seiner Gier anderen Schaden zufügte.

Onkel Henry erkundigte sich nach Adams Spieldose, was wiederum Fragen nach der Schneekugel nach sich zog. Diesmal glaubte er Adams Geschichten ohne Wenn und Aber.

»Dann hat M also versucht, in die Vergangenheit zu reisen, um den Brand in der Kerzenfabrik zu verhindern«, sagte Onkel Henry.

Adam nickte und dachte an Victors Permutationen. »Aber ich glaube nicht, dass es geklappt hätte. Was in der Vergangenheit geschieht, lässt sich nicht ändern. Das ist, wie wenn man in einem Geschichtsbuch liest. Alles, was bis hierhin geschehen ist, ist bereits geschehen. Wir können nur eins tun: nach vorn schauen.«

»Ja, das leuchtet ein.«

»Außerdem bringt einen die Schneekugel nie dorthin, wo man eigentlich hinwill«, fügte Adam hinzu. »Alles ist zufällig.«

Zufällig und zugleich logisch, dachte er. All die Menschen, die er getroffen hatte, waren miteinander verbunden wie die komplizierten Arme einer Schneeflocke. Er fragte sich, wie seine Eltern wohl in den Besitz der Schneekugel gelangt waren, und erkundigte sich bei seinem Onkel, ob er etwas darüber wisse.

»Ich entsinne mich, dass sie einmal darüber gesprochen haben«, antwortete Onkel Henry. »Sie brachten sie von einer Überseereise mit und waren davon überzeugt, sie mit ihrem Leben schützen zu müssen. Sie ließen durchblicken, dass sie sie dazu benutzen wollten, die Welt zum Guten zu verändern. Damals habe ich das so verstanden, dass sie viel Geld wert sei.« Er machte eine Pause. »Eine Schneekugel, mit der man durch die Zeit reisen kann. Es überrascht mich nicht, dass deine Eltern so etwas besessen haben.«

»Der Mann im Regenmantel, der vor ein paar Monaten in die Bäckerei kam – J. C. Walsh –, hatte eine, die genauso aussah wie ihre«, erzählte Adam. »Er hat zu mir gesagt, dass ich sie auf dem Dachboden suchen soll.«

»Er hat zu dir gesagt, dass du sie suchen sollst?«

»Nicht direkt. Er hat nicht gesagt, wonach ich suchen soll. Er hat nur gesagt, dass ich auf den Dachboden gehen soll und dass dort Abenteuer auf mich warten.«

»Hm, das ist merkwürdig. Vielleicht war er mit deinen Eltern befreundet.« Onkel Henry schaute nachdenklich drein. »Wir werden es wohl nie erfahren.«

Sie verfielen in Schweigen. Onkel Henry aß noch ein paar Löffel Pudding.

Da fiel Adam etwas ein. »Das Loch ... äh ... das Obdachlosenheim hält nächste Woche eine Gedenkfeier für Victor ab. An Heiligabend.«

»Wir werden dort sein«, versicherte ihm sein Onkel. »Bis dahin bin ich wieder auf dem Damm. Victor wird uns fehlen.« Onkel Henry betastete vorsichtig seinen Verband. »Wäre er uns nicht zu Hilfe gekommen, wären wir beide tot. Womit ich nicht bestreiten will, dass du dir einen großen Kampf geliefert hast, nach allem, was man so hört.«

»Die Spieldose hat geholfen. Wie sich herausgestellt hat, eignet sie sich hervorragend als Wurfgeschoss.«

Adam blickte nachdenklich zu Boden. Die ganze Katastrophe hatte damit begonnen, dass die Spieldose ihn vor einem bevorstehenden Todesfall gewarnt und er in seiner Panik Victor davon erzählt hatte. Was Victor veranlasst hatte, auf sie achtzugeben, was wiederum zu seinem Tod geführt hatte.

Adam kam Victors Geschichte von der Orangenschale in den Sinn. *Alles wegen des Stücks Orangenschale!* Was war in diesem Fall die Schale? Die Spieldose? Candlewick? Die Schneekugel?

Am Ende behielt Adam diese Fragen für sich. Onkel Henry sah so aus, als brauche er etwas Zeit, um sich von all den Geschichten zu erholen, von seinen Verletzungen ganz zu schweigen.

Die restliche Woche verging. Adam musste nicht in die Schule, denn er hatte Winterferien. Am Freitag half er seinem Onkel bei der Wiedereröffnung des Biscuit Basket. Bis dahin hatte sich der jüngste Einbruch herumgesprochen, und die neuen Stammkunden der Bäckerei kamen in Scharen. Den ganzen Tag war der Laden erfüllt vom Lachen freundlicher Menschen, die Begrüßungsblumensträuße brachten, und vom köstlichen Duft von warmem Gebäck.

Als Adam an diesem Abend ins Bett ging, den Bauch voller Lebkuchen, dachte er über etwas nach, wovon er Onkel Henry nicht erzählt hatte.

An dem Tag nach Ms Einbruch, als Onkel Henry im Krankenhaus lag, war Adam kurz in ihre Wohnung gegangen, um seinen Schlafanzug und ein Buch für die Nacht im Wartezimmer zu holen. Die Spieldose lag am Fußende seines Bettes, aber das Holz hatte keinen Kratzer abbekommen. Das glänzende Pendel lag daneben. In dem Moment beschloss er, nach der magischen Schneekugel in der Kommode zu sehen.

Die Kugel hatte sich erneut verändert und zeigte im Innern wieder den Friedhof von Candlewick.

Adam überlegte volle zehn Minuten, bevor er einen Entschluss fasste. Eigentlich hatte er mit der Schneekugel und der Spieldose nie wieder etwas zu tun haben wollen. Doch dann zog er den Reißverschluss seiner Jacke zu, ergriff die Schneekugel und schüttelte sie.

Er fand sich erneut am Eingang zum Friedhof wieder. Diesmal war das Wetter klar. In der Ferne bemerkte er ein kleines Mädchen neben einem Grab. Es trug ein vertrautes weißes Kleid.

Zuerst war er nervös, als er sich dem fremden Mädchen näherte, das allein in einem Meer von Grabsteinen stand. Aber bald erkannte er, dass es niemand anderes als Daisy war.

Er war in die 1920er-Jahre zurückgekehrt. Der Himmel über ihm leuchtete zartrosa und blau.

»He, Daisy!«, rief er.

Daisy erschrak und blickte mit großen Augen zu ihm herüber. »Woher weißt du, wie ich heiße?«

»Wie meinst du das? Wir sind uns doch schon mal begegnet. Ich bin Adam, erinnerst du dich nicht?«

Daisy sah ihn weiter verwundert an. Adam verstand.

»So früh am Morgen kommt sonst niemand hierher«, sagte das Mädchen und deutete auf den Friedhof um sich herum. »Willst du hier jemand besuchen?«

»O nein, meine Eltern sind nicht hier begraben.« Adam versagte die Stimme, doch Daisy schaute ihn so neugierig an, dass er weitersprach. »Sie liegen auf einem anderen Friedhof.«

»Wie sind deine Eltern gestorben?«, fragte sie.

»Bei ... bei einem Flugzeugabsturz.«

Die Wahrheit war immer traurig. Doch als er sie vor Daisy laut aussprach, war ihm, als wäre eine Last, die ihn niederdrückte, von ihm abgefallen. Er würde sich immer an diesen verhängnisvollen Tag erinnern, und doch war er nur ein kurzer Augenblick auf der Zeitachse, einer Zeitachse, die Millionen anderer Augenblicke barg und Millionen anderer Menschen miteinander verband. Einer Zeitachse, die auch weiterhin unendlich viele Möglichkeiten eröffnete. Er würde nicht länger einem einzigen Punkt in der Vergangenheit nachhängen. Er würde sich nun der Zukunft öffnen. Seine Eltern hätten es so gewollt.

Adam las den Namen auf dem Grabstein, vor dem Daisy stand, und fragte. »Deine Großmutter, richtig?«

Daisy nickte.

Adam ergriff Daisys Hand. Eine Zeit lang sprachen sie kein Wort. Dann sagte Daisy leise:

»Sie war meine beste Freundin. Wir haben alle möglichen Gerichte zusammen gekocht. Ich habe keine anderen Freunde. Außer meiner Katze, Doktor Tigerpfote.«

»Irgendwann wirst du neue Leute kennenlernen«, versicherte Adam. »Da draußen wartet eine ganze Welt. Du kochst doch gerne, nicht wahr?«

Wieder nickte Daisy.

»Irgendwann wirst du eine Freundin in New York haben. Sie ist etwas jünger als du, aber das Alter spielt keine Rolle, wenn es um Freundschaft geht. Sie sagt, du machst die besten Bonbons aller Zeiten. Und das stimmt. Ich habe sie selbst probiert.«

Daisy sah ihn verwundert an. »Woher weißt du das?«

»Die Schneekugel hat es mir gezeigt.« Adam hielt die Kugel mit dem winzigen Friedhof darin hoch. »Sie gehörte meinen Eltern. Weißt du, sie verbindet mich mit Menschen aus verschiedenen Zeiten und von verschiedenen Orten.«

»Wie durch Magie?«

»Ja.« Dann erzählte Adam ein paar Abenteuer, die er erlebt hatte. Daisy hörte staunend zu und lachte, als er Charlie und seine bedrohlich wirkende Augenklappe beschrieb.

»Wenn die Kugel leer ist, wird es Zeit für mich zu gehen«, schloss Adam.

Mit einem Mal machte Daisy ein besorgtes Gesicht. »Du willst gehen?«

»Ich komme wieder.«

»Wann?«

Adam lächelte geheimnisvoll. »Sagen wir, am vierten Montag im Mai, morgens um elf Uhr? Komm in den Garten eures Hauses und halte nach mir Ausschau.«

»Wirklich?«, flüsterte Daisy, und ein Lächeln erhellte ihr Gesicht. »Heißt das, wir sind Freunde?«

Freunde. Da war es wieder, dieses Wort, das Adam einst so fremd vorgekommen war. Aber seine Tage im Schneckenhaus waren vorbei.

»Ja«, antwortete er. »Wir sind Freunde. Wir werden uns nicht jeden

Tag sehen, aber denk daran: Du bist nicht allein.« Er hielt die Schneekugel hoch. »*Wir sind nicht allein.*«

»Nein, das sind wir nicht«, sagte Daisy. Wieder wurde Adam daran erinnert, wie klug die Fünfjährige war.

Die Schneekugel war jetzt leer, und er wusste, dass seine Arbeit hier getan war.

Bevor er die Kugel schüttelte, sagte er: »Eins noch: Wenn jemand traurig ist, was ist deiner Meinung nach die beste Art, ihn aufzuheitern?«

Das kleine Mädchen sann eine Weile darüber nach. »Ich glaube«, sagte sie dann mit leuchtenden Augen, als hätte sie ein Geistesblitz getroffen, »etwas Süßes kann nie schaden. Etwas Süßes, um das Bittere zu mildern.«

Adam ging davon aus, dass er Daisy nie wiedersehen würde. Aber natürlich irrte er sich. Zwar wusste er es zu diesem Zeitpunkt noch nicht, doch zehn Jahre später sollte er noch einmal mit ihr zusammentreffen. Allerdings ohne Unterstützung der Schneekugel. Er machte sie mithilfe einer Schnellsuche in einem sich rasant entwickelnden Netzwerk namens Internet ausfindig, und zwar in einer Stadt unweit von Candlewick. Daisy hatte sich aus dem Süßwarenladen, den sie mit großem Erfolg in Manhattan geführt hatte, zurückgezogen und dort zur Ruhe gesetzt. Sie begrüßte ihn herzlich und machte ihn mit ihrer klugen Enkelin Rose bekannt, die in Adams Alter war und genauso gute Bonbons machte wie Daisy.

Die drei saßen bis in die Nacht zusammen, lachten und lutschten Bonbons.

23 DIE ZEITSCHLEIFE SCHLIESST SICH

Das Obdachlosenheim am Ende der Straße bot an Heiligabend einen großartigen Anblick. Adam hatte den ganzen Vormittag geholfen, das Haus mit pulsierenden Lichtern und Girlanden aus Tannenzweigen zu schmücken. Als die Gedenkfeier für Victor begann, sah es weniger wie ein heruntergekommenes Wohnheim aus, sondern eher wie ein Lebkuchenhaus. Gestreifte Zuckerstangen baumelten an den Holztäfelungen, bunte Lichterketten durchzogen den weißen Schnee auf dem Dach, und über dem Eingang hing ein tadelloser grüner Kranz.

»Das Loch sieht gar nicht mehr wie ein Loch aus«, sagte Onkel Henry, während sie den Anblick bewunderten.

»Nenn es nicht so, Onkel Henry.«

»Du hast recht. Das ist nicht sehr respektvoll.«

»Nein.« Adam trat gegen einen Schneehaufen, der den Gehweg säumte. »Es ist kein Loch. Es ist ein Ort für Menschen, die sich verirrt haben. Es ist so was wie …« Er hob den Kopf. »… ein Leuchtturm. Eine Kerze.«

»Eine Kerze«, murmelte Onkel Henry mit einem Nicken.

Die Gedenkfeier verlief gut. Adam ging sogar nach vorn und hielt eine kleine Rede, was er sich noch vor wenigen Monaten nie und nimmer getraut hätte. Was er über Orangenschalen und Permutationen sagte, verwirrte die Zuhörer zwar ein wenig, doch Adam wusste, dass jedes Wort, das er sprach, von Herzen kam.

Inzwischen war ihm klar geworden, dass die Schneekugel nie dazu bestimmt gewesen war, die Vergangenheit zu verändern.

Von Francine über Jack und Daisy bis zu Robert Baron IV. hatte die Schneekugel ihm vor Augen geführt, dass Menschen aus allen Zeiten und Generationen die gleichen Gedanken und Ängste hatten. Dass sie geliebte Menschen verloren hatten und gerne ihre Vergangenheit verändert hätten. Doch am Ende tickte die Uhr einfach weiter und gab die Richtung vor, in die sie gehen mussten. Auch er selbst.

Später, zurück in seinem Zimmer, zog Adam die Schublade der Kommode auf. Die Schneekugel, die Spieldose und das Pendel lagen friedlich im weißen Mondlicht. Die drei Teile der Zeit – Vergangenheit, Gegenwart und Zukunft. Jacks Großvater hatte recht gehabt, was die Legende anging. Adam, der die enorme Macht kannte, die in jedem Gegenstand steckte, konnte nicht glauben, wie harmlos sie jetzt aussahen. Vielleicht war Macht ja nur dann gefährlich, wenn sie missbraucht wurde.

Adam nahm die Gegenstände nacheinander heraus.

An diesem Abend ging er ein weiteres Mal auf den Dachboden und verstaute die Schneekugel und die Spieldose an einem sicheren Ort. Er brauchte beide nicht mehr. Die Schneekugel würde er verwahren, bis er wieder J.C. Walsh begegnete. Adam war zuversichtlich, dass es dazu kommen würde. Und auch die Spieldose würde er versteckt halten. Wie Victor gesagt hatte: Manche Dinge sollten besser im Dunkeln bleiben. Und vielleicht hatte J. C. Walsh ja ein gutherziges Enkelkind, dem er das Familienerbstück anvertrauen konnte.

Blieb noch das Pendel. Noch immer schien das Gold Adam zu verzaubern. Er musste unbedingt verhindern, dass es in falsche Hände geriet, und es irgendwo verstecken, wo niemand nach ihm suchen würde. Er musste wieder an Jacks Großvater und seine magischen Vorstellungen von der Zeit denken. Ein Lächeln ging über sein Gesicht. Er wusste genau, wo er das Pendel verstecken musste: an einem Platz, der so naheliegend war, dass nicht einmal diejenigen, die nach ihm suchten, auf die Idee kommen würden, dort nachzuschauen.

Er fand Onkel Henry lesend im Wohnzimmer vor, und die beiden schmiedeten Pläne für einen Ausflug zum Friedhof von Candlewick, sobald es Frühling wurde.

Zur Schlafenszeit wünschte er seinem Onkel eine gute Nacht und ging zu Bett. Morgen war der erste Weihnachtstag.

Elbert Walsh sah aus dem Fenster. Es schneite.

Hinter ihm erhellten zwei grün-weiß gestreifte Kerzen das dunkle Zimmer und warfen lange Schatten auf die Stapel von Karten und Zeitschriften auf dem Tisch. Letztere stammten aus früheren Zeiten, als er noch die Welt bereist und nach dem geheimnisvollen Zeitfragment gesucht hatte, mit dessen Hilfe er das Unrecht, das ihm widerfahren war, wiedergutzumachen hoffte.

Einundfünfzig Jahre. So lange war es her, dass er Santiagos Bekanntschaft gemacht hatte.

Der alte Uhrmacher hatte ihn vor den Gefahren der Zeitberührung gewarnt. Elbert hatte seine Warnung in den Wind geschlagen und sich auf die Suche begeben.

Er griff sich seinen Gehstock und schlurfte zum Bücherregal. Gesichter lächelten ihn von den Fotografien an, die dort aufgereiht standen. Die Fotos waren auf verschiedenen Reisen aufgenommen worden, die ihn rund um die Welt geführt hatten, von den Dünen der Sahara bis zu den Tälern Nordeuropas. Er hatte Menschen aller Art kennengelernt. Er war Fremden begegnet, die ihn in ihre Häuser aufnahmen und behandelten, als gehöre er zur Familie. Er feierte mit ihnen, wenn es etwas zu feiern gab. Er beglückte sie mit seinen alten Zaubertricks. In schlechten Zeiten weinte er mit ihnen und tröstete diejenigen, die im Krieg zu Schaden kamen. Ihnen versprach er, eines Tages die Zeit zurückzudrehen und ihr Leid zu verhindern.

Zu seinem Erstaunen lehnten viele von ihnen ab.

»Dieser Schatz, den du suchst«, fragte einer, »ist er es wert, dass du all das, was du bei der Suche nach ihm gewonnen hast, wieder hergibst?«

Je mehr Abenteuer er erlebte und je reicher sein Schatz an Erinnerungen wurde, desto mehr schwand sein Verlangen, das Pendel von den Barons zurückzufordern oder das letzte Zeitfragment zu finden. Bis er sich irgendwann sogar regelrecht davor fürchtete, es zu finden.

Wenig später lernte er, als er mit seiner Gruppe die spanische Küste erkundete, eine nette und kluge Frau namens Angie kennen. Wie er liebte Angie alles, was mit Magie zu tun hatte. Doch im Gegensatz zu ihm war sie nicht daran interessiert, die Geschichte zu ändern oder verlorene Zeit zurückgewinnen. Ihr Interesse galt der Zukunft – ihrer gemeinsamen Zukunft.

Er hatte die Suche nach dem Schlüssel zur Vergangenheit abrupt abgebrochen.

Mitten im Bücherregal stand das Foto eines Mannes, der aussah wie Elbert in jüngeren Jahren und ein Kind auf dem Bein schaukelte. Elbert grinste, als er leicht über das Foto strich.

Es klopfte an der Tür. »Kommt rein«, rief er.

Die Tür schwang auf, und herein wehte ein Windstoß, der Schnee mitbrachte. Auf der Schwelle standen die beiden Menschen vom Foto. Sie hielten Geschenke in den Armen.

»Fröhliche Weihnachten, Vater. Ist Mutter oben?«

»Ja. Sie macht sich für das Fest zurecht.«

Das kleine Kind rannte zu Elbert und klammerte sich an sein Bein. »Hi, Opa! Ich habe heute ein Flugzeug gesehen!«

Elbert begrüßte seine Familie. Zum ersten Mal seit sehr langer Zeit war der ehemalige Zauberkünstler zufrieden.

24

NEW YORK CITY, 2019

Fragt, wen ihr wollt, und die meisten werden euch darin zustimmen, dass der Montag der schlimmste Tag der Woche ist, der gefürchtete Tag, an dem man nach einem langen, erholsamen Wochenende wieder zur Arbeit oder in die Schule muss. Adam hingegen fand den Montag ganz erträglich. Denn gäbe es keinen Montag, könnte man sich nicht auf den Freitag oder das Wochenende freuen.

Der inzwischen Zweiunddreißigjährige verließ in der Mittagspause das Gebäude, in dem sich sein Büro befand. Es tat gut, seinen Augen etwas Erholung vom Computerbildschirm zu gönnen. Um sein neuestes Theorem zu beweisen, musste er komplizierte Berechnungen anstellen, doch er war überzeugt, dass er es schaffen würde. Mathematiker liebten nämlich Herausforderungen.

Regen prasselte auf die Straßen von New York. Die Bäume hatten begonnen, sich wie jedes Jahr in helles Rot und Orange zu kleiden und die Gehwege mit denselben Farben zu schmücken. Adam überlegte, was er essen sollte, dann schlug er den Weg zum nächsten Brezelstand ein.

Sein Handy klingelte. Seine Frau Rose rief an und erinnerte ihn daran, Zellophanhüllen für die Kummerlollis und noch mehr Zimt zu bestellen. Die Vorräte ihrer Bäckerei und Konditorei gingen zur Neige – die Kürbis-Gewürzplätzchen waren innerhalb von Tagen restlos verkauft worden. Außerdem teilte sie ihm mit, dass sie am Wochenende einen besonderen Gast erwarteten.

»Schön«, antwortete Adam. »Wir haben mehrere neue Kuchen, die Onkel Henry kosten muss.«

Onkel Henry, der sich aufs Land zurückgezogen hatte, schaute immer wieder mal bei ihnen vorbei, doch jeder Besuch fühlte sich viel zu kurz an. Adam und Rose probierten ständig neue Rezepte aus, und die einzige vertrauenswürdige Person, mit der sie einen ersten Geschmackstest durchführten, war Onkel Henry, denn er war immer ehrlich – und in Adams Augen der beste Bäcker weit und breit.

Während er unter seinem schützenden Regenschirm am Brezelstand anstand, spähte er in seinen Aktenkoffer. Die Schneekugel lag darin, eingewickelt in feines Seidenpapier. Adam tippte sanft mit dem Finger auf das Päckchen. Er trug die Schneekugel mittlerweile auf Schritt und Tritt bei sich, um jederzeit bereit zu sein. Seit zwanzig Jahren wartete er. *Es kann jetzt jeden Tag geschehen,* sagte er sich.

Wenn er in seiner Jugend eines gelernt hatte, dann, dass die Zeit sich nicht drängen ließ.

Seine Geduld zahlte sich aus. Und es geschah tatsächlich noch an diesem Tag: Vergangenheit, Gegenwart und Zukunft fanden zueinander und verschlangen sich zu einem goldenen Knoten, genau dort, auf diesem Gehweg.

Ein Mann rempelte Adam versehentlich an, während er in der Schlange stand. Er traute seinen Augen nicht, als der Betreffende an ihm vorüberging. Der triefende Regenmantel kam ihm schrecklich bekannt vor.

Kurz entschlossen lief Adam dem Mann nach. »Hallo!«

Der Angesprochene drehte sich um und sah Adam verdutzt an. »Hallo. Sie wünschen?«

J.C. Walsh sah genauso aus wie bei ihrer ersten Begegnung vor zwanzig Jahren, als er in den Biscuit Basket kam. Adam blieb stehen, suchte nach Worten. *Er ist es. Er ist es wirklich.*

Der Mann schob den Ärmel seines Regenmantels hoch und warf einen Blick auf seine Uhr. »Äh, wenn Sie gestatten«, sagte er nach kurzem Zögern, »ich muss wieder zur Arbeit.«

Adam hatte sich inzwischen wieder gefasst. Schwungvoll drückte er dem Mann das Päckchen mit der Kugel in die Hand. »Hören Sie gut zu. Es geht um einen Jungen, einen Jungen namens Adam Lee Tripp. Er braucht Ihre Hilfe.«

»Wie bitte?«

»Seine Maus Speedy liegt im Sterben, und er fürchtet sich vor vielen Dingen. Sie werden ihn in einer Zeit finden, in der Ihr heutiges Ich noch gar nicht existiert. Er wohnt über der Bäckerei Biscuit Basket, in der es Samttorte mit Buttercremeglasur gibt. Sie werden ihm sagen, dass er auf den Dachboden gehen soll und dass ihn dort große, fantastische Abenteuer erwarten.« Adam deutete mit dem Kopf auf das Päckchen. »Und bei alldem werden Sie eine Schneekugel bei sich tragen. Diese Schneekugel.«

J. C. Walsh blickte sich skeptisch um, als wollte er sich vergewissern, dass das Ganze keine Falle war.

»Hören Sie, wenn das ein Scherz …«, begann er.

»Keine Sorge«, unterbrach ihn Adam mit beschwichtigendem Lächeln. »Zu gegebener Zeit werden Sie verstehen. Es wird geschehen, weil es bereits geschehen ist. Der Junge wird Ihre Spieldose bekommen – *die uns die Zukunft lehrt.*«

»*Die uns die Zukunft lehrt*«, wiederholte J. C. Walsh mit verwirrtem Blick. Der Satz kam ihm bekannt vor, als hätte er ihn vor langer Zeit schon einmal gehört.

Er kratzte sich in den ergrauenden blonden Haaren, eine Gewohnheit, die er als Junge angenommen hatte, weil er ständig seinen Lieblingsfliegerhelm trug, unter dem es ihn juckte. Und während er sich kratzte, sah er vor seinem inneren Auge seinen Vater, wie er auf dem Wohnzimmersofa saß und die elf gestreiften Kerzen auf seiner Geburtstagstorte anzündete, die mit einer selbst gemachten Buttercremeglasur nach Familienrezept bestrichen war.

»Für deinen Großvater waren Kerzen etwas ganz Besonderes«, hatte sein Vater dazu bemerkt. »›Mit einer einzigen Kerze‹, sagte er immer, ›lassen sich Tausende andere anzünden, ohne dass das Leben der ersten dadurch kürzer wird.‹«

Dann hatte er ihm eine schön geschnitzte Spieldose überreicht. »Alles Gute zum elften Geburtstag, Jack Charles Walsh. Das ist ein besonderes Geschenk, das von deinem Großvater an dich weitergegeben wird. Er hat einem engen Freund das Versprechen gegeben, immer gut darauf aufzupassen. Und er hat mir das Versprechen abgenommen, dass ich dir diese Zeilen gebe, die er geschrieben hat.«

In der Ritze unter dem Deckel steckte eine kleine gelbe Karte. Darauf stand geschrieben:

Eins, das uns die Zukunft lehrt,
Eins, das Gaben aus Gold beschert,
Eins, in dem Vergangenes wiederkehrt.
Das Leben dreht sich immer weiter wie eine Uhr, lieber Jack.
Genieße es, solange du kannst.

»Großvater Elbert sagte immer, nur das Zweite lässt sich kontrollieren und ist erstrebenswert«, hatte sein Vater kichernd gesagt. »Ich habe keine Ahnung, was er damit meinte. Er war ein komischer Vogel. Hat für meinen Geschmack immer zu sehr in Rätseln gesprochen. War aber trotzdem ein guter Mann. Pass gut darauf auf, hörst du?«

Jack hatte die Spieldose behalten, bis zu dem Tag, an dem er das Haus verlassen musste.

Nachdem ihm das alles wieder eingefallen war, legte sich ein verblüffter Ausdruck auf J.C. Walshs Gesicht. Er starrte Adam an. »Du bist …«, stieß er hervor.

Adam lächelte. »Ich freue mich auch, dich zu sehen, mein Freund.«

DANK

Es braucht ein Dorf, um ein Buch herauszubringen. Ohne die folgenden Menschen wäre es nicht möglich gewesen.

Ein großes Dankeschön geht an das wunderbare Team von Holiday House. Besonders herzlich danke ich meiner brillanten Lektorin Kelly Loughman, deren scharfe Augen und Liebe zum Detail dieses Buch zehnmal besser gemacht haben. Ebenfalls danken möchte ich der Korrektorin Sue Wilkins, die Ungereimtheiten entdeckte, die dem Rest von uns entgangen waren, und Gilbert Ford, der das tolle Cover gestaltet hat.

Adria Goetz möchte ich dafür danken, dass sie einer unbekannten Autorin eine Chance gegeben und sich so begeistert für dieses Buch eingesetzt hat.

Mein Dank geht auch an die kritischen Partner, die das Manuskript im Frühstadium verbessern halfen, besonders an Mary und Christyne. Ferner möchte ich meiner Schwester Emily danken, die mir nach der Lektüre des ersten Entwurfs Mut gemacht hat. Dank auch meinen Eltern, die mich dazu angespornt haben, meine Träume zu verwirklichen.

Zu guter Letzt möchte ich meinem Ehemann Hayden danken, der mich durch alle Höhen und Tiefen begleitet, zahlreiche Entwürfe gelesen und mich in sorgenvollen Zeiten beruhigt hat. Ich werde immer dafür dankbar sein, dass ich dich in meinem Leben habe.

G. Z. Schmidt wurde in China geboren und kam im Alter von sechs Jahren in die USA. Sie wuchs im Mittleren Westen und im Süden auf, wo sie nachts Glühwürmchen jagte und gelegentlich auf Tornado- und Hurrikanwarnungen lauschte. Danach studierte sie Wirtschaftswissenschaften am renommierten Wellesley College in Massachusetts. Schmidt schreibt am liebsten über Außenseiter und ungelöste Rätsel an realistischen Schauplätzen mit einer Prise (oder einem Eimer voll) Magie. Derzeit lebt sie mit ihrer Familie in Südkalifornien. *Adam und die Jagd nach der zerbrochenen Zeit* ist ihr erster Roman bei Hanser.

Reiner Pfleiderer studierte Germanistik und Romanistik in Tübingen und arbeitete zunächst als freier Journalist und Musiker. Seit 1987 ist er als Übersetzer aus dem Französischen und Englischen tätig. Er lebt in der Nähe von Stuttgart.